KB243011

무한한 투

無限鬪

무한투 2

류진 新무협 판타지 소설

초판 1쇄 찍은 날 § 2002년 1월 28일
초판 1쇄 펴낸 날 § 2002년 2월 10일

지은이 § 류진
펴낸이 § 서경석

편집장 § 문혜영
편집책임 § 김희정
편집 § 장상수 · 박영주 · 권민정
마케팅 § 정필 · 강양원 · 김규진

펴낸곳 § 도서출판 청어람
등록번호 § 제1081-1-89호
등록일자 § 1999. 5. 31
어람번호 § 제2-0050호

주소 § 경기도 부천시 원미구 심곡1동 350-1 남성B/D 3F (우) 420-011
전화 § 032-656-4452 팩스 § 032-656-4453
http://www.chungeoram.com
E-mail § eoram99@chollian.net

ⓒ 류진, 2002

값 7,500원

ISBN 89-5505-281-2 (SET)
ISBN 89-5505-283-9 04810

※ 파본은 본사나 구입하신 서점에서 교환하여 드립니다.
※ 저자와 협의하여 인지를 붙이지 않습니다.

무한투

無限鬪

류진 新무협 판타지 소설

2 깊은 절망

도서출판 청어람

CONTENTS

제9장 가면 속의 보표 / 7

제10장 친구 / 39

제11장 두 얼굴을 가진 술법사 / 75

제12장 개 같은 날의 새벽 / 111

제13장 강가의 고가(古家)에서… / 141

제14장 깊은 절망 / 179

제15장 그 여자, 신비하다 / 209

제16장 천의지를 찾아서… / 243

제17장 뱀파이어가 동쪽으로 간 까닭은… / 275

가면 속의 보표

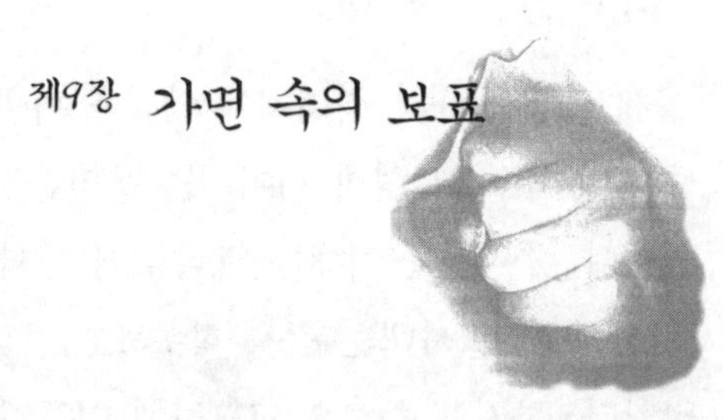

제9장 **가면 속의 보표**

보자기 안에는 너무도 익숙한 것이 들어 있었다. 평생에 딱 두 번밖에 보지 않았지만 눈을 감으면 그의 등에 걸려 있는 검보다 더 뚜렷이 떠오르는 것!

"놀랐나?"

공 대부의 물음은 그를 간신히 움직이게 만들었다.

"뭡니까? 이걸 왜 내게 주는 거요?"

"마지막 관문에 필요한 것이니까."

주적자는 자신에게조차 들리지 않을 정도로 낮게 말했다.

"왜… 왜 탈명침의 가면과 옷이 필요한 겁니까?"

"그 질문엔 나도 대답할 수가 없군."

튀어오른 용수철처럼 몸을 일으킨 주적자는 장막으로 빠르게 다가갔다.

“멈춰!”

개 가면 사내가 허리에서 단검을 꺼내 주적자의 어깨를 향해 횡으로 그었다. 매끄럽게 이어지는 동작은 무림의 일류고수에 버금가게 빨랐다. 주적자는 어깨를 뒤로 살짝 빼서 피한 후 사내의 가슴에 일권을 내질렀다. 사내는 검을 회수하고 양팔을 교차시켜 주적자의 권을 막았다. 하지만 주먹은 교묘하게 비틀리며 팔 사이를 파고들어 사내의 가슴에 꽂혔다.

답답한 신음과 함께 사내는 벽에 부딪혔다. 주적자는 개 가면 사내가 바닥에 떨어지는 것을 확인하지도 않고 장막을 움켜쥐었다.

쫘악―!

힘없이 찢어진 검은 장막 사이로 공 대부의 모습이 드러났다. 대부라 불리는 사람들의 전형적인 모습처럼 배가 나오고 커다란 체구일 줄 알았는데 의외로 왜소했다. 키는 소소자에 버금가게 작았고 빼빼 마른 체구는 열두어 살짜리 꼬마를 보는 듯했다. 반백의 머리와 유난히 하얀 염소수염이 나이를 미루어 짐작하게 할 뿐이었다.

공 대부는 주적자의 거친 행동에도 놀라지 않은 듯 커다란 태사의에 태연하게 앉아 있었다. ‘이 자식이 뭘 잘못 처먹었나?’ 하는 얼굴이었다. 주적자는 위협적으로 공 대부의 안면에 자신의 얼굴을 바짝 갖다 댔다.

“자, 말해 보시오. 왜 내게 저걸 주었는지.”

“자네 코를 이렇게 확대시키지 않아도 말해 줄 테니 물러나게. 괜히 생선 반찬을 줬군.”

공 대부는 말끝으로 코를 움켜쥐었다. 주적자는 잠시 공 대부를 노려보다 한 발자국 물러났다. 그제야 코에서 손을 뗀 공 대부가 입을 열었다.

"성질이 급하면 무림에서 장수하기 힘들지. 자고로 성질을 죽이고 심사숙고하여 행동해야만……."

주적자는 길어질 것 같은 공 대부의 설교를 끊었다.

"무림에서 오래 사는 법을 물었던 게 아니오."

그는 보자기를 가리켰다.

"왜 내게 저것을 준 것이오?"

"마지막 관문을 위해서지. 저걸 입고 한 사람을 죽이면 자네는 비로소 탈명침의 정체와 소재를 알게 될 걸세."

"내게 탈명침 행세를 하란 말이오?"

공 대부는 크게 고개를 끄덕였다.

"맞아. 탈명침처럼 무기도 침을 써야 하네."

주적자는 잠시 할 말을 잃었다. 그와 탈명침의 관계를 알면서 이런 제안을 한다는 것은 상식 밖의 일이었다. 세상에 상식이 통하지 않는 인간이 많기는 하지만…….

"대체……."

주적자는 크게 침을 삼키고 말을 이었다.

"내게 이런 일을 시키는 이유가 무엇이오?"

"질문은 관문을 통과한 다음에 하게. 세상일이란 다 순서가 있기 마련이야."

그는 오랫동안 공 대부를 노려보았다. 탈명침의 정체를 알 수 있는 길이라고 해도 탈명침 행세를 한다는 것은 내키지 않았다. 내키지 않는 정도가 아니라 두 명의 흡혈귀를 동시에 만나는 것보다 싫었다.

'고문을 해서라도 입을 열게 만들까?' 라는 생각 끝으로 공 대부의 목소리가 들렸다.

"날 무력으로 어찌할 생각은 말게. 서로를 상하게 할 뿐 아니라 자네가 알고 싶은 것도 알아내지 못할 테니까."

공 대부의 장담을 증명하듯 주적자의 이목에 열 명이 넘는 기척이 동시에 느껴졌다. 이처럼 갑작스럽게 발견된 것을 보면 이전부터 숨어 있다가 일부러 자신을 드러낸 것이 틀림없었다. 벽 하나를 사이에 두고 그의 이목을 완전히 피한다는 것은 결코 쉽지 않은 일이었다.

주적자는 입가에 싸늘한 웃음을 머금고 말했다.

"저들을 믿고 큰소리치는 것이오?"

"난 평생에 나 외에는 아무도 믿어본 적이 없어."

태사의에서 내려선 공 대부의 키는 앉아 있을 때와 별 차이가 나지 않았다. 주적자와의 거리만 조금 더 가까워졌을 뿐이다.

"나도 자네와 이런 자리에서 이런 얘기를 하는 것이 썩 내키지는 않아. 부탁만 아니었다면 자넬 만날 일도 없었을 거야."

"부탁한 사람이 누구냐고 물어도 대답을 해주지는 않겠죠?"

"그걸 안다면 빨리 결정하라구. 탈명침의 이름으로 살수행을 할 것인가, 아니면 그냥 조용히 사라질 것인가."

주적자는 고개를 돌려 보자기를 보았다. 그의 악몽 마지막에 그림자처럼 붙어 있던 그 모습.

'내가 가장 증오하는 얼굴이 돼야 한단 말인가?'

주적자의 갈등하는 모습을 지켜보던 공 대부가 피식 웃음을 터뜨렸다.

"이봐! 저 탈을 쓴다고 자네가 탈명침이 되는 것은 아니야. 사자탈을 쓰고 춤을 추는 광대들이 사자가 되지 않는 것처럼 말이야. 자넨 여전히 호인불사 주적자야. 그건 변하지 않아. 뭐 내가 이런 말을 한다고 권한다고 생각지는 말게. 말이 그렇다는 거니까.”

하지만 주적자의 갈등은 쉽게 끝나지 않았다. 그가 미적거리고 있자 공 대부가 버럭 소리를 질렀다.

“빨리 결정해! 나도 바쁘다면 엄청 바쁜 사람이야!”

공 대부의 채근에도 불구하고 주적자의 대답은 한참 후에야 나왔다.

“내가 죽일 사람이 누구요?”

＊　　　＊　　　＊

주적자는 얻어맞은 여편네의 눈두덩처럼 달무리를 두르고 있는 달을 올려다보았다. 오 장 나무 위에서 봐서인지 훨씬 가깝게 느껴졌다. 나무에 내려앉으려던 올빼미가 그를 발견하고 지레 놀라 푸드덕거리는 날갯짓으로 멀리 날아갔다.

주적자는 달빛 속으로 사라지는 올빼미를 보며 무릎에 놓인 하얀 가면과 같은 색의 옷을 쓰다듬었다. 딱딱함과 부드러움이 번갈아 느껴지는 그것은 단지 물체일 따름인데 날카로운 생명체처럼 그의 손끝을 타고 가슴까지 아리게 만들었다.

“제길! 언제까지 이 짓을 해야 하는 건지…….”

옅은 발자국 소리 뒤로 투덜거림이 들렸다. 주적자는 고개를 떨어뜨리는 것만으로 목소리의 주인공을 찾을 수 있었다. 턱 밑에 시뻘건 혹이 잘 익은 홍시처럼 매달린 사내가 가마니 한쪽을 들고 힘겹게 비탈길을 오르고 있었다. 다른 한쪽을 잡은 곱추노인이 한탄조로 대꾸했다.

"이 짓이라도 하지 않으면 입에 풀칠을 어떻게 하겠나?"

"그야 그렇지만 어린것들 시체를 하루가 멀다 하고 묻어야 하니 원……."

"이 사람아, 말조심해. 어디 가서 잘못 입을 놀렸다가는 쥐도 새도 모르게 황천길 떠날 테니까."

"영감님이나 조심하슈. 황(黃) 나리 무서운 것은 내가 더 잘 알고 있으니. 이제 그만 올라갑시다. 여기나 좆대바위 밑이나 거기서 거기니. 힘들어 죽겠수다."

"그럴까?"

기다렸다는 듯이 노인은 가마니를 땅에 내려놓고 짧은 허리를 폈다. 사내가 등에서 삽과 곡괭이를 꺼내 커다란 나무 밑을 파기 시작했다. 노인이 허리춤에서 곰팡대를 꺼내 불을 붙이자 사내가 핀잔을 줬다.

"아, 빨리 끝내고 내려갑시다. 산중에 오래 있어 좋을 게 뭐 있다고 미적거리시오?"

"사람 성질 급하긴."

노인은 방금 붙인 곰방대의 불을 바위에 털어 끄며 구시렁댔다.

"난향(蘭香)이 년 궁둥이 두드리고 싶어서 숨넘어가겠군."

둘이 삽과 곡괭이를 부지런히 놀린 덕에 이 각이 채 지나지 않아 세 자 깊이의 구덩이가 파졌다. 그들은 가지고 온 가마니를 구덩이에 던지고 그 위에 흙을 덮는 것으로 작업을 끝냈다.

"부디 극락왕생(極樂往生)하시오."

노인의 짧은 합장 뒤로 그들은 산을 내려갔다. 둘의 그림자가 완전히 자취를 감춘 후 주적자는 나무 위에서 내려왔다. 바로 앞에 사내와 노인이 땅을 팠다가 메운 흔적이 놓여 있었다.

"이름은 황동천(黃峒擅). 개봉성에서 안찰사(按察使)를 지내다 삼 년 전 은퇴한 자로 황 나리로 불리지. 사람들은 이자에 대한 흠을 그리 잡지 않는 편이야. 재직 중에 적당히 뇌물도 받고 권세를 휘두르기는 했지만 다른 벼슬아치들도 마찬가지였으니까. 하지만 중요한 것은 그게 아니야. 이자가 회춘(回春)을 위해 동녀(童女), 그것도 열세 살 미만의 여자아이들을 건드린다는 거지. 청회… 뭐라고 하는 비법을 수련하려고 그런다는군. 지금까지 황동천에게 강간을 당하고 땅에 묻힌 아이들이 수십 명이야. 숫자를 제대로 파악할 수 없을 정도로 많지. 이 정도면 죽을죄로 충분하지 않나?"

'그래 충분하군. 하지만 그게 나하고 무슨 상관이지?'
주적자는 무심한 눈으로 어린 주검이 묻힌 땅을 내려다보았다. 타인은 이런 일에 분노를 느낄지 모르지만 그로서는 남의 일에 화를 낼 만큼 여유롭지 못했다. 땅에 묻힌 아이가 몇 살인지는 알 수 없었지만 주적자는 그 나이부터 이미 죽음을 생각하고 있었으니까. 아니, 생각이 아니라 무공을 익히는 과정의 고통 때문에 죽음을 열망했는지도 모른다.
주적자는 산 아래의 검은 공간으로 시선을 돌렸다. 그의 감정이야 어쨌든 황동천을 죽여야 했다. 분노보다 절실한 이유가 있음으로.
주적자는 다음날부터 공 대부가 가르쳐 준 황동천의 집을 배회하기 시작했다. 항상 지키는 입장에서 죽여야 할 처지로 바뀐 것이 어색했지만 어쩌면 그야말로 최고의 살수가 될 수 있을지도 모른다. 누구보다 의뢰인을 어떻게 지켜야 할지 알기 때문에 약점 또한 잘 파악할 수 있었다.

자신의 악행 때문인지 황동천의 집은 경계가 삼엄하기 그지없었다. 사십팔 명의 보표가 하루 이교대로 삼백 평 넘는 기와집을 지키고 있었고, 황동천이 한 번 외출이라도 하는 날이면 어김없이 열두 명의 보표가 따라붙었다.

사십팔 명의 보표들을 지휘하는 수석보표는 주적자도 잘 알고 있는 철지환(哲志煥)이었다. 사 년 전 그와 함께 일을 한 적이 있었는데 과묵하고 빈틈을 모르는 사내로, 중원 보표 중 다섯 손가락 안에 드는 능력을 가지고 있었다.

황동천의 집을 살피기 시작한 지 삼 일째. 주적자는 그날도 황동천의 집이 한눈에 내려다보이는 객잔 이층에서 차를 마시고 있었다. 하루라도 빨리 황동천을 없애고 탈명침의 정체를 듣고 싶었지만 조급함은 실수를 낳게 마련이었다. 확실한 기회를 만들어 단 한 번에 끝내는 것이 무엇보다 중요했다.

이미 식어버린 찻잔을 잡던 주적자의 손이 중간에서 멎었다. 언제나처럼 열두 명의 보표와 함께 황동천이 문을 나선 것이다. 그가 살피기 시작한 후로 어김없이 이 시간에 외출을 하는 황동천이었다. 목적지는 개봉 외곽에 있는 허름한 사당이었는데 목적은 알 수도, 알 필요도 없었다. 암살할 장소를 대문 앞으로 결정해 놓았기 때문이다.

주적자는 황동천을 둘러싼 보표 열두 명의 위치를 점검했다. 앞과 양 옆에 각각 둘, 그리고 뒤에 넷이 따르고 있었다. 대부분의 암습이 뒤에서 이뤄진다는 것을 감안할 때 가장 이상적인 형태였다. 나머지 둘은 십여 장 앞에서 주위를 경계하며 길잡이 역할을 하고 있었다.

주적자는 머리 속으로 암습할 지점과 각도를 계산했다. 가장 좋은 위치는 이 객점의 지붕이었다. 문에서 나서는 황동천과의 거리가 약 십이삼 장 정도 되니 약간 먼 거리였지만 뛰어내리면서 던진다면 거리는 훨씬 가까워진다. 거기에 앞장선 보표 둘의 머리 위로 암기를 날릴 수 있기에 금상첨화라 할 수 있었다. 주적자는 문득 자신이 짜고 있는 계획이 낯설지 않음을 느꼈다.

삼 년 전, 그때 탈명침도 허공에 뜬 채로 그의 의뢰인을 살해했다.

팍!

탈명침에게 생각이 미치자, 자신도 모르게 힘이 들어간 손이 찻잔을 산산조각으로 만들어 버렸다. 씁쓸한 표정으로 찻물을 털어내는 그의 귀로 뾰족한 음성이 파고들었다.

"누님을 죽인 나쁜 놈! 죽어 버려!"

창밖에서 나는 소리에 주적자는 시선을 옮겼다. 이제 갓 열 살이 될까 말까 한 소년이 손에 단도를 들고 황동천에게 뛰어들고 있었다. 주적자는 움찔 놀라며 반쯤 허리를 세웠다. 소년의 행동은 그야말로 섶을 지고 불로 뛰어드는 격이었다.

"안……!"

그의 낮은 외침이 끝나기도 전에 보표 한 명이 소년의 팔을 잡아 비튼 후 무릎으로 내리눌렀다. 소년은 변변한 반항 한번 하지 못하고 신음과 함께 바닥에 엎어졌다. 촌극이라고 해도 좋을 정도의 소동은 이처럼 간단히 마무리됐다.

"야, 이 나쁜 놈아! 우리 누님 살려내! 살려내란 말이야!"

고통 때문에 얼굴을 잔뜩 찡그린 소년은 고래고래 소리를 질러댔다. 사연을 듣지 않아도 무엇 때문인지 대충 짐작할 수 있었다. 소년의 팔을 잡은 보표는 황동천과 철지환을 번갈아 쳐다보았다. 일반 자객이라면 망설일 것도 없겠지만 상대는 십여 세 안팎의 소년이라 보표로서도 난감할 수밖에 없었다.

마치 가면을 쓴 듯 무표정한 철지환의 얼굴에 몇 개의 주름이 가더니 이내 입이 열렸다.

"놔줘라."

하지만 그의 명령은 황동천에 의해 막혔다.

"뿌리를 뽑지 않으면 잡초는 언젠가 자라나기 마련이야."

"하지만 나리, 상대는 고작……."

"후환이 될 줄 알면서 그것을 방치하란 말인가? 난 그렇게 어리석지 않아."

죽음을 입 밖으로 꺼내지는 않았지만 황동천의 의지는 확고했다. 상대가 꼬마라고는 하지만 황동천을 죽이려 했으니 분명 자객이었다. 다른 사람도 아닌 자객을 죽이라는 명령을 받았으니 보표로서는 당연히 그 명령을 따라야 했다. 그러기 싫다면 의뢰인의 면전에 옷을 집어 던지고 나오는 수밖에 없었다. 소년을 누르고 있는 보표의 시선은 이제 철지환에게 고정되었다.

얼굴을 잔뜩 일그러뜨린 철지환만큼이나 주적자의 갈등도 심해졌다. 만약 철지환의 입에서 죽이라는 명령이 떨어지면 그는 어떻게 할 것인가? 저 소년을 구해야 하나? 만약 그렇게 된다면 자신의 얼굴을 알리는 바보 같은 짓을 해야만 한다. 그것은 자객에게 치명적일 수밖에 없었다.

물론 가장 간단한 방법은 그냥 두는 것이다. 알지도 못하는 소년을 위해 위험을 감수할 필요는 없었다. 그러나 지금까지 살아왔던 것처럼 외면하기에는 가슴속에 뭔가 막히는 게 있었다. 어쩌면 그는 저 소년에게서 자신의 어린 시절을 겹쳐 놓고 있는 것인지 모른다. 눈물범벅이 되어 악을 쓰는 저 모습, 원독에 가득 찬 눈빛과 아우성, 어찌할 수 없는 현실을 벗어나려는 발버둥. 잊을 수 없는 어린 시절의 단상은 언제나 저런 형태로 그를 괴롭혔다.

초점없는 눈으로 갈등하는 그의 귀로 철지환의 목소리가 또렷하게 들렸다.

"어쩔 수 없지."

죽이라는 말과 다를 바 없는 체념 섞인 명령. 주적자는 움찔 몸을 떨었을 뿐 바로 움직이지 못했다. 그것은 평생 살아오던 방식에 익숙해진 몸 때문이었을 것이다.

남의 일에 나설 필요 없다.

남에게 도움을 준다는 것은 사치에 불과하다.

남은 그저 남일 뿐, 세상은 홀로 걷는 길이다.

만약 소소자였다면 망설이지 않고 뛰어나갔을 것이다. 이층이 아니라 십층 높이라도 일단 뛰어내리고 봤을 것이다. 그러나 주적자는 그러지 못했다. 그저 엉덩이를 약간 들고 몸을 움찔했을 뿐이다. 그사이 소년의 생명은 이 세상에서 자취를 감췄다. 너무도 허무하게. 보표의 엄지손가락이 뒷목을 누르자 마치 잠들 듯 몸에 힘이 빠졌다.

주적자는 눈을 부릅뜨고 그 모습을 보았다. 어떤 감정이 뱃속을 타고 가슴까지 이어지더니 심장을 옥죄었다. 터질 듯한 가슴의 압박도 모자란 듯 관자놀이를 방망이로 두드리는 것처럼 때리더니 눈까지 아프게 만들었다. 그는 뒤늦게야 그것이 참기 힘든 분노라는 것을 깨달았다.

이성으로는 이해할 수 없는 본능 같은 분노였다. 그와 소년은 일면 식도 없으니 구해줄 이유 또한 없었다. 그가 지금껏 살아온 방식에 의하면 그것은 너무도 당연한 일이었다. 하지만 지금 그는 분노하고 있었다. 타인이 타인을 핍박하고 죽이는 것에 느끼는 분노는, 어릴 적 아버지에게 가해지는 박해를 봤을 때 가졌던 그것만큼이나 격렬했다.

당장 뛰쳐 나가 황동천을 도륙하지 않은 것은 그가 가진 초인적인 인내심의 공이었다.

"후― 후― 후―!"

긴 숨을 몇 번 들이쉬고 나서야 주적자는 냉정을 찾을 수 있었다. 아직 핏기가 가시지 않는 눈으로 멀어지는 황동천 일행을 보던 주적자가 낮게 중얼거렸다.

"내일……."

육면체의 햇살은 가면에 반사되며 잘게 부서졌다. 주적자는 하얀 가면을 조심스럽게 쓰다듬었다. 손 아래 정말 탈명침이 놓여 있다면 얼마나 좋을까 하는 생각이 스치고 지나갔다.

끼이익―!

날카롭게 들리는 문소리가 그의 상념을 부쉈다. 주적자는 앞장선 두 명의 보표를 보며 하얀 탈을 썼다. 탈의 감촉은 마치 얼음을 뒤집어쓴 듯 차가웠다. 그가 자리에서 일어서며 발목까지 내려오는 장포를 걸치자 황동천이 모습을 드러냈다. 주적자는 품에서 침이 든 상자를 꺼냈다. 먼저 나온 보표의 수신호(手信號)에 황동천은 안심하고 큰 보폭으로 대문을 나섰다.

차가운 느낌을 음미하듯 침을 문지르던 주적자는 한 개를 꺼내 검지와 중지 사이에 끼웠다. 발을 디디고 있는 기와는 도약하기에 충분할 정도로 단단하게 맞물려 있었다. 약간의 긴장이 근육을 경직시켰다. 지키는 것도 어렵지만 누군가를 암살하는 것도 쉬운 일은 아니었다.

주적자는 황동천이 대문의 그늘에서 완전히 벗어나기를 기다렸다. 황동천이 한 발자국씩 옮길 때마다 주적자의 어깨도 차츰 기울어졌다. 황동천이 길 가운데로 나와 왼쪽으로 몸을 돌릴 때 주적자의 신형이 솟구쳤다.

땅에 드리운 주적자의 그림자는 빠르게 커지며 맨 앞의 보표 위로 드리워졌다. 보표가 위로 시선을 옮기며 급한 경고성을 냈다.

"위험!"

보표의 외침이 끝나기도 전에 주적자의 손을 떠난 침은 은빛 꼬리를 남기며 황동천의 미간으로 쏘아져 갔다.

"탈명침!"

철지환이 비명 같은 외침을 토하며 황동천의 앞을 가리기 위해 몸을 날렸다. 하지만 선혈 한 방울이 황동천 콧등을 타고 흐르는 것을 막을 수는 없었다. 나무토막처럼 쓰러지는 황동천을 보며 주적자는 땅에 내려섰다.

"탈명치임—!"

의뢰인을 잃었다는 것을 깨달은 철지환은 선불 맞은 멧돼지처럼 주적자를 향해 짓쳐들었다. 팔 장 정도밖에 떨어져 있지 않았기 때문에 철지환은 순식간에 가까워졌다. 주적자는 침 두 개를 연달아 던져 철지환을 견제한 후 골목길로 몸을 감췄다. 하지 않아도 되는 싸움을 할 필요는 없었다. 이미 확보해 놓은 도주로(逃走路)를 따라 일각 정도 달리자 철지환의 추격에서 완전히 벗어났다.

비교적 쉽게 일을 끝마친 셈이었다. 보표들에게 미안한 마음을 뒤로한 채 주적자는 공 대부가 있는 곳으로 발길을 잡았다. 이상할 정도로 홀가분한 이유는 이번 일로 소년에 대한 마음의 짐을 일부나마 덜어버렸기 때문일 것이다. 그가 짊어져야 할 몫의 짐이 아닌데도 그런 것을 느낀다는 것은 아직 마음속에 인간적인 무언가를 가지고 있는 탓이리라.

입가에 빙그레 웃음을 짓는 주적자의 생각은 이내 탈명침에게로 향했다. 잠시 후면 탈명침의 정체와 위치를 알 수 있었다. 공 대부가 거짓말만 하지 않았다면…….

공 대부의 방은 화려하지 않았다. 아니, 여느 촌구석 사랑방에 있는 듯한 느낌마저 들 정도로 초라했다. 흔하디흔한 그림이나 도자기 한 점 보이지 않는 방 안에는 앉은뱅이 책상 하나와 장부 다섯 권이 꽂힌 책장이 전부였다. 하긴 주적자에게 그런 것이 무슨 상관이겠는가? 중요한 것은 오직 탈명침뿐인 것을…….

"급할 것이 무어 있나? 내 방에 들어온 최초의 외부인이니 마음껏 감상하라구."

탈명침의 정체를 묻는 주적자에게 공 대부는 천연덕스럽게 말했다.

"당신에게는 몰라도 내겐 급하오. 그러니 빨리 탈명침에 대해 말해 주시오."

거듭된 채근에 공 대부는 턱을 괴고 주적자를 물끄러미 바라보았다.

"이번 일을 하고 느낀 것이 없나?"

"뭘 말이오?"

"그 '뭘'을 말하는 거야. 거 있잖나. 집 안의 쓰레기를 깨끗이 치운 후에 느끼는 개운함 같은 것."

공 대부의 표현이 딱 맞는다고 할 수는 없었지만 그 비슷한 기분을 느끼기는 했다. 하지만 그것이 무슨 상관인가? 주적자에게 가장 급한 사안은 탈명침뿐이었다.

그가 아무 말 없이 보기만 하자 공 대부는 어쩔 수 없다는 듯 어깨를 으쓱했다.

"자네는 너무 여유가 없어. 때론 쉬어갈 줄 아는 지혜가 필요한데 말이야."

공 대부는 앉은뱅이 책상의 서랍을 열더니 황색 봉투 하나를 꺼내 놨다.

"거기에 탈명침의 이름이 적혀 있네."

주적자는 봉투를 일별하고 말했다.

"이름뿐만 아니라 지금 있는 곳과……."

"봉투를 열면 모든 것을 알게 될 거야."

주적자는 봉투를 잡고 굵은 침을 삼켰다. 삼 년의 세월이 봉투 안에 담겨 있다고 생각하니 절로 긴장이 되었다. 입구를 열자 하얀 종이가 눈에 들어왔다. 손끝에 걸리는 감촉이 칼날을 집은 것처럼 날카롭게 느껴졌다. 완전히 빼 든 종이의 뒷면으로 먹물이 배어 나온 자국이 비 쳐졌다. 커다란 글자로 보아 몇 자 적어진 것 같지는 않았다. 이름만 달랑 쓰여져 있는 것처럼 보이기도 했다. 주적자는 딱딱하게 굳은 공 대부의 얼굴을 힐끔 보고 종이를 폈다. 그곳에는 단 세 글자만이 쓰여 져 있었다.

‘소소자.’

두 번, 세 번 읽어봐도 그것은 분명 소소자였다. 주적자는 어처구니 없는 얼굴로 공 대부를 보았다.

“여기 적힌 이름이 반선의 소소자를 말하는 것이오?”

“맞네.”

와락!

주적자는 종이를 거칠게 구기며 소리쳤다.

“지금 날 놀리는 것이오? 어찌 소소자가 탈명침일 수 있단 말이오?”

“자네가 믿거나 말거나 소소자는 탈명침과 동일인이네.”

“내가 본 탈명침은 키가 적어도 육 척이 넘었소. 하지만 소소자는 기껏해야 오 척이 될까 말까 한데. 설마 마음대로 키를 늘였다 줄였다 할 수 있다고 말하지는 않겠죠?”

공 대부는 앉은뱅이 책상 밑으로 손을 가져가더니 무엇인가를 꺼냈다. 공 대부가 책상 위에 올려놓은 것은 광대들이 거인 흉내를 낼 때 흔히 쓰는, 딛고 올라서 걸을 수 있는 각목(脚木)이었다.

“이 각목은 정확히 한 자 세 치네. 발목까지 오는 장포를 입은 이유도 이것을 감추기 위한 것이지. 난 분명 사실을 말해 줬고, 내 말을 믿든 안 믿든 그것은 자네 마음이네.”

주적자는 초점없는 눈으로 책상 위의 각목을 보았다. 저것을 밟고 올라선 소소자의 모습을 상상조차 할 수 없었다.

“그럼 이제껏 소소자가 나를 완벽하게 속였다는 말인가?”

그의 중얼거림을 공 대부가 친절하게도 받아주었다.

“그가 자네에게 어떻게 비춰졌는지 모르지만 자신이 탈명침이라고 말하지 않은 것만 빼고는 본모습일 것이네.”

“당신은 탈명침에 대해 잘 알고 있는 것 같군요.”

“당연하지. 내 조카니까.”

“탈명침이 당신의 조카란 말이오?”

“누님의 아들이니 촌수가 그렇게 되겠지.”

“어처구니가 없군.”

주적자는 공 대부가 며칠 전에 했던 말이 생각나 물었다.

“내가 개봉에 와서 겪은 모든 일들이 소소자가 시켜서 당신이 한 일이겠군요?”

“누가 그딴 녀석에게 명령을 받아! 난 단지 부탁을 받았을 뿐이야.”

엎어치나 메치나 그게 그거였다. 무엇 때문에 그런 이상한 일을 시켰는지 알 수 없지만 한 가지는 확실했다. 그는 탈명침을 죽여야 한다는 것.

주적자가 자리를 박차고 일어서자 공 대부가 중얼거림처럼 말했다.

“녀석이 자네를 꽤 좋아하는 것 같더군.”

“우릴 만나려면 안양성으로 오면 된다! 넌 다시 오게 될 거야!”

말을 타고 가는 주적자의 귓가에 소소자가 헤어지며 했던 소리가 떠나지 않았다. 소소자는 결국 이렇게 될 줄 알고 있었음이 분명했다. 아니, 꾸며놓았다고 해야 옳을 것이다.

‘왜?’

같은 의문이 다시 떠올랐다. 그를 다시 돌아오게 하기 위해서? 그건 아닐 것이다. 주적자가 탈명침을 증오하고 있다는 걸 누구보다 잘 아는 소소자가 무엇 때문에 정체를 밝혀가며 만나려고 하겠는가? 숨기려 했다면 끝까지 숨길 수 있으니 그렇게 해야 타당했다.

주적자는 처음 의문을 접어둔 채 다음 생각으로 넘어갔다. 소소자가 그를 위해(?) 준비한 일련의 일들은 어떻게 설명해야 할까? 소소자가 시킨 두 개의 관문 때문에 그는 분광뇌풍검법을 완벽하게 익힐 수 있었다. 이것만은 부정할 수 없는 사실이었다. 그렇다면 소소자는 적이 될 것이 뻔한 그를 왜 도와줬을까?

다시 '왜?' 라는 물음으로 돌아오자 주적자는 생각하는 것을 포기했다. 만나보면 뭐가 드러나도 드러날 것이다. 아니, 뭐가 있더라도 상관없다는 생각이 불현듯 스쳤다. 어차피 그와 탈명침은 한 하늘을 이고 살 수 없는 사이였다. 탈명침의 이름이 소소자라는 것을 알았을 뿐 달라진 것은 없었다. 소소자와의 관계가 어떻든 그는 탈명침을 죽일 것이다.

*   *   *

"대체 언제 떠날 거야?"

사도철광이 침 정리를 하고 있는 소소자에게 은근 슬쩍 물었다. 그도 그럴 것이 안양성에 온 지 벌써 열흘이 지났는데 출발할 생각을 않고 있었다. 소소자는 이유도 말해 주지 않은 채 '며칠만 더 있으면 됩니다' 라는 말로 떠날 길을 지체하고 있었다.

무명천으로 침 하나하나를 정성스럽게 닦던 소소자가 물었다.

"심심해서 그래요?"

"그런 건 아니지만 갈 길이 급하잖아. 이제까지 뭣 빠지게 흡혈야황을 쫓아왔는데 여기서 세월아 내월아 죽치고 있으니…….”

“그럼 내일 출발하기로 합시다.”

소소자는 푸르게 물들어가는 창으로 시선을 돌렸다. 잠시 후 찾아올 어둠 속에서 그의 운명이 결정될 것이다.

“그런데 이 침은 좀 이상하군.”

사도철광의 말에 소소자는 닦던 침을 상자에 담으며 물었다.

“뭐가 말이오?”

“꼭 작은 꼬챙이같이 생겼잖아. 의원들이 흔히 가지고 다니는 그런 것이 아닌데?”

“사도 영감은 아는 척 좀 하지 마시오. 가만있으면 중간이라도 간다는 말도 모르쇼?”

“난 원래 어정쩡한 중간은 싫어해. 사내가 화끈하게 이것 아니면 저것, 둘 중 하나를 택해야지.”

“그래서 사도 영감은 그처럼 화끈한 괴상함을 선택했소?”

“화끈하긴 자네도 마찬가지지. 서른 넘어서 그처럼 땅과 화끈하게 가까우기가 어디 쉬운가?”

소소자는 자리를 박차고 일어섰다.

“이 영감이! 자꾸 남의 키 가지고 인신공격할 거요? 자고로 군자란 남의 허물을 덮어주고 장점은 칭찬해야 하는 법인데, 영감은 어찌 갈수록 소인배 쪽으로 치우치시오?”

사도철광은 열변을 토하는 소소자를 물끄러미 쳐다보다 작게 고개를 끄덕였다.

“이제 좀 편하군.”

사도철광의 뜬금없는 소리에 소소자가 퉁명스럽게 물었다.

“뭐가 말이오?”

“이제껏 내려다보기가 불편했는데 내가 앉고 자네가 서니 눈 높이가 딱 맞군. 우리 앞으로 이런 자세로 대화를 하는 것이 좋겠어. 이 자세가 자네도 편하지?”

분노를 온몸으로 표현하듯 부들부들 떨던 소소자는 휙 돌아서 문으로 향했다.

“시간도 늦었는데 어디 가?”

“사도 영감한테 관심받기 싫소!”

문을 나서던 주적자는 방 한켠에 자리한 관을 가리키며 말을 이었다.

“저 녀석이나 잘 감시하시오! 행여 흡혈귀의 본성이 돌아올지 모르니까!”

소소자는 거칠게 문을 닫고 객잔의 뜰을 가로질러 밖으로 향했다. 문을 막 나서려던 그는 뜰 한구석에 쪼그리고 앉아 있는 인영을 발견했다. 나무 그늘에 가려 자세히 보이지는 않았지만 작은 외형으로 보아 여인인 것 같았다.

그가 치마만 보이면 벗기려 드는 색마(色魔)도 아니니 여인이 있다고 크게 신경 쓸 일도 없었다. 그래서 그냥 가려고 하는데 작게 흐느끼는 소리가 발길을 잡았다. 곤경에 처한 사람을 그냥 지나치지 못하는 그 특유의 성격 때문에 소소자는 여인에게 다가갔다.

“이보시오.”

어깨를 잘게 떨던 여인이 흠칫 놀라며 소소자를 보았다. 얼굴의 반이 머리칼에 가려 보이지 않아 확실치는 않지만 상당한 미모의 소유자인 것 같았다.

"왜 여기서 울고 있는 것이오?"

여인은 부끄러운 듯 고개를 떨구었다.

"어려운 일이 있으면 말씀하시오. 도울 일이 있으면 내가 도와드릴 테니."

여인은 말을 하는 듯 입을 달싹거렸지만 도무지 알아들을 수가 없었다.

"뭐라구요?"

소소자가 재차 물었고 또 입이 움직였다. 하지만 못 알아듣기는 마찬가지였다. 말을 하려고 하는 것을 보면 벙어리가 아닌 것은 분명한데…….

답답한 심정에 다시 물으려던 소소자는 여인의 오른손이 움직이는 것을 보고 입을 다물었다. 미처 발견하지 못했지만 그녀의 오른쪽에는 보통 활의 반밖에 되지 않는 작은 활이 놓여져 있었고, 여인이 지금 그것을 잡은 것이다.

여인이 활을 쏠 이유도 없거니와 쏜다고 해도 겁낼 소소자가 아니었지만 괜한 분쟁을 만들고 싶지는 않았다.

'어쩌면 정신 나간 여인네일지도 모르겠군.'

소소자는 그렇게 생각하고 발길을 돌렸다. 다른 때 같았으면 더 깊이 파고들었을지 모르지만 지금은 그럴 시간이 없었다. 문을 나서며 힐끔 본 여인은 그에게 시선을 둔 채 천천히 일어서고 있었다. 하도 이상한 일이 많이 일어나는 무림이라 소소자는 여인에게 신경을 쓰며 나와서도 가끔 뒤를 돌아보았다. 그러나 그를 따라오거나 하는 일은 벌어지지 않았다.

길가에 늘어선 옷가게나 잡화상들은 하나둘씩 불이 꺼져 가고 밤의 향기에 취해야 할 곳들은 오색등불을 내걸고 있었다. 객점을 빠르게 나서던 첫 걸음과는 달리 상점들 사이를 걷는 소소자의 발걸음은 유람 나온 선비의 그것처럼 여유로웠다.

하지만 그것은 외견일 뿐, 누구보다 급하고 답답한 사람이 소소자였다. 외숙부의 수하에게서 받은 연락에 따르면 지금쯤 주적자는 안양성에 들어서고 있을 터였다. 지금 그는 열흘 전 헤어지기 전의 주적자가 아니라 목숨을 걸고 싸워야 할 적, 주적자를 만나러 가야 했다.

휘적휘적 걷던 소소자의 걸음은 만물공방(萬物工房)이란 편액이 붙은 가게 안으로 향했다. 주문만 하면 남자의 거시기까지도 만들어준다는 곳이었다. 고슴도치 털처럼 뻣뻣한 수염을 기른 주인이 문을 닫으려는지 가게 안을 정리하고 있는 모습이 보였다.

"험!"

기척을 알리는 소소자의 헛기침에 대바구니를 들고 있던 주인이 뒤를 돌아보았다. 처음에는 누군지 못 알아보던 눈치더니 이내 반색을 했다.

"아이구! 각목을 맡겼던 분이시군요."

"다 됐겠죠?"

"물론이죠. 잠시만 기다리십시오."

주인은 물건을 진열해 놓은 진열장 한쪽에서 각목 한 쌍을 꺼내 소소자에게 내밀었다.

"주문하신 모양과 치수 그대로입니다."

소소자는 각목을 살피며 인상을 찌푸렸다.

"이거 좀 짧은 것 같은데?"

"무슨 말씀이오? 한 자 세 치에서 단 일 푼이라도 길거나 짧으면 내 돈을 받지 않겠소."

소소자는 주인을 힐끔 보고 그래도 못마땅한 듯 혀를 끌끌 찼다.

"모양도 영 다른 것 같고."

"무슨 말씀입니까? 주문하신 그대로입니다. 손님이 직접 그리신 그림을 가지고 올까요?"

소소자는 손을 들어 움직이려는 주인을 막았다.

"아니, 뭐 그럴 필요까지는 없는데… 어쨌든 이 부분, 발을 얹는 부분이 치수보다 좀 작아 보이지 않소?"

이쯤 되자 주인도 화가 돋기 시작하는지 냅다 성질을 냈다.

"가져가기 싫으면 그만두시오! 내 공방을 한 지 이십 년이 됐지만 주문한 모양이나 치수가 틀린 적은 지금까지 단 한 번도 없었소! 이리 주시오!"

주인이 각목을 뺏으려 하자 소소자는 얼른 뒤로 숨기며 헤픈 웃음을 지어 보였다.

"물론 마음에 써어억… 안 드는 것은 아니오. 단지……."

"단지 뭐요?"

소소자는 엄지와 검지로 동그라미를 만들었다.

"이것이 좀 비싸다는 것이……."

주인의 송충이 같은 눈썹이 역팔 자로 올라갔다.

"값을 깎자는 것이오?"

"뭐… 그렇다기보다는… 그렇지요."

"절대 그럴 수 없소! 내 공방을 한 지 이십 년이 됐지만 지금까지 정해진 값을 받지 못한 경우는 단 한 번도 없었소."

“공방을 이십 년씩이나 하셨으니 한 번쯤 예외를 두는 것도 좋은 일 아니겠습니까?”

“난 그런 것 모르오! 내 공방을 한 지 이십 년이 됐지만 예외를 둔 적은 한 번도 없소! 가져가기 싫으면 이리 주시오!”

“아, 알았소. 내 돈을 주면 될 것 아니오. 쳇! 공방 이십 년 한 것이 무어 그리 큰 벼슬이라고…….”

소소자는 투덜거리며 바지춤에서 돈을 꺼내 주인 손에 건넸다.

“세상에 물건 값 깎는 것이 무쇠 깎는 것보다 더 어렵군.”

구시렁구시렁하며 공방을 나선 소소자는 곧장 포목점으로 발길을 돌렸다. 삼 일 전에 맞춘 장포를 찾기 위해서였다. 다행히 그곳에서는 무려 동전 두 문을 깎을 수 있었다. 이번에는 절대 제값을 줄 수 없다는 소소자의 의지에 후덕한 여주인이 손을 든 것이다.

“난 역시 여인네들에게 인기가 많단 말이야.”

목표를 이뤘음에 뿌듯함을 느낀 소소자의 걸음은 서둘러 내리는 밤이슬을 밟으며 안양성 외곽으로 향했다.

백영존이 이끄는 백영대(百影隊)의 구분은 간단 그 자체였다. 검은 무복에 맞춰 쓴 검은 두건의 이마 부분에 붉은 글씨로 각각 일영(一影)부터 구십구영(九十九影)까지 쓰여 있으니 누가 누군지 헷갈릴 염려도 없었다.

백영존은 어둠이 깔린 야산의 바위 위에 걸터앉아 십이영이 하는 보고를 듣다 이마에 주름을 만들었다.

“주적자와 소소자가 없다고?”

“그렇습니다. 객잔에는 사지마군과 여인만 있을 뿐 사내를 포함한 나머지 셋은 보이지 않았습니다.”

“흠… 그래?”

백영존은 콧등을 문지르며 생각에 잠겼다. 지금 이대로 공격한다면 객잔에 있는 자들을 죽일 수는 있겠지만, 자칫 어디 있는지 모를 주적자와 소소자에게 경계심을 갖게 만들 수도 있었다. 그렇다고 한자리에 모이기만을 마냥 기다릴 수도 없는 노릇이었다. 차라리 각개격파(各個擊破)하는 것이 시간도 절약하고 더 쉽게 일을 끝낼 수 있는 방법이라는 생각이 들었다.

“별로 중요하지 않은 것인지는 모르지만…….”

“뭐가 말이냐?”

“사지마군이 묵고 있는 방 안에 관 하나가 놓여 있었습니다.”

“시체를 넣는 관 말이냐?”

“네.”

“관이라…….”

관이 방 안에 있다고 특별히 이상할 것은 없었다. 타향에서 죽은 시체를 관에 담아 고향에 묻어주는 일이 가끔 있기 때문이다. 그러나 주적자 일행이 그런 일을 위해 길을 가고 있다는 생각은 들지 않았다. 물론 그들의 목적을 알지는 못하지만 말이다.

‘제길, 왠지 이번 일은 꺼림직한데.’

상대가 주적자이기 때문만은 아니었다. 살수라는 이름으로 살아온 십오 년 세월에서 얻어진 육감 같은 것이었다. 하지만 육감 때문에 일을 포기할 수는 없었다. 백영존은 일어서며 데리고 온 삼십 명의 부하에게 명령했다.

“당장 객잔으로 가서 사지마군과 여자를 조용히 없앤 후 주적자와 소소자가 돌아올 때까지 잠복에 들어간다."

촤라라라—!

허허벌판 한 귀퉁이에 남의 집 살이를 하듯 한 뭉텅이 모여 자란 억새풀은 온몸으로 바람을 받아 넘겼다. 잡초를 밟아가던 소소자는 키보다 큰 억새풀을 꺾어 입에 물고 가슴을 더듬었다. 탈의 딱딱한 감촉이 손에 느껴졌다. 일행의 눈을 피해 오 일 동안 조심스럽게 만든 탈이었다.

소소자는 옷깃 사이로 손을 집어넣어 탈을 꺼냈다. 탈명침으로 불리기 시작한 지 벌써 칠 년. 그동안 이 모양의 탈을 쓰고 서른두 번의 살수행을 했다. 처음 한 번만 떨리고 거북했을 뿐, 그 후 단 한 차례도 탈의 감촉이 싫다거나 쓰고 싶지 않은 적은 없었다. 나쁜 하나를 없애 선한 열이 행복할 수 있다면 기꺼이 그렇게 하겠다는 그의 신념이 흔들리지 않았기 때문이다.

그러나 지금, 주적자를 맞이하러 가는 이 순간만큼은 탈명침이란 이름을 갖고 싶지 않았다. 탈의 딱딱한 감촉도, 장포의 흩날림도 싫었다.

이제껏 살아오며 선택의 여지를 갖지 못한 적은 없었다. 이것 아니면 저것. 그에겐 언제나 선택할 권리가 있었다. 저놈을 죽일 것인가, 이 환자를 살릴 것인가, 저녁 식사는 무엇으로 할 것인가 하는 사소한 일까지 그에게 선택은 일상적인 권리였다.

하지만 주적자와의 싸움에는 선택의 여지가 없었다. 필히 싸워야 했고, 그 결과에는 두 가지만이 남아 있었다. 죽느냐 죽이느냐가 아닌, 죽느냐 살아남느냐 둘 중 하나였다. 주적자를 죽일 수는 없었다.

능력도 되지 않을 뿐더러 설사 그렇더라도 주적자를 죽일 수는… 없었다.

소소자는 입에 문 억새풀을 뱉고 탈을 썼다. 양쪽 귀 어름에 구멍을 뚫어 연결한 끈을 뒤쪽으로 맸다. 오늘따라 매듭이 지어지지 않아 한참 손을 꼼지락거려야 했다. 나무로 만든 탈임에도 불구하고 언제나처럼 얼굴에 착 달라붙는 느낌이 왔다. 각목 위에 올라서자 바닥에 끌리던 장포가 땅에서 두 치 정도 떨어졌다.

소소자는 각목과 발을 가죽띠로 묶은 후 허리를 폈다. 이 위에서 보는 세상은, 그것이 비록 한 자 세 치의 높이밖에 되지 않았지만 뭔가 달랐다. 이제껏 눈에 들어오지 않은 것들도 확연하게 볼 수 있었다.

그는 마치 낯선 세상에 온 것처럼 몸을 한 바퀴 돌려 주위를 보았다. 어둠 끝으로 보이는 검은 산과 산을 등지고 선 나무와 바위들. 이십 장 넓이를 차지하고 바람 한 자락에도 서로 몸을 비비며 춤을 추는 억새 풀밭, 작은 길, 주위를 덮고 있는 잡초들. 그 모든 광경이 주마등(走馬燈)처럼 눈앞을 스치고 지나갔다.

소소자는 성문이 있는 쪽으로 시선을 돌리고 오른쪽 가슴 위에 손을 가져다 댔다. 이상할 정도로 가라앉은 기분과는 달리 손바닥을 북채로 때리는 듯한 느낌이 전해졌다.

"괜찮아. 난 살 수 있어. 천하제일의원이자 이 시대 최고의 협객이 죽을 리가 없잖아. 그럼… 그럼. 난 살 수 있어."

그는 독백으로 자신을 안심시켰다. 몸을 작게 움직여 하던 준비마저 끝나자 세상이 적막의 심연에 빠진 것 같았다. 그토록 쉽게 휘날리던 억새풀들도 꼿꼿이 서서 그를 노려보고 있었다.

"생각보다 늦는군."

소소자는 하지 않아도 될 중얼거림을 뱉으며 침통을 꺼냈다. 뚜껑을 열자 달빛을 받은 침이 자잘한 은빛을 토해냈다. 그는 무명천을 꺼내 다시 한 번 침을 닦기 시작했다. 검사(劍士)가 자신의 애검(愛劍)을 손질하는 것과 다를 바 없는 마음으로 그는 침을 닦고 있는 것이다.

두두두두ㅡ!

소리와 동시에 진동이 느껴졌다.

'드디어 왔는가?'

그는 아직 보이지 않는 형체를 쫓아 먼 어둠을 응시했다. 점점 커지는 소리와 몸으로 전해오는 진동이 자꾸 그의 가슴을 뛰게 만들었다. 싸움에 임하면서 긴장을 느껴본 것이 얼마 만인지 기억조차 나지 않았다. 그는 장포 허리춤에 만들어진 작은 주머니에 침을 하나하나 꽂아넣었다. 예순일곱 개의 침을 꽂고 소매 안에 있는 장침(長針)까지 확인하자 비로소 말과 사람이 보였다. 육안으로 확인할 수는 없었지만 본능이 주적자임을 말해 주고 있었다.

비로소 달빛 아래 주적자의 얼굴이 드러났다. 주적자는 그의 오 장 앞에서 말고삐를 당겼다. 온몸에 묻어 있는 뽀얀 먼지가 주적자의 급한 마음을 대변해 주었다. 주적자는 잠시 소소자를 내려다보다 말에서 내려왔다.

"날 기다리고 있었나?"

"아니, 그냥 지나가는 길이었는데 우연히 만났군. 자네와 난 참 우연의 연속이군."

"……."

"그래, 기다리고 있었어. 솔직히 말했으니 그렇게 노려보지 말라구."

한참 후 다시 주적자의 입이 열렸다.

"그 차림은 뭐지? 얼굴을 드러내 놓기가 부끄러운가?"

"자네가 찾는 사람이 탈명침 아니었나?"

주적자의 입꼬리가 묘하게 비틀렸다.

"천하제일살수 탈명침과 천하제일명의 소소자의 다른 점이 뭔데?"

"척 보면 모르겠나? 내 키가 크잖아."

"쓸데없는 말만 했군. 한 가지만 묻지."

"밤은 길어. 이왕이면 수백 가지 물어봐 줬으면 좋겠군."

"자네가 개봉에서 내게 시켰던 일들은 뭐지?"

소소자는 어깨를 으쓱하고 말했다.

"그냥 작은 선물이라고 생각해 두게. 자네와 나 사이가 선물도 주고받지 못할 정도로 나쁘지는 않았잖아."

"그건 자네가 반선의 소소자였을 때 얘기지."

"그래, 난 그때도 소소자고 지금도……."

소소자는 고개를 숙여 자신을 훑어본 후 말을 이었다.

"지금은 아니군. 뭐 아무려면 어때? 내가 소소자든 탈명침이든, 세상 사람들이 모두 밥을 똥이라고 부르면 그때부터 똥이 되는 거야. 하지만 본질은 변하지 않아. 고로 자네가 나를 어떻게 생각하느냐가 중요한 거야."

주적자는 등으로 손을 가져가 검을 빼 들었다. 그 검만큼이나 차가운 음성이 갈라진 입술 사이를 비집고 나왔다.

"내게 탈명침은 탈명침일 뿐! 그 외에 어떤 것도 될 수 없다."

"그래, 그렇겠지."

소소자의 음성은 왠지 신음처럼 들렸다. 그는 약해지는 마음을 추스르듯 장포를 '탁!' 소리가 나도록 턴 후 침 두 개를 손에 쥐었다.

"자, 그럼 중원최고의 살수 탈명침과 중원최고의 보표 주적자와의 싸움을 시작해 볼까?"

친구

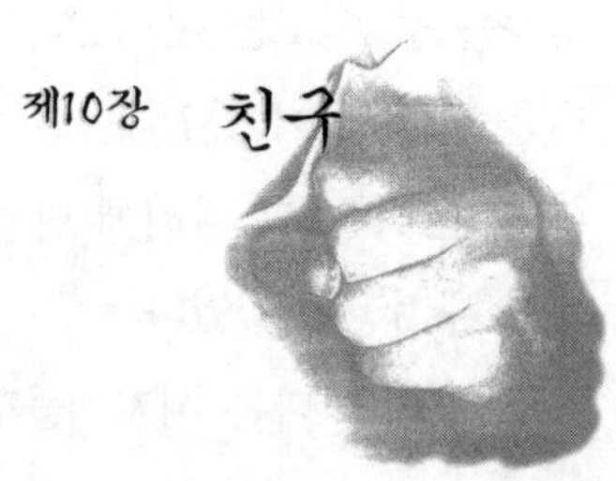

제10장 친구

지붕 위에 있는 열 명의 백영대는 어둠과 완전히 동화되어 있었다. 월광(月光)이 춤을 추는 밤인데도 그들의 어둠을 뺏지는 못했다.

백영존은 객점이 내려다보이는 맞은편 주루 지붕 위에서 백영대를 지휘하고 있었다.

"녀석들의 위치는?"

한쪽 무릎을 꿇고 있던 십이영이 머리를 조아리며 대답했다.

"사도철광과 여자는 같이 있습니다. 사십육영이 곧 안에 몽취산(夢醉散)을 뿌릴 것입니다."

고개를 끄덕인 백영존은 객점 둘레의 그늘에 숨어 있는 열아홉 명 백영대를 둘러봤다. 거기에 있다는 것을 아는 그조차 발견하기 쉽지 않을 정도의 완벽한 은신술이었다.

밤을 깨우는 술집들의 불빛이 간간이 흘러나오고는 있었지만 일에 영향을 줄 정도는 아니었다. 설혹 대낮이라 할지라도 완벽하게 일처리를 할 자신이 있었다. 그는 백영대와 자신을 믿었다. 중원 최고의 살수. 남들은 그 자리에 탈명침을 올려놓지만 백영존만은 자신의 이름을 새겨놓고 있었다.

'언젠가는 다른 머저리들도 알게 되겠지.'

낮은 부엉이 소리가 울리자 지붕에 거꾸로 매달려 있던 사십육영은 몽취산이 든 쪽대를 꺼냈다. 창문이 닫혀 있기는 했지만 쪽대가 들어갈 정도의 틈은 남아 있었다. 사십육영이 쪽대를 창문 사이에 끼우고 입을 가져다 댈 때였다.

"밤이 깊었으니 이만 자야겠소."

"네, 그럼 안녕히 주무세요."

사도철광과 여자의 대화 뒤로 방문 여닫는 소리가 들렸다. 여자는 자기 방으로 가는 모양이다. 사십육영은 머리 밑에 있는 삼십이영에게 여자 방 쪽으로 손가락질을 했다. 그러자 삼십이영이 곧장 몸을 날려 창문에 매달렸다. 삼십이영 역시 쪽대를 꺼내 여자 방의 창문 틈에 끼웠다. 문 열리는 소리가 낮게 들리자 삼십이영이 고개를 끄덕였다. 둘은 동시에 쪽대에 입을 대고 안에 든 몽취산을 불어 안으로 날렸다.

미량만 흡입해도 잠에 곯아떨어지는 몽취산을 뿌려놓았으니 반은 성공한 것이나 다름없었다. 그들은 반 각을 기다린 후 앞에 있는 창문을 열었다. 문이 열리자 이제껏 어둠 속에 있던 백영대가 움직이기 시작했다. 열셋은 그들이 열어놓은 창문 쪽으로 향했고 나머지는 객점의 문을 통해 안으로 들어올 것이다.

사십육영은 방 안으로 들어서자마자 창문 왼쪽 벽에 붙은 침상을 확인했다. 옅은 불빛으로 불룩한 침상의 형태를 볼 수 있었다. 그는 망설이지 않고 검을 뽑아 침상을 향해 내리꽂았다.

푹!

검은 너무도 쉽게 침상을 관통했다. 육질을 베었을 때 느껴지는 익숙한 감각이 아닌 솜을 뚫은 것 같은 감촉이었다. 사십육영은 검을 뽑고 황급히 이불을 들쳤다. 침상 위에는 베개 두 개가 나란히 놓여 있을 뿐 당연히 있어야 할 사도철광이 보이지 않았다. 속았다는 것을 깨달은 순간 차가운 음성이 뒤통수를 때렸다.

"꽤 큰 도둑고양이군."

사도철광은 모로 쓰러지는 사내를 확인하지도 않고 창문 쪽으로 돌아섰다. 그의 예상대로 이마에 육십팔이라는 글자가 쓰여진 복면인이 막 창문을 넘어오고 있었다. 구멍으로 보이는 사내의 눈은 더 이상 커질 수 없을 정도로 커졌다. 사도철광은 단숨에 거리를 좁혀 넘어오는 사내의 목에 손톱을 쑤셔박았다. 비명도 없이 떨어지는 사내의 뒤로 다시 복면인이 모습을 드러냈다. 사도철광은 창문 앞에 버텨 서서 복면인들의 난입을 막았다. 만약 여기서 뚫린다면 포위되는 형국이 되니 훨씬 어려운 싸움이 될 것이다.

"빨리 피하시오!"

사도철광이 소리치자 침상 밑에서 호미령이 기어나와 문 쪽으로 향했다. 그가 막 이십칠이라고 쓰여진 복면인을 떨어뜨릴 때 호미령의 짧은 비명 소리가 들렸다. 고개를 돌리자 물러서는 호미령과 난입하는 두 명의 복면인이 보였다. 그는 황급히 몸을 날려 호미령을 등 뒤로 돌리고 복면인들을 공격했다. 그들의 공격을 막고 가슴과 목에 손톱을 쑤셔박기는 했지만, 그동안 창문으로 세 명의 복면인이 들어오고 말았다. 거기에 다시 문으로 한 무리의 시커먼 놈들이 쏟아져 들어왔다. 결국 그와 호미령은 좁은 방 안에서 포위되어 버렸다.

"제길!"

사도철광은 복면인들의 공격을 막으며 뒤로 주춤주춤 물러섰다. 호미령의 발에 걸린 관은 더 이상 물러날 곳이 없다는 것을 말해 주었다. 혼자라면 어떻게 해보겠지만 호미령까지 보호해야 하는 상황이니 한층 어려운 싸움이 되어버렸다.

사도철광은 다시 네 명을 죽이고 옆구리와 허벅지에 두 개의 상처를 얻은 다음에야 상대가 백영대라는 것을 알았다. 청부한 녀석이 여신우라면 실수 하나는 제대로 고른 셈이었다. 그가 아무리 흑도에서 이름을 떨치는 고수라지만 백영대를 혼자 상대한다는 것은 무리였다. 여기에 온 녀석들이 서른 이상이면 승산없는 싸움이었다. 거기에 백영존까지 왔다면…….

답답한 가슴 위에 철퇴를 내리치듯 방 안으로 들어오는 복면인의 수는 점점 늘어났다. 어림 잡아 열둘은 되어 보였고 좁은 탓에 들어오지 못한 녀석이 얼마나 되는지 짐작조차 가지 않았다. 불안한 마음을 억누르며 쏟아지는 검풍을 힘겹게 막고 있을 때였다. 갑자기 뒤쪽에서 끼이익— 하는 소리가 들렸다. 보지 않아도 관 뚜껑이 열리는 소리라는 것을 알 수 있었다.

그의 가슴에 '어쩌면' 하는 희망이 기웃했다. 고두룡이 깨어나 한 축을 맡아준다면 능히 해볼 만한 싸움이었다. 한 녀석의 배를 긋고 힐끔 돌아보는 그의 시선에 천천히 몸을 일으키는 고두룡이 보였다.

취릿—!

침은 뺨을 스치고 억새풀 뒤쪽으로 사라졌다. 키를 넘는 억새풀밭이 가둬놓은 시야는 주적자의 운신 폭을 일 장 이하로 좁혀놓았다. 하긴 그것은 소소자… 아니, 탈명침도 마찬가지일 것이다. 주적자는 침이 날아온 방향으로 온 신경을 집중시켰다.

사사사삭—!

억새풀 한 줄이 바람에 몸을 맡기는 것처럼 부드럽게 넘어졌다. 주적자는 억새풀이 넘어진 방향 쪽으로 이동하며 검을 휘둘렀다. 전면 일 장 반경이 그의 검기에 우수수 잘려 나갔다. 하지만 그곳 어디에도 탈명침의 모습은 보이지 않았다. 벌써 세 번째 헛손질만 하고 있었다. 생각 같아서는 억새풀을 모두 베어내고 싶었지만 서툰 움직임은 곧 죽음을 의미했다.

주적자는 자신이 만든 억새풀 공터 중앙에서 검을 내리고 탈명침의 기척이 나타나기만을 기다렸다. 이목을 집중해 탈명침을 찾는 것은 이미 포기한 상태였다. 그만큼 탈명침의 은신술은 뛰어났다. 시야의 가장자리로 유성 한 줄기가 떨어지는 것이 보였다.

'유성이 떨어질 때 소원을 빌면 이뤄진다는데……'

그의 뇌리에 스친 상념 끝으로 '탈명침을 죽였으면' 이란 생각이 따라붙었다. 그의 생각에 공감하듯 억새풀 머리들이 일제히 끄덕끄덕 고갯짓을 했다.

바람의 부대낌 뒤에 온 고요는 상당히 길게 이어졌다. 너무 긴 침묵 탓에 탈명침이 억새풀밭을 떠난 건 아닌가 하는 생각까지 들었다.

"빨리 덤벼보라구! 벌써 지친 것은 아니겠지?"

"숨찬 소리를 내는 것을 보니, 자네 벌써 체력이 다한 것 아니야?"

주적자는 '슙' 자가 들려오는 순간 몸을 날렸다. 월광에 반사된 은빛 반원이 억새풀들을 분분히 허공으로 흩어놓았다. 떠오른 억새풀이 채 땅에 닿기도 전에 날카로운 예기가 왼쪽에서 날아왔다. 주적자는 몸을 횡으로 비틀며 검을 휘둘렀다. '카강!' 하는 금속음과 함께 파란 불똥이 튀었다. 땅에 내려선 주적자는 검끝을 보았다.

뚝! 뚝!

손에 느낀 감촉의 증거는 피가 되어 바닥을 붉게 물들였다. 검에 묻은 양이 이 정도면 제법 깊은 상처를 입은 것이 틀림없었다.

"많이 다쳤나?"

그는 친구를 걱정하듯 물었다.

"천하제일명의에게 이 정도는 아무것도 아니야."

"물론 그렇겠지."

주적자는 말이 끝남과 동시에 오른쪽으로 쇄도했다. 부상 때문인지 탈명침이 움직이는 방향이 뚜렷하게 보였다. 그가 막 검을 휘두르려 할 때 갑자기 콧등으로 따가운 느낌이 전해졌다. 전혀 예상치 못한 공격에 주적자는 헛바람을 뱉으며 몸을 뒤로 젖혔다. 시큰한 아픔이 콧등을 따라 이마로 전해졌다.

촤라라―!

마치 눈발이 날리듯 억새풀 가루들이 흩뿌려지며 탈명침이 허공으로 치솟았다. 달 끝을 밟은 탈명침은 가슴에 모았던 손을 양쪽으로 빠르게 펼쳤다. 네 개의 은색 빛살은 반쯤 눕혀진 그의 몸 한가운데를 일렬로 노리고 날아왔다. 활시위에 메겨 쏜 화살보다 빨랐다.

"헙!"

다급한 헛바람과 함께 횡으로 회전하는 그의 옷깃에 억새풀들이 가루가 되어 허공으로 흩어졌다. 주적자는 옆구리를 스치는 침을 느끼며 검으로 땅을 때렸다. 지이잉! 쇠가 우는 듯한 소리 뒤로 주적자의 신형은 빠르게 허공으로 치솟았다. 이제 막 땅으로 떨어지기 시작한 탈명침과의 거리가 빠르게 가까워졌다.

그의 예상치 못한 움직임에 탈명침의 동공이 놀람으로 확대되었다. 주적자는 허리와 어깨 선을 향해 아래에서 위로 비스듬히 검을 휘둘렀다. 탈명침은 떨어지는 중이었고 설사 방향을 튼다고 해도 그의 검을 피할 수는 없을 것이다. 그 찰나의 순간! 주적자의 뇌리에 갖가지 생각이 스치고 지나갔다.

'이제 드디어 탈명침을 없앤다! 내 삼 년 세월의 고통에 마침표를 찍는다! 그런데 정말 죽여야 하는가? 소소자를… 죽여야 하는가?'

순간 탈명침의 하얀 탈 위로 소소자의 얼굴이 겹쳐 보였다. 그 때문이었을까? 주적자의 검이 순간적으로 멈칫했고 탈명침은 그사이 소매에서 꺼낸 두 자 길이의 쇠꼬챙이를 꺼내 검을 막은 후 반딧불처럼 튀는 파란 불똥 뒤로 훌훌 날아올랐다.

"제길!"

주적자는 자신도 모르게 욕설을 뱉고 탈명침을 뒤쫓았다. 중간에 주춤하지만 않았어도 충분히 벨 수 있었다. 탈명침의 주검을 발 아래 두고 지난 삼 년 세월을 떨쳐 버릴 수 있었다. 하지만 그 작은 틈은 상황을 다시 원상태로 돌려놓아 버렸다. 그런데 이상하게 후회라는 감정은 들지 않았다. 아니, 가슴속에는 일말의 안도감까지 맴돌고 있었다.

'이러면 안 돼! 난 탈명침을 죽여야 한다!'

그는 다시 자신을 추스르고 탈명침이 떨어진 억새풀 사이로 뛰어들었다. 피부를 스치는 거친 느낌 따위는 신경 쓸 여유가 없었다. 검으로 사위를 경계하며 떨어진 자리에는 붉은빛으로 반짝이는 선혈만이 탈명침이 그곳에 있었다는 흔적을 보여주었다. 주적자는 재빨리 주위를 살폈다. 선혈의 튄 방향으로 보아 왼쪽으로 간 것이 틀림없었다.

그는 조심스런 걸음을 내디뎠다. 양손으로 검을 잡고 어깨로 억새 풀을 밀어가며 시야를 확보했다. 피의 흔적을 따라가는 그의 걸음은 더뎠지만 멈추지 않고 꾸준히 이어졌다. 지루하도록 느린 걸음은 한참 동안 이어졌고 흔적도 놓치지 않았다. 그러나 억새풀밭의 가장자리까지 올 동안 탈명침은 눈에 보이지도, 기척을 느낄 수도 없었다.

흔적으로 봐서는 억새 풀밭을 떠난 것 같았다.

"탈명침! 도망쳤나? 내가 무서워 꽁무니를 뺀 거냐?"

대답없는 그의 음성은 공허하게 흩어졌다.

'정말 떠나 버린 것일까? 이렇게 끝낼 것이라면 애당초 나타나지도 말았어야지.'

그는 억새풀밭을 완전히 벗어나서도 한참 동안 주위를 경계하다 검을 잡은 손에 힘을 뺐다. 탈명침이 흘린 피의 흔적은 저 멀리 들판을 가로지르고 있었다. 결국 이처럼 어이없게 탈명침과의 첫 대결에 종지부를 찍은 것이다.

이것이 마지막이라는 생각은 들지 않았지만 허탈한 것은 사실이었다. 삼 년 동안 찾아 헤맨 탈명침을 이처럼 쉽게 놓치다니, 그것도 제 발로 찾아온 탈명침을……

그는 쓴 입맛을 다시며 몸을 돌렸다. 그때였다. 갑자기 눈앞의 억 새풀들이 좌우로 갈라지며 은빛 줄기가 목을 향해 튀어나왔다. 너무도 갑작스럽고 빠른 공격은 온몸의 세포들을 일제히 아우성치게 만들었다.

순간 호흡이 막히고 피가 온통 머리에 쏠린 듯 화끈거렸다. 팔과 다리는 수만 개의 바늘에 찔린 것처럼 따가웠고 심장은 순식간에 얼음으로 변해 버린 것 같았다. 무수한 위험을 헤쳐 나온 육체의 반사는 곧 그의 팔을 움직이게 만들었다.

두 개의 길다란 장침(長針)이 목젖을 꿰뚫으려 할 때 손에 익숙한 감각이 전해졌다. 살과 근육을, 뼈와 내장을 통째로 헤집은 느낌. 바로 그것이었다.

주적자의 검은 탈명침의 왼쪽 가슴을 깊숙이 파고들어 적갈색의 피를 토해내고 있었다.

"끄륵—!"

뒤늦게 옅은 신음을 뱉은 탈명침의 양손에는 여전히 장침이 들려 있었고 그것은 목젖 바로 앞에서 멈췄다. 따가운 느낌이 주적자의 몸을 싸늘하게 굳혀놓았다. 여기서 조금만 힘을 주면 목이 뚫릴 것이고, 아직 잿빛으로 변하지 않은 탈명침의 눈은 충분히 그럴 힘이 남아 있다는 것을 보여주었다.

꿀꺽!

상하로 움직이는 목젖에 장침이 짧은 자국을 남겨놓았다. 탈 밖으로 보이는 탈명침의 눈이 초승달 모양으로 휘어졌다. 눈만으로도 그것이 웃음을 의미한다는 것을 알 수 있었다.

방 안은 그야말로 광란 그 자체였다. 처음 고두룡이 관에서 나올 때만 해도 백영대의 반응은 약간 놀랐을 뿐 그러려니 하는 눈치였다. 하지만 채 세 호흡도 하지 않아 상황은 달라졌다. 고두룡은 주위에 가득

한 피 냄새 때문에 홍분했는지 무작정 백영대에게 덤벼들었다.

대수롭지 않게 고두룡의 맨손 공격을 받아내던 팔십구영의 검이 통겨져 나가고 가슴에 구멍이 뚫리고 나서야 백영대는 고두룡이 평범한 사람이 아니라는 것을 알아챘다. 검으로 상처를 입힐 수 없는 피부와 갈수록 빠르고 파괴적으로 변하는 손과 발은 그들을 삽시간에 공포로 몰아넣었다.

충분한 마음의 준비를 하고, 즉 고두룡이 흡혈귀라는 것을 인정을 한 후 싸웠다면 이처럼 쉽게 무너지지는 않았을 것이다. 하지만 꿈에서도 생각할 수 없었던 일을 당한 백영대는 순간순간이 그야말로 악몽 그 자체였다. 방 안에는 순식간에 열일곱 구의 시체가 생겼고 시간이 지날수록 그 수는 늘어날 것이다.

두 명을 상대하며 고두룡이 백영대를 도륙하는 모습을 곁눈질로 훔쳐보던 사도철광은 더 이상 백영대를 걱정하지 않았다. 오히려 그가 염려하는 것은 고두룡이었다. 흡혈귀라고 생각되지 않을 정도로 얌전하고 말도 잘 듣던 고두룡이 돌변했다는 것은 무언가 또 다른 변화를 의미했다. 항상 붉게 충혈되어 있던 눈이 파르스름하게 변했고, 차츰 송곳니가 튀어나오는 모습이 사도철광의 불안을 더욱 크게 만들었다.

그가 막 구십이영을 죽이고 칠십팔영의 배에 손톱을 박아넣으려 할 때, 이제까지의 공격과는 비교할 수 없는 막강한 도력(刀力)이 쏟아졌다. 사도철광은 뻗던 손을 황급히 회수해 머리 위로 들어 올렸다. 팔을 때리는 충격은 이제껏 상대한 백영대의 그것이 아니었다. 가슴에 양손을 모으며 황급히 물러서는 그의 앞에는 복면을 쓰지 않은 사내가 서 있었다. 도를 몸 중앙에 세우고 있는 모습에서 이름 하나가 떠올랐다.

“백영존!”

백영존의 입가가 뒤틀렸다.

“처음 뵙겠소이다, 사도 선배. 첫 만남의 인사치고는 대가가 너무 크군요.”

그의 눈은 방 안에 죽어 있는 수하들의 시체를 스치고 지나갔다. 아픔보다는 분노가 먼저 느껴졌다. 마지막으로 백영존의 시선은 고두룡을 일별하고 사도철광에게 멈췄다.

“저놈은 뭐요?”

“자네 의뢰인이 말하지 않던가?”

“……”

“보다시피 흡혈귀일세.”

‘흡혈귀’라는 말뜻을 모르는 듯 잠시 어리둥절한 표정을 짓던 백영존은 코웃음을 쳤다.

“흥! 그 따위 말을 믿으라는 것이오?”

사도철광은 고두룡을 향해 고갯짓을 했다.

“내 말을 못 믿겠으면 직접 잡아보면 될 것 아닌가?”

“내가 저따위 놈을 겁낼 것 같소이까?”

백영존은 고두룡 쪽으로 몸을 돌렸다. 사도철광은 느긋하게 둘의 싸움을 구경하기 위해 가슴에 모았던 팔을 내려뜨렸다. 그의 손가락이 자신의 장딴지를 스치는 순간 백영존의 움직임이 갑자기 변했다.

고두룡에게 가려던 것처럼 보이던 백영존은 사도철광을 덮쳤다. 전혀 예상치 못한 공격에 황급히 뒤로 물러서는 사도철광의 가슴 어름에 피가 튀었다.

“이런 비겁한!”

"살수란 원래 그런 것이오."

사도철광은 백영존의 공격을 힘겹게 막으며 뒤로 주춤주춤 물러섰다. 가슴의 상처는 다행히 깊지 않았지만 피는 제법 흘러나오고 있었다. 그의 앞섶은 금세 붉은 피로 물들었다.

승기를 잡은 백영존은 쉴 틈 없이 사도철광을 몰아붙였다. 그를 죽일 수 있을 때 죽이고 고두룡을 상대하는 것이 좋다고 판단한 모양이다. 사도철광은 어느새 문 옆의 벽까지 밀린 상태였다. 수세에 몰리기 시작하자 만회하기가 쉽지 않았다. 사도철광의 무공이 백영존보다 월등히 강하다면 모를까, 선제 공격을 받은 상황에서 부상까지 당했으니 최악이라 할 수 있었다. 벽을 등지고 쏟아지는 도우(刀雨)를 막아내는 그의 시선에 우연처럼 고두룡의 모습이 걸렸다.

그것은 이미 인간의 형상이 아니었다. 온몸에 피를 뒤집어쓰고 잡아뜯듯 머리와 동체를 분리시키는 모습은 악귀 그 자체였다. 방 안에 남아 있는 백영대는 이제 겨우 네 명에 불과했다. 그리고 그 수가 두 명으로 줄어든 순간 드디어 사도철광이 우려하던 일이 일어났다.

고두룡의 긴 송곳니가 십구영의 목으로 파고든 것이다.

"아악―!"

분명 이제껏 비명 소리가 들렸을 것임에도 그것은 처음 지르는 비명인 듯 커다랗게 방 안을 울렸다. 마지막 남은 삼십구영은 그 모습에 공격할 생각도 못한 채 부들부들 떨다가 이내 창문을 통해 도망쳐 버렸다. 이제 안에 남은 이들은 싸우고 있는 사도철광과 백영존, 방 끝이 만나는 지점에 박혀 몸을 움츠리고 있는 호미령, 그리고 흡혈귀가 되어버린 고두룡뿐이었다.

사도철광은 제발 고두룡이 백영존을 공격해 주기를 바랐다. 그러나 그의 바람은 무참히 깨지고 말았다. 파란 눈빛을 번뜩이던 고두룡의 시선이 호미령에게 멎은 후 피가 뚝뚝 떨어지는 입이 양쪽으로 열렸다. 그것은 분명 웃음이라는 이름의 표정이었다. 이미 인간으로서의 이성을 상실한 고두룡은 오직 흡혈귀로서의 본능밖에 남아 있지 않았다. 강찬충과는 달리 너무 오랫동안 인간의 피를 참아오다가 갑작스럽게 맛본 피가 고두룡의 인성을 빼앗아가 버린 것이다.

"호 소저! 도망치시오!"

경고의 대가는 허벅지에 자상(刺傷) 하나를 더해놓았다. 사도철광의 외침에 호미령은 화들짝 놀라며 몸을 움직였다. 하지만 앞이 보이지 않는 그녀가 다가간 곳은 고두룡의 품이었고 그것을 놓칠 고두룡이 아니었다.

"아악!"

날카로운 그녀의 비명은 헛된 소리에 불과할 뿐이었다. 사도철광은 평생의 원수나 되는 듯 도를 휘두르는 백영존 때문에 그녀에게 가까이 다가갈 수조차 없었다.

고두룡의 품에서 호미령을 구해줄 사람은 아무도 없었다. 아무도…….

주적자의 목에 침을 갖다 댄 탈명침은 미동도 하지 않았다. 이미 자신의 죽음이 결정된 이때에 무엇을 망설이는 것일까? 이대로 손에 조금만 힘을 주면 그의 목에 구멍이 뚫리고 둘은 같은 시간에 죽을 수 있었다. 그러나 탈명침은 무슨 생각을 하는지 왼쪽 손의 침을 땅에 떨궜다. 하지만 여전히 오른손에는 장침을 들고 있었기 때문에 주적자는 감히 움직일 수 없었다.

검날을 타고 흐른 피가 검자루를 타고 내려와 손에 끈적한 느낌을 전해줬다. 탈명침은 왼손으로 얼굴에 씌워진 탈을 벗었다. 눈 크고 코 큰 소소자의 희극적인 얼굴이 모습을 드러냈다. 탈명침은 비로소 소소자가 된 것이다.

"이제… 만족하나?"

소소자는 오히려 약간 웃는 듯한 얼굴로 물었다. 주적자는 검이 마치 자신의 가슴을 찌르고 있는 듯한 아픔을 느꼈다. 저 얼굴… 저 얼굴로 싸웠다면 검을 가슴에 박을 수 있었을까? 친구와 술은 오래될수록 좋다지만 그에게 소소자는, 탈명침이 아니었을 때 소소자는 어쩌면 유일한 친구였고 세월에 관계없이 좋은 친구였다는 생각이 들었다. 그래서 가슴이 아팠고, 그래서 후회가 됐다.

"찔러라."

주적자는 담담하게 말했다. 죽고 싶은 생각은 없었다. 그러나 그가 소소자의 가슴에 검을 박았는데 소소자가 침을 놓아버린다면 나머지 삶을 살아가기가 너무 힘들 것 같았다.

소소자의 입가에 웃음이 맺혔다.

"난 절대 친구를 죽이지는 않아."

말 뒤로 장침이 땅에 힘없이 떨어졌다. 주적자는 온몸에 힘이 빠지는 것을 느끼며 검자루를 놓았다. 겨우 지탱하고 있던 소소자의 몸은 비칠 중심을 잃고 쓰러졌다. 황급히 소소자를 추스린 주적자는 소소자를 땅 위에 반듯이 눕혔다. 거칠어진 호흡과 창백한 안색이 아니더라도 소소자의 죽음을 명확히 알 수 있었다. 세상에 심장을 뚫리고 살 수 있는 사람은 아무도 없었다. 주적자는 죽어가는 소소자를 초점없는 눈으로 보았다. 앞이 뿌옇게 보이는 것은 그 때문일 것이다.

"날… 미워했지?"

주적자는 대답할 말을 찾지 못했다. 그는 탈명침을 미워했지 반선의 소소자를 미워하지는 않았다. 한 호흡 늦게 주적자는 입을 열었다.

"아니, 자네는 탈명침이 아니잖나."

소소자는 자신이 벗은 탈을 힐끔 보고 말했다.

"저것만 벗으면 그렇게 보이는 건가? 그럼… 애초에 쓰지 않고 나타나는 건데. 그랬다면 자네가 나를 소소자로 인정해 줬을까?"

그랬을까? 물론 아닐 것이다. 언제나 결과는 과정을 돌이켜 보게 만들었고, 나타난 결과에 대한 과정의 다른 추측은 그래서 무의미했다.

금방이라도 숨이 넘어갈 것처럼 꺽꺽거리면서도 소소자는 끈질기게 말을 하고 있었다.

"이제 자네에 대한 탈명침의 부채는 사라진 건가? 용서가… 된… 거냐구?"

주적자는 힘겹게 고개를 끄덕였다. 이제부터 죽음 앞에 용서를 빌어야 할 사람은 그가 된 것이다. 이제껏 당연하게 생각되었던 일이 우연과 필연이 겹치며 결국 빚을 만들어놓았다.

소소자가 빙그레 웃음을 지었다.

"자네의 약속은 천금(千金)과 같으니 믿어도 되겠지?"

소소자는 바들거리는 손으로 품을 더듬어 주먹만한 나뭇갑을 꺼냈다. 그것을 열자 십 년 묵은 꼬랑내 같은 냄새가 진동을 했다. 소소자는 안에서 검은 환단을 꺼내며 인상을 찡그렸다.

"내가 만들었지만 냄새는 지랄 같단 말이야. 하긴, 입에 쓴 약이 몸에 좋은 법이지."

소소자는 한 손으로 코를 잡고 환단을 입에 넣어 삼켰다.

"뭐… 하는 건가?"

"보면 몰라? 나도 살아야 할 것 아니야."

소소자는 어리둥절한 얼굴의 주적자에게 냅다 고함을 질렀다.

"뭐 해! 언제까지 내 몸에 흉측한 검을 꽂아놓을 생각이야! 빨리 빼지 못해! 아이구! 소리를 질렀더니 더 아프네!"

주적자는 차츰 이상함을 느꼈다. 사실 아까부터 의심을 해야 옳았다. 지금까지 그의 경험으로 볼 때 심장에 구멍이 뚫리면 일곱 호흡 안에 숨이 끊어지는 것이 보통이었다. 그런데 소소자는 근 일각 동안 살아 있는 것이다. 그가 꾸물거리고 있자 다시 소소자가 욕설을 퍼부었다.

"야! 이 늑대 피하려다 호랑이한테 물려갈 놈아! 언제까지 멍청하게 있을 거야! 빨리 칼 뽑으라니까!"

주적자는 엉겁결에 검을 쑤욱 뽑았다. 막혀 있던 구멍이 터지며 피가 뭉클 솟아올랐지만 그리 많은 양이 아니었다.

"으아아! 이놈이 사람 죽이네! 천천히 뽑아야지, 그렇게 확 잡아 빼면 어떡해!"

소소자는 '아이고 나 죽네'를 연발하며 미리 준비해 왔는지 붕대를 꺼내 가슴을 동여맸다. 주적자가 도와줄 필요 없이 혼자서도 잘했다.

"죽일 놈이 내 몸을 푸줏간에 고기 다지듯이 저며놓았네 그래."

소소자는 구시렁거리며 허벅지에 난 상처에도 붕대를 감았다. 주적자는 도저히 이해할 수 없는 상황에 멍청한 얼굴로 소소자의 모습을 보고 있을 뿐이었다. 부들부들 떨며 일어서던 소소자가 못마땅한 눈으로 주적자를 흘겨보았다.

"넌 노약자(老弱者) 우선 부축이란 말도 모르냐? 내가 학질 걸린 사람처럼 떨고 있는 것이 보기 좋은 모양이지?"

주적자는 서둘러 소소자의 겨드랑이를 잡았다. 아무렇지 않은 척하고 있지만 고통스러운지 잘게 떨리는 것이 손에 느껴졌다.

"정말 괜찮은 거냐?"

"내가 괜히 천하제일명의인 줄 아냐?"

"명의면 심장에 검을 박고도 죽지 않는다는 말처럼 들리는군."

"미련한 소리 하고 자빠졌네. 귀신이 아닌 다음에야 어떻게 심장에 구멍이 뚫리고 살아남냐?"

주적자는 소소자의 왼쪽 가슴을 보고 말했다.

"그럼 그건 뭐지?"

소소자는 자신의 오른쪽 가슴을 쿡 찔렀다.

"내 심장은 이쪽에 있다. 왜, 불만이냐? 아… 오늘따라 별도 많네. 제길, 이런 좋은 밤에 내 살을 내가 꿰매야 하다니. 지지리 복도 없지."

그들은 그렇게 밤의 들판을 가로질러 갔다. 객점에 무슨 일이 벌어지고 있는지 까맣게 모른 채…….

불교 경전(經典)을 읽는 듯한 소리는 고두룡의 송곳니가 호미령 목에 닿을 때 들려왔다.

"천봉천봉(天蓬天蓬) 래호오신(來護吾身) 오령신부구아(吾令神符俱我) 생남불역(生南不亦)……."

그 주문(呪文)은 묘한 마력(魔力)을 가지고 있어 고두룡의 움직임을 멎게 만들었다. 그리고…….

쐐애애액—!

바람을 찢는 소리가 나더니 고두룡의 몸이 무엇에 얻어맞은 것처럼 튕겨나갔다. 방을 가로질러 '쿵!' 하고 벽에 부딪힌 고두룡은 공교롭게 사도철광과 백영존이 싸우고 있는 중간 지점을 지나서 자연히 그들와 싸움도 멈추게 되었다.

"끄아아악—!"

뒤늦게 심장을 후벼파는 듯한 비명 소리가 터져 나왔다. 사도철광은 비로소 고두룡의 가슴에 깊숙이 박힌 화살을 볼 수 있었다. 무림인 중에도 궁(弓)을 사용하는 사람이 간혹 있었고 그중 신궁(神弓)이라고 불린 사람도 봤었지만, 눈으로 확인할 수 없을 정도로 빠른 화살은 맹세코 본 적이 없었다. 더구나 도검불침인 고두룡의 몸을 꿰뚫는 화살이라니…….

고두룡은 연신 비명을 질러대며 화살을 뽑으려 했지만 웬일인지 한 번 박힌 화살은 빠질 기미를 보이지 않았다. 사도철광은 고두룡이 튕겨진 반대 방향으로 시선을 돌렸다. 창문 밖으로 어둠과 암청색 기와집의 지붕이 흐릿하게 보였다. 그리고 그곳으로 한 사람이 들어오고 있었다. 아니, 기어 올라오고 있다는 표현이 맞았다.

등에 보통 것의 반 정도밖에 되지 않은 활을 메고 있는 것으로 보아 화살을 날린 사람은 앞에 있는 인물이 틀림없었다. 그는 낑낑거리며 창문 턱을 넘더니 방바닥으로 털썩 떨어졌다. 그런데 인영이 떨어진 곳이 하필이면 백영대의 시체 더미 위였다.

바닥을 짚은 작고 하얀 손이 시체 위에 올려지고…….

"아아악—!"

여인의 찢어지는 듯한 비명이 방 안을 울렸다. 창문을 넘어온 인영은 '그'가 아닌 '그녀'였다. 여인은 쉴 새 없이 비명을 질렀고 거기에 고두룡까지 고통에 찬 울부짖음을 토하니 그야말로 생지옥이 따로 없었다. 바닥에 늘어진 시체들이 경극의 소품처럼 그 광경을 받쳐 주었다.

"제길! 그만 좀 해!"

참다 못한 백영존이 고함을 버럭 질렀다. 그러자 여인의 비명이 거짓말처럼 멎었다. 아직 고두룡의 울부짖음이 남아 있었지만 쌍(雙)으로 울릴 때에 비하면 고요까지 느껴질 정도였다.

"겁도 없군. 자네, 금방 날아온 화살 피할 자신 있어?"

사도철광의 소곤거림에 백영존이 찔끔하는 표정을 짓더니 슬그머니 여인의 눈치를 살폈다. 여인은 다행히 입을 가리고 방 안의 시체들을 힐끔거릴 뿐, 마땅히 있어야 할 불경에 대한 응징은 생각하지 않는 것 같았다.

숨이 차서인지 손을 내리고 심하게 가슴을 일렁이는 그녀는 긴 머리칼로 얼굴을 반쯤 가리고 있었는데, 보이는 곳만 봐도 상당한 미녀라는 것을 알 수 있었다.

'정말 저 여인이 활을 쐈을까?'

사도철광의 의문은 당연했다. 조금 전 날아온 화살은 저토록 가냘픈 여인이 쐈다고는 믿기지 않을 정도로 빠르고 강했다. 거기에 올라오는 모습을 봐서는 무공의 무 자도 모르는 것 같지 않은가…….

여인은 물끄러미 쳐다보는 사도철광 등을 보더니 금세 얼굴을 빨갛게 물들였다. 한눈에 봐도 부끄러워한다는 것을 알 수 있었다.

"바, 방해해서 죄송합니다."

여인은 연신 머리를 조아렸다.

'방해해? 뭘?'

사도철광의 황당함엔 아랑곳없이 여인은 여전히 수줍어하는 모습으로 고두룡을 가리켰다.

"저 사람… 아니, 저… 에게… 있는데… 제가… 괜찮을까요?"

너무 작은 소리로 말을 해서 무공을 익힌 사도철광조차 알아들을 수가 없었다.

"뭐라구요?"

사도철광이 묻자 여인은 다시 뭐라고 말을 했지만 처음보다 더 알아듣기 어려웠다.

"좀 더 크게 말씀해 주시오."

사도철광은 백영존과의 싸움은 이미 잊어버렸고, 그것은 백영존 또한 마찬가지였다.

"저… 흡혈귀에게… 있는데……."

중간중간 끊어지고 뒷말은 아예 들리지도 않았지만 대충 무슨 뜻인지 알 수 있었다. 아마 고두룡에게 용건이 있는 모양이다. 사도철광은 선선히 고개를 끄덕였다. 그가 허락하지 않는다고 화살이라도 날린다면… 피할 자신이 없었다.

"그렇게 하시오."

사도철광이 뒤로 물러서자 백영존도 방 끝으로 물러서 돌아가는 양을 지켜보았다. 여인은 시체들을 피해 조심스럽게 고두룡에게 다가갔다. 가끔 시체가 발에 스칠 때마다 움찔움찔 놀라며 금방이라도 울 것 같은 표정을 지었다.

방을 가로지르는데 거의 반 각을 소비한 여인은 겨우 고두룡 앞에 섰다. 비명을 지르다 지쳤는지 고두룡은 축 늘어져서 힘겨운 시선을 여인에게 두었다.

"미안… 어쩔 수… 어요."

여인은 중얼중얼 죄송함을 표시했다. 남의 가슴에 화살을 박아놓고 사과를 하다니… 이건 완전히 벼랑에서 사람을 밀어놓고 '미안해요. 난 당신이 새인 줄 알았어요' 라고 말하는 격이었다.

"사… 살려줘……."

고두룡의 애원에 여인은 급기야 눈물을 쏟았다. 어떻게 이렇듯 갑자기 많은 양의 눈물을 흘릴 수 있는지 의아할 정도였다. 하지만 여인은 고두룡을 살려줄 마음이 없는지 고개를 저었다.

"저도 그러고 싶지만… 해요."

제법 알아들을 수 있나 싶더니 다시 말끝이 흐려졌다. 어쨌든 '널 반드시 죽여 버릴 거야' 라는 의지는 확실히 표명한 셈이었다.

여인은 소매 안에서 손바닥을 세로로 두 개 합쳐 놓은 듯한 종이를 꺼냈다. 거기에는 온통 붉은색으로 그림인지 글자인지 구분이 안 가는 것들이 쓰여 있었는데 아무래도 부적(符籍) 같았다.

"부디 극락왕생하세요."

처음으로 완전히 알아들을 수 있는 말을 한 여인은 부적을 자신의 손바닥에 붙이더니 수결(手結)을 맺기 시작했다. 양쪽 손의 엄지와 검지를 맞대 마름모꼴을 만들더니 그것을 다시 빙글 돌려 합장을 하고 또다시 비비적거린 후 오른쪽 손등과 왼쪽 손바닥을 붙였다. 그 후로도 한참 동안 수결을 짓던 여인의 입에서 주문이 흘러나오기 시작했다.

"무기궁중치부신(戊己宮中値符神), 치부사자문오향신청(値符使者聞飛香信請), 봉부유지(奉符有旨), 봉부유령(奉符有令), 재수요선고로(在水搖船稿櫓)……."

목소리는 여인의 그것답지 않게 몹시 탁했다. 놀랍도록 또렷한 소리로 주문을 외운 여인은 느릿느릿 양손을 돌리더니 어느 순간 부적이 붙은 손바닥을 고두룡의 이마에 가져다 댔다. 고통 때문이었을까? 고두룡은 입을 쩍 벌리고 몸을 부들부들 떨기 시작했다. 그러나 어떤 소리도 입을 통해 나오지 못했다.

한동안 경련을 일으키던 고두룡은 결국 몸을 늘어뜨렸다. 완전히 의식이 떠난 듯 어떤 움직임도 보이지 않았다. 그제야 여인은 긴 한숨을 내쉬더니 손등으로 이마를 쓸었다. 여인의 얼굴에서는 땀이 비 오듯 쏟아지고 있었다.

한바탕 폭풍이 지나가고 난 자리에 갑작스런 고요가 찾아왔다. 고두룡의 비명도, 여인의 주문도 모두 사라진 적막은 순식간에 방 안을 어색하게 만들었다. 여인도 그것을 느꼈는지 숨을 쌕쌕거리면서도 얼굴을 붉게 물들이고 머리를 조아렸다.

"죄송… 죄송……."

끝이 들리지 않는 여인의 사과에 사도철광은 어떻게 대꾸를 해야 할지 난감했다.

"험! 험! 뭐, 우리에게 죄송할 것 없소이다. 오히려 목숨을 구해주셨으니 고맙다고 해야지요."

사도철광은 말을 하고 호미령에게 시선을 돌렸다. 놀람이 아직 가시지 않았는지 호미령은 벽에 등을 기대고 가만히 서 있을 뿐이었다.

"그런데 소저는 누구시오?"

사도철광의 물음에 여인의 입이 열렸지만 무슨 소리인지 알아들을 수가 없었다.

"뭐라구요?"

“저는 나… 합니다.”

역시나 알아들을 수 없는 말에 사도철광은 차츰 답답해지기 시작했
다. 하지만 자꾸 물어보기도 뭐해서 잠자코 있는데, 방관자로 있던 백
영존이 나섰다.

“좀 크게 말씀을 해보시오. 이름이 뭐라구요?”

여인은 용기를 집어넣듯 심호흡을 하고 입을 열었다.

“나인현(羅仁賢)… 합니다.”

백영존이 어리둥절한 얼굴로 다시 물었다.

“나이년? 이름이 이년이란 말이오?”

여인의 얼굴이 잘 익은 홍시보다 더 붉어졌다.

“아… 아니오. 나인현… 구요.”

“그러니까 나이년.”

자꾸 되풀이되는 백영존의 물음에 여인은 얼굴을 찡그리더니 급기
야 쭈그려 앉아 울음을 터뜨렸다. 어깨를 들썩이며 우는 여인을 보며
사도철광과 백영존 모두 난감한 표정을 지었다. 나이년을 나이년이라
고 하는데 울음을 터뜨리니 어찌할 방도가 없었다. 묻고 싶은 것이 많
은데 전혀 그런 분위기도 아니고, 설사 묻는다 해도 제대로 들을 수조
차 없을 것 같았다.

사도철광은 여인이 우는 양을 지켜보다 문득 생각난 듯 백영존에게
말했다.

“자넨 언제까지 여기 있을 생각인가? 아직도 싸울 마음이 남았나?”

백영존은 씁쓸한 얼굴로 방 안의 시체들을 보았다. 죽은 부하들을
보는 우두머리의 표정치고는 담담한 편이었다.

“이렇게 많은 부하들을 잃었는데…….”

말끝을 흐리는 백영존을 보며 사도철광은 내심 마음의 준비를 했다. 난데없는 여인의 출현에 잊고 있었지만 그의 상처는 작은 것이 아니었다. 옆구리와 허벅지에 크고 작은 상처가 일곱 군데나 되었다. 이런 상태에서 싸운다면 패할 확률이 높았다. 그렇다고 싸움을 피할 수 있는 상황도 아니었다. 사도철광은 잠시 풀렸던 근육을 긴장시키며 싸울 준비를 했다.

그때 밖에서 소소자의 요란한 목소리가 들렸다.

"시끄러! 보표면 보표답게 사람이나 지킬 것이지 왜 남의 가슴을 칼을 쑤셔박고 지랄이야! 지랄이! 에구, 가슴이야! 그냥 영추치로 놔두는 건데 내가 뭐에 씌인 것이 분명하다니까! 젠장! 왜 이리 아픈 거야!"

잠깐 사이를 두고 다시 목소리가 들렸다.

"뭐야! 그럼 내가 이런 상황에서 소리라도 지르지 않으면! 화를 어떻게 풀라구!"

사도철광은 들려오는 소리에 내심 가슴을 쓸어내렸다. 내용을 들어보니 주적자와 같이 오고 있는 것이 분명했다. 가슴이 뚫리고 어쩌고 하는 말이 무슨 뜻인지 알 수 없었지만 이 상황에서 주적자의 등장은 상황의 끝을 의미했다. 주적자까지 왔는데 여기서 뭉그적거리고 있을 백영존이 아니었다.

"오늘은 여기서 헤어지는 것이 서로를 위해 좋겠군요."

백영존은 말을 하고 품에서 주머니 하나를 꺼내 사도철광에게 던졌다. 엉겁결에 주머니를 받아 든 그에게 백영존이 말했다.

"아이들 관 값은 충분할 겁니다. 흑군자라고 불리는 분이시니 애들을 까마귀 밥이 되게 하지는 않으시겠죠."

　　백영존은 사도철광의 승낙도 떨어지기 전에 창문을 통해 사라졌다.
옷자락이 사라지자마자 소소자를 업은 주적자가 방 안으로 들어왔다.
주적자는 눈앞의 광경에 흠칫 놀라며 사도철광을 보았다.

　　"뭡니까?"

　　"백영대일세."

　　시체들을 훑어본 주적자가 다시 물었다.

　　"혼자 해치우신 겁니까?"

　　사도철광은 헛웃음을 흘렸다.

　　"그럴 리가 있나?"

　　그는 주적자의 등에 업힌 소소자를 보았다.

　　"소 의원은 어떻게 된 건가?"

　　주적자의 얼굴에 묘한 웃음이 걸렸다.

　　"얘기는 나중에 하고 시체들 좀 치우쇼! 다 죽어가는 환자가 있는
데 누울 자리는 있어야 할 것 아뇨!"

　　소소자의 고함에 사도철광이 시큰둥하게 대꾸했다.

　　"천하제일의라고 떠들면서 죽어간다는 의미도 모르는 모양이군.
목소리만으로도 장정 서넛은 잡겠는데 뭘."

　　"뭐라구요? 지금 내가 엄살이라도 부리고 있단 말이오?"

　　"아님 말구."

　　"저 영감이 곧 숨넘어가는 사람 가슴을 밟아도 유분수지! 염장을
지르려면 멀쩡한……! 아이구! 안 되겠다. 호 소저 방으로라도 가자."

　　그들은 피비린내 나는 곳에서 호미령의 방으로 장소를 옮겼다. 머
뭇거리는 정체 불명의 여인은 사도철광의 이끌림에 부끄러운 몸짓으
로 따라왔다. 소소자는 여인을 아는지 '어, 당신은 아까 뜰에서 있

던……? 이란 말을 꺼낸 후 다시 '아구구' 하는 소리를 내질렀다. 주적자도 의혹의 눈길을 보냈지만 치료가 더 급했기에 물음은 나중으로 미루기로 했다.

소소자는 비명과 엄살을 연신 터뜨리며 자신의 치료를 직접 했다. 바를 약은 바르고 먹을 약은 먹은 후 살도 스스로 꿰맸다. 물론 손이 닿지 않는 등은 주적자의 도움을 받아야 했다. 하도 난리를 떨어서 얼마 다친 것 같지 않게 보였지만 사실 가벼운 상처는 아니었다. 아무리 심장이 관통되지 않았다 하더라도 검이 뚫고 지나갔는데 무사할 리가 없었다. 소소자의 엄살은 어쩌면 인내하는 다른 방법인지도 모른다.

자신의 치료를 끝낸 소소자의 시선이 사도철광에게로 향했다.

"사도 영감도 꽤 다친 것 같은데……?"

사도철광은 간간이 피가 흐르는 옆구리와 허벅지를 보고 아무렇지 않게 대답했다.

"좀 상처가 나기는 했지만 의원한테 가서 치료받으면 괜찮을 거 네."

소소자의 눈이 게슴츠레하게 변했다.

"의원이라면?"

"여기서 두어 집 건너에 용한 의원이 있다고 하더군. 확실히 어떤 돌팔이와는 다른 모양이야."

소소자가 곁에 있는 베개를 슬그머니 집으며 다시 물었다.

"어떤 돌팔이라면?"

"글쎄… 큰 특징 중 하나로 다리가 짧다지 아마……?"

말이 끝나기도 전에 소소자의 손에 있던 베개가 허공을 갈랐다. 고개를 살짝 돌려 피하는 사도철광에게 소소자의 고함이 쏟아졌다.

"양심이라고는 쥐똥에 기생충만큼도 없는 영감 같으니라구! 죽어가
는 것을 살려준 것이 엊그젠데 그 따위 망발을 하다니! 가슴에 손을
얹고 양심적으로 대답해 봐! 내가 당신 병을 말끔하게… 중원제일의
명의답게 말끔하게 고쳐 줬잖아! 그것에 대한 고마움이 병아리 눈물
만큼이라도 있는 거야?"

사도철광은 진지한 얼굴로 가슴에 손을 얹고 대답했다.

"딱 병아리 눈물만큼 있군. 그런데 병아리에게 눈물이 있긴 있는
건가?"

소소자의 얼굴이 벌겋게 달아올랐다.

"내가 몸만 성했어도 저 영감 똥구멍에 대침을 쑤셔박는 건데!"

이런 소란과 고성이 오갔음에도 불구하고 결국 소소자는 사도철광
의 치료를 맡았다. 자신이 천하제일명의라는 것을 다시 한 번 확인시
켜주기 위해서라는 이유로…….

"네? 이름이 뭐라구요?"

소소자의 되물음에 여인은 얼굴을 붉히고 사도철광을 보았다. 아까
의 일이 되살아나서이겠지만 사도철광도 딱히 해줄 말이 없었다. 결
국 여인은 다시 입을 열었다.

"나인현……."

소소자가 어리둥절한 얼굴로 물었다.

"나이년? 정말 이름이 나이년이란 말이오? 별 해괴한 이름이 다 있
구려."

소소자의 말에 결국 나인현은 자리에 쭈그리고 앉아 울음을 터뜨렸
다.

“아, 아니, 이보시오. 왜… 울고 그래요?”

당황하는 소소자에게 사도철광의 핀잔이 떨어졌다.

“자네는 어찌하여 나 소저를 울리는가?”

“내가 뭘?”

사도철광은 혀를 끌끌 차고 나인현을 달랬다. 하지만 그녀는 쉽게 울음을 그치지 않았다. 한참 동안 나인현을 달래던 사도철광은 결국 고개를 흔들고 포기해 버렸다.

“어쩔 수 없지. 울고 싶을 때는 실컷 우는 수밖에…….”

사도철광은 말머리를 소소자에게 돌렸다.

“그런데 자네 상처는 어떻게 된 건가?”

그는 침상 머리맡에 아무렇게나 벗어 던져진 소소자의 장포를 보며 질문을 이었다.

“저 몸에 맞지도 않는 옷하며… 대체 무슨 일이 있었던 거야?”

소소자는 침묵을 지키는 주적자를 흘겨본 후 퉁명스럽게 말했다.

“이야기하려면 기니 내일 합시다.”

“난 긴 얘기 좋아하는데…….”

“아, 그럼 혼자 밤새 떠들어요! 난 피곤해서 쉬어야 하니까!”

결국 그날 밤 일은 그렇게 일단락되었다. 소소자나 사도철광 모두 환자니 천상 주적자가 모든 일을 도맡아 할 수밖에 없었다.

갈 생각이 없는 것처럼 보이는 나인현은 호미령과 한 방을 쓰게 했고 새로운 방을 구해 소소자와 사도철광을, 마치 원숭이와 개를 한우리에 집어넣는 심정으로 들여놓았다.

그리고 어느 고을에나 있기 마련인 장의사를 찾아 문을 두드려 스물아홉 개의 관을 주문했다. 의외로 그 많은 관은 미리 준비해 놓은 것처럼 만들어져 있었고, 요란뻑적한 소란에도 고개조차 내밀지 못한 주인을 불러 시체들을 치웠다. 물론 후한 수고료와 그들이 무림인이기 때문에 가능한 일이었다.

고두룡은 일단 관에 넣어놓고 나인현과 상의를 한 다음에 처리하기로 했다. 지금으로써는 완전히 죽은 모습이지만 어쨌거나 흡혈귀이니 알 수 없는 노릇이었다.

모든 일을 마쳤을 때는 하늘이 파르스름하게 변해가고 있었다.

"새벽 공기가 좋은데?"

지친 몸을 이끌고 객잔 안으로 들어서던 주적자는 들리는 소리에 시선을 위로 옮겼다. 이층 지붕 위에 소소자가 무릎을 가슴에 대고 앉아 있었다.

"거기서 뭐 해?"

"사도 영감 코고는 소리 때문에 잠을 잘 수가 있어야지."

소소자는 대답 뒤로 자리에 벌렁 드러누웠다. 주적자는 그런 소소자를 보다가 이내 지붕 위로 올라갔다. 소소자의 곁에 앉자 새벽 이슬을 머금은 기와가 엉덩이를 금세 축축하게 만들었다.

"난 탈명침이야."

소소자의 입에서 '탈명침'이란 말이 나오자 주적자 가슴이 뜨끔했다. 하지만 그것은 예전에 느꼈던, 피가 머리로 쏠리는 듯한 기분이 아닌 그저 잃어버린 버릇이 잠깐 생각나는 것과 비슷한 느낌이었다. 단 몇 시진 만에 이렇게 변할 수 있다는 것이 믿어지지 않았다.

아니, 몇 시진은 아닐 것이다. 그가 개봉에서 탈명침이 소소자라는 것을 알고 이곳까지 오는 동안, 탈명침과 소소자의 느낌이 서로 섞이며 희석된 결과였다. 거기에 확실한 죽음을 선사한 후의 감정이 맞물려 결국 주적자는 탈명침을 탈명침이 아닌 소소자로 인정한 것이다.

"넌 반선의 소소자야."

주적자는 한참 후에 대꾸했다.

"그래, 하지만 탈명침이란 이름을 버릴 수는 없어. 그래도 괜찮겠
냐?"

주적자는 입가에 미소를 머금었다.

"그건 네 마음이지. 나를 옭아매고 있던 탈명침은 이미 죽었으니
까. 이제부터 나오는 탈명침은 나와 상관없어. 내 의뢰인을 노리지만
않는다면……."

소소자가 슬그머니 몸을 일으켰다.

"보표로 돌아갈 생각이냐?"

"당연하지. 내가 나일 수 있는 유일한 것이 바로 보표라는 이름인
데. 그건 그렇고 넌 어떻게 알았지?"

"뭘?"

"분광뇌풍검법을 완성시킬 수 있는 방법 말이야."

"아하! 그거? 천재라면 누구나 가지고 있는 일종의 감(感)이지. 네
가 관 노사의 거문고 소리를 듣고 뭔가 깨달은 것 같기에 혹시 내가
예전에 느꼈던 것이 아닐까 하고 생각한 거야."

"예전에 뭘 느꼈는데?"

"운율이나 율동 말이야. 매일 암기를 던지다 보니까 자연히 느껴지
게 되더라구. 그게 없으면 아무리 해도 암기를 빠르고 강하게 던질 수
가 없었지. 설사 내공이 높다 하더라도 그게 없으면 한계를 넘을 수가
없어. 사실 네게 그걸 시키기는 했지만 완성하리라고 장담은 못했지.
그것도 이렇게 빨리 말이야. 의외로 너도 재능이 있었던 거지."

“놀랍군. 네 입에서 남에 대한 칭찬이 나오다니.”

“이봐, 나도 인정할 것은 인정하는 사람이라구.”

“그래. 어쨌든 고맙다고 해야겠군.”

“관둬. 날 찾아다닌 삼 년 동안 분광뇌풍검법을 열심히 연마했다고 생각해. 그게 나로서도 편하니까.”

그들은 잠시 한 시선으로 길 너머 지붕들을 보았다. 여명과 어둠이 공존하는 시간은 왠지 사람을 차분하게 만들었다.

“탈명침으로 분장을 하고 사람을 죽일 때 기분이 어땠냐?”

소소자의 물음에 주적자는 쓴웃음을 지었다.

“글쎄…….”

딱히 뭐라고 표현할 수가 없었다. 어떤 느낌은 있는데 언어로 조합하기에는 어려운 그런 것.

“난 항상 ‘정화(淨化)’라는 느낌을 받아. 나 하나의 미약한 힘으로 세상을 변화시킬 수는 없겠지만, 그 일부나마 단 한 사람이라도 나로 인해 행복해질 수 있다면 나는 탈명침이라는 이름에 만족해.”

“정화라…….”

그래, 어쩌면 주적자가 그때 느꼈던 기분이 그런 것이었는지도 모른다. 원했든 원치 않았든 소소자를 만난 후로 그는 두 번이나 협객행을 한 것이다.

주적자는 그때의 기분을 곱씹으며 소소자에게 물었다.

“넌 왜 탈명침이 된 거냐?”

“딱히 특별한 이유는 없어. 그냥 나쁜 놈들이 싫어. 그것뿐이야.”

주적자는 피식 웃음을 터뜨렸다.

“천성이군.”

소소자는 다시 자리에 벌렁 드러누워 팔베개를 했다. 밀려드는 여명에 희미해져 가는 별들이 내일을 위해 몸을 숨기고 있었다.

"여기도 잠자기에 나쁘진 않은데."

"한 가지만 더 물어보자."

"너무 아프게 묻지 말아주세요."

소소자의 애교스러운 말투에 주적자는 피식 웃고 입을 열었다.

"왜 나와의 동행을 그토록 원한 거냐? 단순히 흡혈귀를 잡기 위해서였나?"

소소자는 가라앉은 눈빛을 주적자에게 보냈다. 잠시 할 말을 찾는 듯 입술을 달싹거리던 소소자의 입이 열렸다.

"솔직히 네가 나를 찾아다닌다는 소문을 들었을 때부터 널 만나고 싶었다. 악인 한 명을 죽임으로써 백이 행복해질 수 있으니 그것으로 족하다고 확신했었는데, 그 악인이 죽음으로써 불행을 짊어진 사람이 있으리라고는 생각지 못했어. 물론 그 가족들은 별개지."

여기까지 말한 소소자는 그때를 회상하는 듯 아련한 눈빛이 되었다.

"더욱이 너에 대한 소문은 전부터 들어 알고 있었거든. '참 지지리 복도 없는 놈이구나' 라는 생각을 해왔었는데 그런 네게 또 다른 아픔을 준 거지. 악을 없앤다는 내 명분이 말이야. 물론 적극적으로 널 찾아서 문제를 해결할 생각은 없었어. 나도 목숨 아까운 줄은 아는 놈이거든."

"그런데 우연히 만나 버린 거군."

"그래, 재수없게도 말이야."

"날 모른 척할 수도 있었을 텐데?"

"안 만났다면 모를까 이미 눈앞에 있는데 그럴 수가 없더군. 거기다 그 처참한 모습이라니……."

소소자는 당시의 모습이 생각나는지 혀를 끌끌 찬 후 말을 이었다.

"이왕 그렇게 된 거 널 좀 더 살펴보기로 했지."

주적자의 입가에 웃음이 걸렸다.

"간을 본 거군."

"그래. 맛이 갔으면 팽개치려고 했는데 제법 잘 익었더라구. 내 까다로운 입맛에 맞기 힘든데 말이야. 그래서……."

소소자는 어깨를 으쓱했다.

'그렇게 된 거야' 하며 주적자를 향해 싱긋 웃는 소소자의 미소는 마치 네 살배기 어린아이의 그것처럼 천진하게 보였다. 어떻게 저런 웃음을 짓는 사내가 탈명침이란 이름의 살수가 될 수 있는지 이해할 수 없었다.

아니, 어쩌면 그렇기에 가능한 것인지 모른다. 선(善)에 대한 순수한 열정은 차가운 머리보다 뜨거운 가슴이 만들어내는 행동 그 자체이기 때문이다. 계산되지 않는 이익 속에서만 탈명침은 존재할 수 있었다.

"넌 좋겠구나. 인생에 대한 확신이 있어서."

소소자는 공허하게 말하는 주적자의 어깨를 툭 건드렸다.

"너야말로 중원제일보표로서의 확신이 있잖아. 이미 이뤘다고 자만하는 것은 아니겠지? 끊임없이 노력하지 않으면 반드시 추락하는 자리가 바로 최고라는 자리지."

소소자는 팔을 쭉 뻗어 하품을 하다가 가슴을 잡고 '아구구!' 하는 소리를 터뜨렸다.

"젠장, 어쨌든 넌 나쁜 놈이야."

소소자는 주적자를 흘겨보고 자리에 벌렁 누웠다.

"이제 그만 자야겠다."

정말 잠을 자는지 소소자의 가슴은 금세 규칙적으로 일렁였다. 주적자는 그런 소소자를 깨우려다 이내 그만두었다. 얼굴에 그려져 있는 한 가닥 미소가 그렇게 편안해 보일 수 없었기 때문이다.

보표지존과 탈명침의 관계에서 주적자와 소소자로 돌아온 안온함 때문일 것이다. 주적자는 겉옷을 벗어 소소자에게 덮어주었다. 지금 생각해 보면 이렇게 된 것이 얼마나 다행인지 모른다. 만약 탈명침을 죽였다면… 설사 소소자가 아닌 다른 어떤 이름의 탈명침이라도, 복수의 칼날 아래 목을 떨궜다면 이렇듯 홀가분한 기분을 느끼지는 못했으리라.

주적자도 소소자의 곁에 나란히 누웠다. 딱딱하고 울퉁불퉁한 바닥이 느껴졌지만 그리 불편하지는 않았다. 육체의 피곤은 작은 것에까지 신경을 미치지 못하게 하였다. 주적자도 금세 잠에 빠져들었다. 언제나 잠이 들 때 떨어지던 회오리의 나락이 아닌 아주 편안한 휴식이었다.

두 얼굴을 가진 술법사

제11장 두 얼굴을 가진 술법사

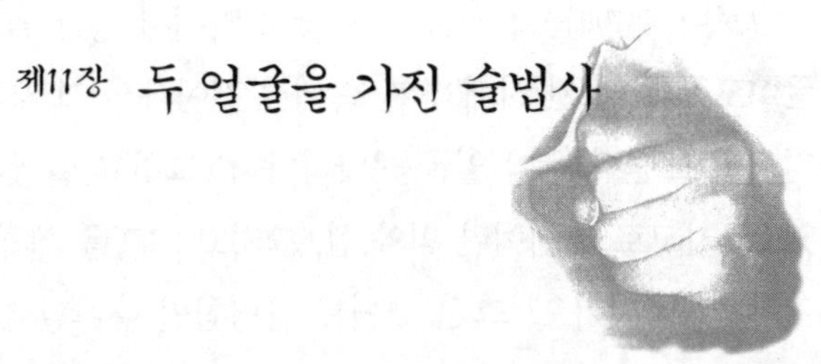

“자네가?”

사도철광은 그리 크지 않은 눈을 부릅뜨고 소소자를 보았다.

“왜요? 내가 탈명침이란 것을 못 믿겠다는 말이오?”

사도철광은 허리를 숙여 소소자와 눈 높이를 맞추고 한참 동안 얼굴을 쳐다보았다.

“뭘 그리 뚫어지게 보시오?”

사도철광은 고개를 갸웃했다.

“이상하네. 무인의 기품이라고는 눈을 씻고 찾아봐도 없는 이 얼굴이 어떻게 탈명침이 될 수 있는 거지?”

‘기품’ 이란 말이 나왔는데 가만히 있을 소소자가 아니었다. 금세 얼굴이 벌게진 소소자가 냅다 소리를 질렀다.

“이 잘생긴 얼굴이 어때서 기품 운운하는 것이오? 푸르뎅뎅한 영감

낯짝보다 백 배는 잘생겼지! 까놓고 말해서 영감 얼굴이 제대로 된 얼굴이오? 세 달 된 시체가 관 속에서 걸어나온 것 같은 안면 근육을 가지고 있으면서 남의 얼굴을 탓하다니! 그리고 협객이 꼭 잘생기란 법 있소? 자고로 협객이란 의와 협, 그리고 그것을 실천하는 행동력이 있어야 되는 것이오! 그런 면에서 탈명침인 나야말로 최고의 협객이라 할 수 있지! 아암!"

소소자의 열변에도 불구하고 사도철광의 얼굴에는 여전히 의심이 깔려 있었다.

"그래도 외모 어딘가에 풍기는 뭔가가 있어야 하는데 자네는 영……."

"이 영감탱이가 자꾸 외모로 사람을……!"

소소자의 말 중간에 갑자기 사도철광의 팔이 움직였다. 손을 칼날처럼 세운 사도철광은 그대로 소소자의 얼굴을 후려쳤다. 코에서 이마까지 정통으로 맞은 소소자의 비명이 방 안을 쩌렁하게 울렸다.

"아이쿠!"

코를 감싸 쥔 그의 손가락 사이로 피가 흘러나왔다. 손을 떼서 쌍코피라는 것을 확인한 소소자는 사도철광에게 달려들었다.

"이 미친 영감이 왜 갑자기 때리고 지랄이야!"

주적자는 황급히 소소자를 말리며 사도철광에게 물었다.

"사도 선배, 왜 소소자를……?"

사도철광은 고개를 절레절레 흔들었다.

"역시 탈명침이 아니야. 탈명침이 이렇게 느린 공격도 피하지 못한다는 게 말이 되나?"

"이런 제길! 바로 코앞에서 불시에 날리는 공격을 어떻게 피해! 내가 탈명침이랬지 천하제일고수라고 했어?"

"그래도 중원제일살수 탈명침이라면 그 정도는 피해야지."

"그래, 이 영감탱이야! 내가 탈명침이라는 것을 보여주지!"

소소자는 주적자의 손을 뿌리치고 침대 머리맡에 있는 침통을 집었다.

"이봐, 사도 선배가 장난친 것이니 그만 참으라구. 일단 코피부터 막고……."

"넌 이게 장난으로 보이냐? 장난 두 번 쳤다가는 콧구멍에서 심장도 튀어나오겠다! 나도 사도 영감 콧구멍에 침 박는 장난 좀 쳐야겠다!"

고함을 지르고 돌아서던 소소자의 몸이 거짓말처럼 멎었다. 사도철광이 방 안에서 사라진 것이다.

"사도 영감! 빨리 이리 안 와!"

소소자의 광분은 주적자와 호미령이 근 이 각을 말리고, 사도철광이 어디선가 큼지막한 솜을 구해와서 사과까지 한 후에야 겨우 진정되었다. '다시 한 번 이런 일이 있으면…' 하고 으름장을 놓았지만 사도철광은 별로 신경 쓰는 눈치가 아니었다. 한바탕 소동이 지나간 후, 화제는 자연히 나인현에게로 향했다.

그녀의 이름이 나인현이라는 것은 호미령을 통해 비로소 알게 되었다. 밤새 둘은 많은 얘기를 했는지, 입만 달싹거릴 뿐 말이 되어 나오지 않는 나인현 대신 호미령이 궁금증을 대신 풀어주었다.

"그러니까 일종의 도술(道術)을 익혔다 그거군."

"정확히 말하면 술법(術法)이죠. 악귀(惡鬼)를 물리치거나 떠돌이 귀신을 저세상으로 보내는 법을 배웠대요. 어떤 귀신은 다룰 수도 있구요.”

사도철광의 얼굴에 감탄이 떠올랐다.

“정말 그런 게 있긴 있었군. 난 호사가(好事家)들이 지어낸 말인 줄 알았더니. 세상에 귀신도 있고, 그것을 제압하는 술법사(術法士)도 있었네그려.”

소소자가 당장 핀잔을 줬다.

“그럼, 지금까지 우리가 쫓고 있던 흡혈귀는 사람이었나? 그것도 귀신의 일종이지. 자기가 잡으려고 하는 것이 뭔지도 모르는 사람하고 같이 다니고 있다니… 쯧쯧…….”

사도철광은 지은 죄가 있어서인지 그저 고개만 갸웃한 후 호미령에게 물었다.

“그럼, 저 나 소저는 이제껏 산속에서 술법을 배우다 흡혈귀를 잡기 위해 이곳까지 왔단 말이오?”

“네, 공교롭게도 자신을 가르치시던 사부님이 얼마 전에 돌아가셨고, 그분 유언을 따라 악귀들을 물리치기 위해 산을 내려왔대요. 지금까지 우리가 밟았던 길을 그대로 따라온 것 같아요.”

소소자는 이상하다는 듯 물었다.

“진짜 술법사들이 있다면 왜 지금까지 나타나지 않는 거지? 왜 우리만 이렇게 뭐 빠지게 쫓고 있는 거냐구. 말을 들어보니 우리보다는 술법사들이 더 쉽게 흡혈귀나 흡혈야황을 잡을 수 있을 것 같은데.”

호미령은 한쪽에 다소곳이 앉아 있는 나인현을 일별하고 대답했다.

“안 그래도 제가 그걸 물어봤는데, 나 소저도 다른 술법사들은 본 적이 없대요. 네 살 때 사부님의 손에 거두어져 스물네 살이 된 지금까지 한 명도 못 봤다니, 어쩌면 나 소저의 사부가 마지막 남았던 술법사일 수도 있죠."

"다른 술법사들에 대해 들어본 적도 없대요?"

"몇 년 전에 물어봤는데 '어딘가에 살아 있을 수도 있겠지' 라는 말만 하셨대요."

"그럼 더 있을 수도 있다는 말이군."

"지금으로써는 나 소저가 합류해 준 것만 해도 큰 힘이지. 그것보다 고두룡을 어떻게 할 것인가부터 결정하자구."

사도철광의 말에 사람들의 시선이 일제히 방구석에 놓인 관으로 향했다.

"이미 죽은 것이나 마찬가지라고 했잖습니까? 결국 선택은 햇빛에 내놓은 다음 가루나 잘 추슬러서 강에다 뿌려주는 수밖에 없잖아요."

주적자의 말을 소소자가 받았다.

"하지만 고두룡이 없으면 어떻게 흡혈야황을 찾아?"

그 의문에 시선은 다시 관에서 나인현에게로 모아졌다. 갑자기 사람들의 눈길을 받자 나인현은 그나마 조금 들고 있던 고개마저 푹 숙이고 얼굴을 붉혔다. 정말 어지간히 수줍음이 많은 여인이었다.

하긴 네 살 때 산에 들어가서 이제 처음 사람들을 접하니 그럴 만도 했다. 좀 심하기는 하지만……

"다시 살릴 방법이 없나요?"

호미령의 물음에 나인현은 고개만 저었다. 소소자가 애써 웃음을 지으며 말을 걸었다.

"난 천하제일의 소소자요. 즉, 나보다 병을 잘 고치는 사람이 세상 천지에 단 한 사람도 없다는 뜻이지요. 거기에 난 중원 제일의 협객이요. 즉, 난 착한 사람이란 말이지요. 그러니 그렇게 어려워하지만 말고 우리 허심탄회하게 대화 좀 해봅시다."

소소자의 장황한 말에도 불구하고 나인현의 고개는 더 떨궈졌다. 그녀의 모습에 말을 붙이기는 어려웠지만 어떻게 할 것인가? 열쇠를 쥔 사람은 그녀뿐인데…….

'정말 상종하기 힘들군.'

소소자는 속으로 투덜거리면서도 억지로 웃음을 지었다.

"그럼 무슨 방법이 없겠소? 흡혈야황에 대해서는 대충 들은 것으로 아는데……."

나인현이 고개를 끄덕였다. 그러나 역시 묵묵부답(默默不答).

호미령은 더듬더듬 나인현의 손을 찾아 쥐고 차분하게 말했다.

"나 소저가 흡혈귀를 찾으면서 쓴 방법이 있잖아요. 우리처럼 무작정 북쪽으로 올라오며 단서를 찾는 방법이 아닌 다른 방법 말이에요. 물론 오는 길은 같았지만."

나인현은 다시 고개를 끄덕였다. 확실히 무슨 방법이 있는 모양이다.

"그것을 말해 주세요."

나인현의 입이 달싹거렸다. 하지만 아니나 다를까 말이 되어 나오지는 못했다. 소소자는 '좀 큰 소리로 말해요!' 라고 소리 지르려는 것을 간신히 참았다.

나인현은 허리춤에 찬 주머니에서 뭔가를 주섬주섬 꺼냈다. 붉은색으로 뭔가를 그린 부적이었다. 언뜻 보면 문(聞) 자처럼 보이기도 했지만 그것과는 조금 달랐다.

"이것으로……."

"그게 뭐요?"

성질 급한 소소자가 물었다.

"귀향부(鬼向符)……."

"그러니까 그것으로 흡혈야황이 있는 곳을 알아낼 수 있다는 것이오?"

"방향… 있어요."

중간에 말이 끊어지기는 했지만 그 정도는 숙달되어서 눈치로 때려잡을 수 있었다. 잔뜩 기대하고 있던 소소자가 시큰둥하게 말했다.

"방향밖에 모른다면 어차피 우리야 북쪽으로 갈 테니 결국 있으나 마나잖아."

"쯧쯧, 정말 단순함의 극치로군."

사도철광이 핀잔을 주자 소소자의 눈꼬리가 금세 올라갔다.

"뭐라구요? 그럼 복잡한 사도 영감 생각 좀 들어봅시다."

"남한테 의지하지 말고 스스로 생각을 해보게. 머리라는 것은 자꾸 써야 좋아진다고 내가 예전에 얘기했지 않나."

"사도 영감, 잘난 줄 아니까 빨리 본론이나 말해 보란 말이오!"

"저렇게 게으르면서 어떻게 탈명침 노릇을 하는지 원."

사도철광은 소소자의 반격이 나올 사이도 없이 말을 이었다.

"일단 방향을 알면 그쪽으로 쭈욱 가는 거지. 만약 지나치게 되면 저 부적이 알려줄 테니 그럴 염려는 없고. 자연히 웬만큼 근접한 거리는 찾아낼 수 있으니 그때 가서는 호 소저의 힘을 빌리면 되는 것이지. 이 간단한 이치를 모르다니. 어쩔 때 보면 똑똑한 것처럼 보이는데 이럴 때는 영 아닌 것을 보면 시간 똑똑인가?"

"시, 시간 똑똑이? 이 망할 놈의 영감탱이가!"

소소자는 벌떡 일어서다가 가슴을 잡고 침상에 털썩 주저앉았다.

"아이구! 내가 저 영감하고 대화를 말아야 하는데."

"대화란 서로의 정보를 교환함으로써 상대를 더욱 이해할 수 있는 바탕을 마련하는……."

"시끄러워요! 이런 떠그랄, 뚫린 가슴에 불을 지르는군. 어쩌다 내가 저 영감하고 알게 됐는지. 에구, 분통 터져!"

소소자는 가슴을 두드리다 이내 비명을 지르며 고꾸라졌다. 상처 난 곳을 그토록 세게 쳤으니 안 아플 리 없었다. 소소자는 자해를 한 것이나 마찬가지이니 누구한테 원망도 못하고 그저 비명만 질러댈 뿐이었다.

"흐흠!"

주적자는 기침으로 주위를 환기시킨 후 말했다.

"그럼, 전 이만 여기서 헤어져야겠군요."

그 말에 죽을 것 같던 소소자가 언제 그랬냐는 듯 벌떡 일어서며 물었다.

"그게 무슨 개 풀 뜯어먹는 소리냐?"

"약속대로 흡혈귀도 잡았으니 난 내 길을 가야지."

"그럼 보표를 하기 위해 우리와 헤어지겠다는 말인가?"

사도철광의 말에 주적자는 고개를 끄덕였다.

"이제 제자리로 돌아가야죠."

"임마! 이제 와서 쏙 빠지겠다는 게 말이 돼?"

"말이 되건 소가 되건 약속은 약속이니까."

소소자는 할 말을 찾는 듯 한참 동안 입술을 달싹거리다 겨우 말을 뱉어냈다.

"좋아, 내가 다시 의뢰를 하지. 그럼 됐지?"

"네가 다시?"

"그래! 이 돈밖에 모르는 돈벌레야! 내 보표로 널 고용하면 되잖아! 보표가 할 일이 아니니 어쩌니 그딴 소리 할 생각 말고 딱 까놓고 말해 봐! 얼마면 되겠냐?"

주적자는 코를 훍적거리며 말했다.

"좀 비쌀 텐데."

"네 몸값 비싼 것은 전 중원이 다 아는 일이니 가격이나 말해!"

주적자는 슬그머니 검지 하나를 세웠다.

"하나면… 은자 열 냥은 아닐 것이고… 백 냥?"

주적자가 고개를 저었다. 소소자의 얼굴이 코 푼 휴지처럼 변했다.

"에잇! 도둑놈아! 은자 천 냥이나 달라는 게 말이 되냐? 일 년 내내 보표 짓 하고 오백 냥 받는 놈이 말이야! 날 봉으로 아는 거야 뭐야?"

주적자는 짐짓 어처구니없다는 표정을 지었다.

"누가 천 냥을 달라고 했냐?"

"그럼?"

"한 문(文)."

소소자의 얼굴이 어리둥절해졌다.

"동전 한 문 말이냐?"

"그래."

동그란 소소자의 눈이 이내 가늘게 좁아지며 주적자를 째려봤다.

"날 놀려먹는 게 고로코롬 재밌냐?"

"응."

소소자는 손에 든 침통을 냅다 던졌다.

"사도 영감하고 둘이 날 볶아 죽여라!"

그들은 관을 야산으로 옮겼다. 사람들이 많은 대로에 고두룡을 내놓을 수는 없는 일이었다. 잡목들이 우거진 곳을 한참 헤쳐 나가자 두 개의 커다란 묘가 있는 넓은 곳이 나왔다. 오랫동안 관리하지 않았는지 잡초가 무성하고 제단과 망부석(望夫石)은 바람에 깎여 겨우 형체를 유지하고 있을 뿐이었다.

마침 무덤 우측에 커다란 바위가 있어 그 위에 관을 올려놓았다.

"이제 뚜껑만 열면 되는 것이오?"

주적자가 관을 내려놓으며 묻자 나인현은 역시나 고개만 끄덕였다. 주적자는 요철(凹凸) 형태로 맞물린 관뚜껑을 잡고 힘을 줬다.

끼릭—

날카로운 소리와 함께 이음새가 벌어졌다. 주변에 있는 모든 사람들의 목젖이 긴장으로 크게 일렁였다. 위험한 일이 일어나지는 않겠지만 흡혈귀의 완전한 죽음을 본다는 사실만으로도 흥분이 되는 것은 분명했다.

주적자가 막 뚜껑을 열려고 할 때 소소자가 소리쳤다.

"잠깐!"

모두의 시선이 소소자에게로 모아졌다.

"흡혈귀가 재로 변할 때 연기 같은 것이 날 텐데, 그것이 피부에 닿거나 들이마셔도 괜찮소?"

소소자의 물음에 나인현은 제법 큰 소리로 대답했다.

"괜찮……."

소소자는 고개를 끄덕이고 말했다.

"괜찮대. 뭉그적거리지 말고 빨리 열어라."

"차암! 누구 때문에 열려다 말았는데."

사도철광의 핀잔을 소소자는 그저 한 번 쏘아보는 것으로 넘어갔다. 주적자는 작게 입을 벌린 관과 뚜껑 틈으로 손가락을 집어넣었다. 무게로 따지자면 백지장을 드는 것과 다름없었지만 왠지 쉽게 들려지지 않았다. 안에 있는 시체가 단순한 흡혈귀가 아닌 고두룡이라는 사람으로 각인된 때문일 것이다.

"뭐 해? 빨리 열지 않고!"

소소자의 재촉에 그는 심호흡을 한 번 하고 팔에 힘을 주었다. 따가운 햇살 한 자락이 관 안으로 파고들었다.

치이익—!

뜨거운 철판 위에 물을 떨어뜨린 것 같은 소리가 들리더니 이내 회색 연기가 피어올랐다. 주적자는 마저 관뚜껑을 열어 땅에 떨어뜨렸다. 치익거리는 소리와 회색 연기가 뚜껑이 바닥에 떨어지는 소리마저 삼켜 버렸다.

호기심 많은 소소자가 연기를 손으로 저으며 관 안을 쳐다보았다. 기포가 생기며 점점 타 들어가는 고두룡의 피부는 검은 용암이 끓는 것 같았다.

만물에 생기를 불어넣는 태양 빛이 죽음으로 연결된다는 건 저주였다. 그것이 아무리 커다란 힘을 가져다 준다고 해도 말이다.

반원으로 터진 물집은 이내 부서져 가루가 되었다. 그리고 그 아래 다시 물집이 생기고 다시 터져 가루가 되고…….

근 이 각 동안 그런 모습을 연출하던 고두룡의 몸은 어느새 채로 친 듯한 고운 검은색 가루로 남았다. 관 안에 축 늘어져 있는 옷만이 그곳에 고두룡의 시체가 있었다는 것을 말해 주었다.

"허무하군."

사도철광의 얼굴은 마치 자신의 죽음을 예감한 사람처럼 굳어 있었다. 살아온 날보다 살아갈 날이 적은 늙은이가 보는 죽음은 그래서 남다를 수밖에 없었다.

"뭘 그리 우거지상을 하고 있소? 영감은 뼈대가 튼튼해서 앞으로 백 년은 더 살 테니 걱정 마시오."

사도철광은 한숨을 푹 내쉬었다.

"내 걱정이 바로 그거네. 앞으로 백 년밖에 살 수 없다니, 이 얼마나 짧고 허무한 인생인가?"

사도철광은 고개를 절레절레 흔들고 다시 관으로 시선을 돌렸다. 너무도 진지한 사도철광의 말에 소소자는 아무 말도 못하고 어이없는 눈으로 사도철광을 볼 뿐이었다.

모두들 이상한 죽음만큼이나 묘한 감정에 빠져 있을 때 나인현이 멈칫거리며 관으로 다가갔다. 그녀는 귀향부 위에 고두룡의 가루를 손톱만큼 얹더니 그것을 사 등분해서 접었다.

"뭐 하는 것이오?"

"매개체가 있… 흡혈… 찾을 수 있……."

그녀는 소소자가 들을 수 있는 언어를 뱉을 때마다 크게 숨을 들이킨 후 말했다. 아마도 보통 사람이 있는 힘껏 소리를 지르는 것만큼이나 힘을 주는 것 같았다.

"오호! 그러니까 흡혈야황과 연결된 끈이 바로 그것이로군."

나인현은 수줍게 고개를 끄덕였다. 가루가 새지 않게 단단히 접은 귀향부를 허리춤의 주머니에 넣은 그녀는 다시 그 안에서 작은 붓과 여섯 장의 종이를 꺼냈다. 모두들 나인현이 뭘 하려고 하는지 궁금했지만 대답하는 그녀나 듣는 사람이나 너무 힘들기에 아무도 묻지 않았다.

나인현은 제단 위에 여섯 장의 종이를 가지런히 벌여놓고 붓 뚜껑을 열었다. 잔털 한 가닥 비어져 나오지 않은 붓끝은 빨간 물감에 촉촉이 젖어 있었다. 흔히 부적을 그릴 때 쓰는 그런 붓이었다.

마음을 가다듬는 듯 잠시 눈을 감았다 뜬 그녀는 종이 위에 이상한 형상을 그려넣기 시작했다. 맨 가에 네모난 줄을 긋더니 그 안에 이해할 수 없는 그림을 그려넣었다. 죽죽 긋는 선임에도 불구하고 마치 자[尺]를 대고 그리는 것처럼 반듯하게 그어졌다. 두 장이 완성될 때쯤 사도철광이 알았다는 듯 고개를 끄덕였다.

"파지옥정토부(破地獄淨土符)군."

"파지옥정토부? 그게 뭐요?"

소소자의 물음에 사도철광은 특유의 무시하는 표정인, 눈을 갸름하게 뜨고 눈동자를 한쪽으로 모으며 혀를 찼다.

"쯧쯧쯧, 무식하긴. 파지옥정토부란 고인(故人)이 죽어서 지옥에 들지 않고 극락정토(極樂淨土)로 인도해 달라는 부적일세. 아직 그런 것도 모르다니."

"그래, 사도 영감 잘났소!"

"자네가 굳이 말하지 않아도 오십 년 전부터 나 잘난지는 알고 있었네."

둘이 설전을 벌이는 사이 나인현은 다시 두 장의 부적을 더 그렸다. 사도철광의 설명에 의하면, 왕생정토부(往生淨土符)라는 것으로 죽은 뒤 극락으로 가거나 좋은 가정에서 태어나기를 비는 부적이란다. 물론 궁금증을 못 참는 소소자가 물은 것이었고 그 대가로 핀잔 한소리를 감수해야 했다.

나인현은 나머지 두 장에 역시 새로운 그림을 그려넣었다. 한 장은 탈지옥부(脫地獄符)였고 다른 한 장은 영생정토부(靈生淨土符)였다.

여섯 장의 부적을 모두 그린 그녀의 이마에는 쌀쌀한 날씨인데도 불구하고 땀이 송골송골 맺혀 있었다. 어지간히 심력(心力)을 소모한 모양이다.

"그런데 저걸 어떻게 하는 거냐?"

핀잔을 듣기 싫은 듯 소소자는 사도철광이 아닌 주적자에게 물었다. 주적자는 그저 어깨를 으쓱하는 것으로 대답을 대신했다. 소소자의 시선이 슬그머니 사도철광에게로 향했다.

"저것들 중 두 장은 시신과 함께 땅에 묻는 것인데 이번에는 어떻게 하려나……."

그 말에 나인현이 입을 열었다.

"땅을 파서……."

사도철광은 '역시나' 라는 듯 고개를 끄덕이고 무덤 주변에 있는 굵은 나뭇가지를 부러뜨렸다.

"어디를 파면 되겠소?"

나인현은 이미 봐둔 듯 제단에서 일 장 정도 떨어진 아래쪽에 가서 섰다. 늙은 소나무가 삼각형으로 선 그곳에는 키 작은 잡초가 말라가고 있었다.

사도철광은 나뭇가지의 뾰족한 부분으로 땅을 파기 시작했다. 시체가 아닌 가루를 묻을 것이기 때문에 그리 넓게 팔 필요는 없었다. 한 자 넓이에 무릎 정도의 깊이까지 판 사도철광이 물었다.

"이 정도면 되겠소?"

나인현은 고개를 끄덕였다.

"관 좀 들고 오지."

사도철광이 소소자에게 말했다. 그러자 소소자가 눈을 동그랗게 뜨고 물었다.

"내가 말이오?"

"그래. 이제껏 힘없는 척하면서 힘든 일은 하나도 안 했잖아. 아직도 무공에 무 자도 모르는 의원 행세를 할 생각이야?"

"그렇군. 내가 탈명침이라는 것은 이미 밝혀졌지. 이래서 버릇이란 무섭다니까."

소소자는 혼자 중얼거리며 관을 들고 왔다.

"구덩이에다 안의 가루를 붓게."

소소자는 신기하게도 군소리없이 사도철광의 말을 들었다. 옷가지를 꺼내고 관 안의 가루를 구덩이에 쏟아넣자 나인현이 파지옥정토부와 왕생정토부 각각 한 장씩을 가루 위에 얹었다. 조용히 염(念)을 한 그녀는 흙으로 구덩이를 메웠다. 봉분을 만들거나 비석을 세우지도 않은 초라한 장례식이 끝난 것이다.

"시간을 너무 지체했군. 이제 흡혈야황을 찾아가야지."

소소자가 가라앉은 분위기를 띄우듯 활기차게 말했다. 그런데 나인현이 단호하게 고개를 저었다.

"왜요? 또 다른 일이 남았소?"

그녀 대신 사도철광이 대답했다.

"아직 네 장의 부적이 있잖아. 절에 가서 불공을 드리는 일이 남았어."

"그런 걸 꼭 해야 하는 것이오?"

물음은 사도철광에게 했지만 시선은 나인현에게 가 있었다. 그녀는 말 대신 힘있게 고개를 끄덕임으로써 자신의 의지가 확고함을 보여주었다.

그들은 결국 산 중턱에 있는 대흥사(大興寺)라는 작은 절에서 불공을 드린 후에야 길을 떠날 수 있었다.

*   *   *

"삼 일?"

놀람이 깃든 여신우의 물음에 강찬충은 긍정의 몸짓을 보였다.

"그렇소. 삼 일 안에 흡혈야황을 만날 수 있을 것이오."

마차의 움직임에 맞춰 이리저리 흔들리는 강찬충의 안색은 창백하던 평소와는 다르게 붉은색으로 달아올라 있었다. 아마도 흡혈야황과 가까워짐에 따라 일어나는 현상인 모양이다.

여신우는 입가에 웃음을 만들었다.

"결국 만나게 되는군. 결국 만나게 돼."

그의 목소리에는 감출 수 없는 설레임이 들어 있었다. 열두 살 때부터 꿈꿔오던 중원 제패의 꿈이 드디어 현실로 다가온 것이다. 불사의 힘만 얻는다면 무엇이 그를 막을 수 있겠는가?

물론 흡혈야황을 만난다고 그 꿈이 이뤄진다는 보장은 없지만, 지금까지 살아오며 언제나 그랬듯 여신우는 할 수 있다는 자신감을 가졌다. 흡혈야황이 얼마나 대단한 존재인지 몰라도 그래 봐야 기껏 귀물 나부랭이에 불과했다.

인중룡(人中龍)이라고 자부하는 그가 귀물 따위 하나 다루지 못할 것이란 생각은 들지 않았다. 이미 흡혈야황을 설득할 방법은 준비되어 있었다.

누구나 세상 위에 군림하고 싶어하는 심리를 이용하면 되는 것이다. 육십 년 이상을 살아오며 그가 깨달은 건, 진리는 의외로 간단한 곳에 있다는 점이다. 전대 장문인도 그의 감언이설(甘言利說)에 넘어가 북해빙궁으로 향하지 않았던가.

그것이 비록 추락하는 계기가 되기는 했지만 지금으로써는 전화위복(轉禍爲福)이나 마찬가지였다.

'내가 불사지체가 된다면…….'

다음 일은 더 생각할 것도 없었다. 한 산에 두 마리의 호랑이가 살수 없듯이 불사지체는 하나로 족했다. 흡혈야황을 없앤 후 영원히 세상을 지배하는 인물로 남는 것이다. 녀석을 죽일 수 있는 방법은 고두룡에게 들어서 알고 있으니 그는 필승의 패를 손에 쥐고 있는 셈이었다.

'이제 내 앞에 거칠 것은 없다'라고 생각하던 여신우의 얼굴이 굳었다. 불현듯 주적자가 떠올랐기 때문이다. 백영존이 주적자를 처치하는 데 실패했다는 것은 이미 조병천의 연락으로 알고 있었다. 물론 많은 기대를 하지는 않았지만 주적자 일행 중 한 명도 죽이지 못했다는 것은 의외였다.

거기에 활을 쏘는 여인의 출현은 이번 일에 변수가 될 수도 있었다. 여신우는 관자놀이를 누르며 애써 시름을 떨쳤다.

'하나씩 해결하는 것이다. 하나씩…….'

*　　　　　*　　　　　*

　송담득(宋潭得)은 '예전에는 이렇지 않았는데'를 되뇌며 연신 고개를 갸웃거렸다. 지금 그가 있는 청송리(靑松里)는 육 개월 전에 들렀을 때만 해도 활기가 넘쳤었다. 이름처럼 소나무에 둘러싸인 고즈넉한 풍경에 또 그만큼의 넉넉한 인심을 가진 청송리는 마을에 단 하나밖에 없는 청송주루조차 독과점(獨寡占)임에도 불구하고 친절하고 인정이 후했다.

　그런데 지금의 청송리는 그때와 뭔가 달랐다. 장삿길에 두어 번 들른 것이 고작이지만 확연히 알 수 있을 정도의 변화였다. 그것은 마을 입구에 들어서며 만난 사람들의 얼굴에서부터 알 수 있었다.

　농사를 짓거나 사냥을 업으로 사는 사람들이기 때문에 검게 그을려 있어야 할 그들의 얼굴은 삼 일 밤낮을 술에 절어 있다가 해장국 한 그릇 못 먹은 안색을 하고 있었다. 거기에 밤샘 투전판에 앉은 노름꾼처럼 붉게 충혈된 눈과 너나 할 것 없이 입가에 흐르는 침은 절로 눈살을 찌푸리게 했다.

　마을에 들어선 그를 힐끔힐끔 쳐다보는 시선조차 왠지 으스스하게 느껴졌다. 사람들의 왕래가 잦지 않은 마을에서는 외부인을 보는 눈빛이 곱지 않다지만 최소한 청송리만은 예외였다. 사실 그리 띄엄띄엄 오는 것도 아니고 말이다.

　'뭔가 이상하군. 주루 주인장에게 물어보면 뭔가 답이 나오겠지.'

　그는 저번 장삿길에서 친하게 된 청송주루의 주인을 찾아갈 요량으로 부지런히 발걸음을 놀렸다. 해가 머리 꼭대기에 걸려 있었기 때문에 굳이 주루에 들르지 않아도 됐지만 성격상 호기심은 반드시 풀어야 했다.

고작 삼십여 호가 모여 사는 마을인지라 어디를 가게 되더라도 일 각 이상은 걸리지 않았다. 송담득은 마을의 중앙에서 산의 고갯길로 약간 치우쳐 있는 청송주루에 금세 도착했다.

반쯤 열린 주루의 문을 열고 주렴을 젖히자 옅은 어둠이 그를 감싸 안았다. 웬일인지 창문은 모두 닫혀 있었고 주루 안은 절간처럼 조용 했다. 그는 의외의 광경에 탁자가 여섯 개밖에 되지 않은 좁은 주루를 돌아보다 나지막하게 주인을 불렀다.

"호(護) 노인(老人)! 호 노인, 계시오?"

네다섯 번을 부른 후에야 송담득은 겨우 호 노인을 볼 수 있었다. 안채에서 나오는지 허리춤의 끈을 주섬주섬 매는 호 노인의 모습은 마을에 들어오며 보았던 사람들의 모습과 별반 다르지 않았다. 촌사 람답지 않게 정갈하게 길렀던 백염도 잔뜩 때가 끼어 비비꼬여 있었 다.

"호 노인, 대체 마을에 무슨 일이 있소?"

호 노인은 첫눈에 송담득을 못 알아본 듯 한참 동안 시선을 주더니 한참만에 고개를 끄덕였다.

"자네군."

당연히 반갑게 맞아줄 거라 생각했는데 호 노인의 반응은 예상을 빗나갔다. 애써 갖는 무관심과 아쉬움이 교차하는 표정이랄까?

"대체 마을이 왜……?"

그의 말이 끝나기도 전에 호 노인이 주방을 향해 돌아섰다.

"조금 기다리게. 술 가지고 나올 테니. 죽엽청 맛이 잘 들었어."

호 노인의 마지막 말은 푸념을 쏟아내는 것 같았다. 술 생각은 별로 없었지만 송담득은 호 노인이 하는 양을 지켜보기로 했다. 잠시 후 주방에서 나온 호 노인의 손에는 술병과 쪄서 말린 후 잘게 찢은 육포가 들려 있었다.

"먹게."

말을 하며 탁자에 술과 안주를 놓는 호 노인은 무척 힘든 것처럼 보였다. 술병 위에 엎어진 잔을 내려놓는 손길이 잘게 떨리는 것이 풍이라도 걸린 것 같았다.

"어디 편찮으십니까?"

송담득의 물음에 호 노인은 뻔히 보이는 억지웃음을 지었다.

"아프긴. 나이가 든 탓이지. 어여 먹어. 단골이니 술값은 받지 않겠네."

호 노인은 손수 술을 따라주며 자꾸 먹으라고 채근을 했다. 송담득은 호 노인이 따라준 말간 술을 물끄러미 내려다보다 이내 술잔을 집어 들었다. 뭐가 어떻게 돌아가는지는 모르겠지만 시간을 두고 물어보면 답은 나올 것이다.

술잔을 입에 가져다 대고 기울이자 알싸한 죽엽청 특유의 맛이 입안을 적셨다. 하지만 그 강한 향이 옅어진 후의 뒷맛이 개운치 않았다. 죽엽청을 특히 좋아하는 그인지라 대번에 알 수 있었다. 아무리 많은 종류의 죽엽청이 있다고는 하지만 이처럼 톡 쏘며 씁쓸한 뒷맛을 내는 죽엽청은 없었다.

"죽엽청 맛이……."

그는 갑자기 빙글 도는 세상 때문에 다음 말을 잇지 못했다. 물끄러미 그를 보고 있던 호 노인의 입가에 날카로운 웃음이 맺혔다.

"자네가 딱 서른을 채우는군."

"호 노인, 이게……?"

"다음 사람은 낮에 오지 말아야 할 텐데. 깨어 있기가 너무 힘들단 말이야."

*　　　*　　　*

주적자 일행은 일찍 객잔에 들었다. 아직 해가 지려면 멀었지만 소소자와 사도철광의 몸이 아직 좋지 않아 서둘러 쉬기로 했다.

방에 짐을 푼 그들은 이른 저녁을 먹기로 하고 후원에 있는 식탁으로 음식을 시켰다. 자그마한 연못을 빙 둘러 여덟 개의 식탁이 있었는데 손님은 그들뿐이었다.

"반주(飯酒) 없는 저녁 식사는 손톱 빠진 사도 영감이나 마찬가지지."

소소자가 송자주(松子酒)를 시키자 사도철광은 자신을 이상한 데에 빗댔음에도 불구하고 대꾸없이 입맛을 다실 뿐이었다. 하긴 몇 날 며칠을 술이라고는 구경도 못했으니 두주불사(斗酒不辭)하는 사도철광이 술 고플 만했다.

"우리가 여신우에게 너무 뒤처진 것 같은데……."

음식을 기다릴 동안 주적자가 마음에 담고 있던 걱정을 내비쳤다.

"지금으로써는 어쩔 수 없잖아. 그 여우 꼬랑지 같은 영감탱이를 따라잡기는 요원해져 버렸으니……."

소소자는 나인현을 힐끔 보고 말을 이었다.

"나 소저만 믿고 우리 갈 길을 가는 수밖에."

"여신우가 우리보다 흡혈야황을 먼저 만난다고 가정했을 때 일어날 일에 대한 대비를 해두는 것이 좋지 않겠나?"

사도철광이 한 다리를 걸치자 소소자가 대뜸 그 다리를 걸고 넘어졌다.

"대비할 것이 뭐가 있겠소? 여신우가 우리에 대해 말한다고 해봤자 고두룡이나 강찬충 같은 흡혈귀 나부랭이밖에 더 보내겠소?"

"쯧쯧… 흡혈야황이 바보가 아닌 다음에야 상대도 안 될 녀석들을 보내겠나? 머리를 좀 쓰라고 그처럼 누누이 말했건만……."

"그럼 머리 좋은 사도 영감 생각 좀 들어봅시다."

"없어."

소소자는 무슨 소린지 모르겠다는 듯 다시 물었다.

"예? 뭐라구요?"

"아무 생각 없다고. 내가 흡혈야황인가? 어떻게 놈의 생각을 알겠어?"

이쯤 되자 아니나 다를까 소소자의 목소리가 날카로워졌다.

"제길! 좆도 모르면서 아는 척하는 버릇은 언제 고칠 생각이오?"

"내가 왜 좆을 몰라? 자고로 좆이란 말이지, 남자의……."

소소자가 호미령과 나인현을 번갈아 보며 황급히 사도철광의 말을 막았다.

"이놈의 영감탱이가 노망이 들었나? 어디서 함부로 그런 민망한 얘기를 하는 거요?"

사도철광이 어리둥절한 얼굴로 대꾸했다.

"왜? 좆 얘기는 자네가 먼저 꺼내지 않았나?"

"아, 글쎄 그… 거시기한 말은 그만 하라니까요!"

"나참! 이상한 사람일세그려. 좆이 어쩌고저쩌고 자기가 먼저 말해

놓고 이제 와서 날 노망난 늙은이 취급을 하네.”

“영감! 자꾸 거… 거… 으응 얘기 할 거요?”

“으응이라니? 좆 말인가?”

소소자는 아예 탁자에 머리를 처박았다.

“어휴! 내가 미쳤지. 어쩌자고 저 영감하고 얘기를 해가지고 이런 좆 같은 경우를…….”

그는 말을 하다 말고 급히 멈춘 후 사도철광을 노려봤다.

“아무 말 마시오. 한 번만 더 그 얘기를 했다가는 송자주고 뭐고 다 엎어버릴 테니까.”

사도철광은 어깨를 으쓱하고 혼잣말처럼 중얼거렸다.

“거, 사람 참. 내가 뭘 어쨌다고. 그나저나… 좆…….”

소소자의 눈길이 사나워지며 막 입이 열리려고 할 때 사도철광의 말이 이어졌다.

“…타! 이곳 경치 말이야. 후원에 이런 연못이 있는 객잔이 어디 흔한가? 주위에 소나무도 서 있고 연못 주위를 두르고 있는 기암괴석들 하며 한가로이 노니는 비단잉어까지. 안 그런가, 소 의원?”

짐짓 다정한 사도철광의 얼굴과는 달리 소소자의 안면은 화난 닭의 벼슬처럼 물들어 있었다. 바늘로 찌르면 피가 일 장 너머까지 뿜어져 나올 것 같았다. 금방이라도 폭발할 것 같던 소소자의 화는 마침 나온 식사에 간신히 묻혔다.

모두들 배가 고팠던지라 열심히 젓가락을 놀렸고 수줍음 많은 나인 현도 먹을 때만큼은 주저하지 않았다. 부지런히 식사를 하던 사도철광의 시선이 비로소 송자주가 든 술병에 머물렀다.

“술맛이 어떤지 볼까?”

사도철광의 의도를 눈치 챈 소소자가 잽싸게 술병으로 손을 날렸다. 하지만 이미 작정한 사도철광이 술병을 빼앗길 리 없었다. 허공에 헛손질만 한 소소자가 투덜거렸다.

"영감이 이럴 때만 잽싸요. 싸울 때 저만큼 빨랐으면 벌써 천하제일고수 소리 들었을 텐데."

사도철광이 자신의 잔에 술을 따르며 대꾸했다.

"난 천하제일인보다 술이 좋으니 얼마나 다행인가? 소 의원, 자네도 한잔하게나. 향이 정말 좋군."

"영감이 돈 내는 것처럼 인심 쓰지 말아요!"

"쇠붙이가 술로 변하는 순간 돈은 이미 사라지고 마는 것이네. 서로 권하고 마시면서 술은 곧 모든 사람의 것이 되는 법이지."

"제길! 뭣 주고 뺨 맞는다더니 술 사주고 훈계까지 듣는군."

소소자는 구시렁대면서도 술을 사양하지는 않았다. 소소자의 잔에 술을 따른 사도철광이 주적자에게 술병을 돌렸다.

"자네도 한잔하지."

"전 술을 하지 않습니다."

"그건 자네가 보표 일을 할 때 얘기지. 사양 말고 받게."

"하지만……."

"어허! 이 늙은이 손을 무안하게 할 텐가?"

주적자는 하는 수 없이 잔을 내밀어 술을 채웠다. 술병의 주둥이가 이번에는 호미령에게로 향했다. 처음에 두어 번 사양하던 그녀도 결국 사도철광의 강권에 술잔을 받아야 했다. 나인현이라고 사도철광의 마수(?)를 피해갈 수는 없었다.

그런데 그녀는 사양하는 대신 호기심 어린 눈으로 술병을 보고 있을 뿐이었다. 아마 술이라는 것을 태어나서 처음 보는 모양이다.

"마셔보게. 술을 마실 줄 알아야 비로소 강호의 여인이 되는 법이지."

나인현은 조심스럽게 잔을 내밀어 시리도록 투명한 액체를 잔에 담았다.

"자, 맘껏 마시자구. 이 집에 술은 얼마든지 있을 테니까."

소소자가 '꼭 자기가 사는 것처럼 말하는군' 하며 맨 먼저 술잔을 기울였다. 사도철광이 그 뒤를 따랐고, 잔뜩 인상을 쓴 주적자와 호미령이 술로 입술을 축였다. 드디어 나인현이 술잔을 입에 댔다. 처음엔 혀로 살짝 핥더니 고개를 갸웃한 후 맛이 괜찮았는지 한 입에 털어 넣었다. 그리고 평생 잊지 못할 사건은 채 반 각도 지나지 않아 일어났다.

처음엔 누구도 나인현을 주목하지 않았다. 술잔을 힘없이 탁자에 내려놓을 때도, 한 사발의 술을 마신 듯 작은 트림을 할 때도, 항상 어깨에 메고 있는 활을 슬그머니 바닥에 내려놓을 때도 사람들은 그녀를 의식하지 않았다.

중인들의 눈이 하나둘씩 나인현에게 향한 시기는 그녀가 자신의 옷고름을 풀고 있을 때였다. 황색 무복의 앞자락을 벌리는 그녀를 황당한 시선으로 보던 소소자가 물었다.

"나… 나 소저, 뭐 하는 것이오?"

나인현은 이제껏 한 번도 보지 못했던 싸늘한 눈빛으로 소소자를 힐끔 보더니 뱉듯이 말했다.

"덥잖아."

물론 말도 안 되는 소리였다. 계절은 가을의 끝자락에 서 있었고 더

욱이 이곳은 북쪽이었다. 찬바람에 피부가 시릴지언정 더울 날씨는
지난 지 오래였다. 아니, 설사 더워도 그렇지 사람들 앞에서 태연히
옷을 벗다니…….

"더우면 방에 들어가서……."

"니가 뭔 상관이야?"

비로소 사람들은 사태가 심상치 않음을 느꼈다. 평소와는 다르게
또렷—혀가 약간 꼬이기는 했지만—어투와 끝을 잘라먹는 말, 거기에 게
슴츠레하게 뜬 눈은 취객의 모습 그대로였다.

그녀는 겉옷을 완전히 벗고 안에 입은 하얀색의 얇은 옷까지 벗을
태세였다. 저것까지 벗게 된다면 상의는 가슴 가리개만 달랑 남는
상황이 연출될 것이다. 물론 그들도 남잔데 여자의 벗은 몸을 싫어
할 리 있겠는가마는 나인현에게 그런 꼴을 보이게 할 수는 없었다.

가장 먼저 이성을 찾은 것은 역시 주적자였다.

"나 소저, 바람이 차니 여기서 이러지 말고 방으로……."

하지만 그 역시 나인현을 막을 수는 없었다.

"니가 뭔데 나보고 이래라저래라야!"

그녀는 고함을 빽 지르고는 활을 들고 자리에서 일어섰다. 금방이
라도 화살을 날릴 것처럼 기세등등한 그녀는 중인들을 향해 손가락질
을 했다.

"네깟 놈들이 감히 날 무시해! 내가 이래 봬도 중원 최고의 술법사
야! 니들이 익힌 무공 따위는 내 상대도 안 된단 말야! 알겠어!"

소소자가 어이없는 웃음을 터뜨렸다.

"허허… 얌전한 사람이 화를 내면 더 무섭다더니, 나 소저가 술에
취한 모습이 저럴 줄이야."

나인현의 시선이 소소자에게 날카롭게 꽂혔다.

"어쭈! 날 비웃었어?"

그녀는 말을 하며 옆구리에 찬 주머니에 손을 넣더니 가운데 손가락만한 길이의 대나무통 같은 것을 꺼냈다. 그것을 양 손바닥 사이에 넣고 비비자 금세 길어져서 완전한 모양의 화살이 되었다.

"감히 날 비웃었단 말이지."

그녀는 같은 말을 반복하며 시위에 화살을 메겨 소소자를 겨누었다. 가장 놀란 사람은 화살 끝에 놓인 소소자가 아니라 사도철광이었다. 다른 사람은 모르지만 그만은 화살의 위력이 어떠한지 이미 눈으로 봐서 알고 있었다. 소소자가 아무리 탈명침이라고 해도 그녀가 쏘는 화살을 이처럼 가까운 거리에서 피하지는 못하리라.

"나 소저, 안 되오!"

하지만 나인현은 멈출 기미를 보이지 않았다.

"소 의원! 어서 피하게!"

알 수 없는 다급함을 느낀 소소자가 자리에서 벌떡 일어서며 피하려 했지만 시위는 이미 활을 떠난 뒤였다.

피잉―!

화살은 날카롭게 공기를 찢으며 허공을 갈랐다. 사도철광은 잠시 후 있을 광경을 미리 머리 속으로 그렸다. 육안으로 확인할 수 없는 화살, 소소자의 가슴을 꿰뚫는 황색의 선, 피를 뿜으며 뒤로 날아가는 소소자…….

그 모든 광경을 상상하던 사도철광의 눈이 부릅떠졌다.

턱!

소소자가 날아온 화살을 너무도 쉽게 잡아버린 것이다. 나인현이 쏜 화살은 보통의 그것보다 훨씬 느렸고 힘 또한 없어서 설사 무공을 모른다 해도 위협이 되지 않을 정도였다.

어리둥절한 것은 소소자도 마찬가지였다. 눈으로 보지는 않았지만 고두룡의 가슴에 꽂혀 있던 화살의 주인이 나인현이라는 것을 알고 있는 마당에 잔뜩 긴장할 수밖에 없었다. 그런데 화살은 파리가 앉아서 한참을 쉴 정도로 느렸으니 의아할 수밖에…….

"이런 제길!"

나인현은 투덜거리며 허리춤에서 다시 예의 그 작은 통을 꺼냈다.

"깜빡 잊고 주문을 안 외웠군. 조금만 기다려."

그러면 그렇지…….

사도철광은 고개를 끄덕이며 나인현이 다시 화살에 줄을 메기는 것을 보았다.

"나 소저, 그만두시오!"

그가 사방이 쩌렁 울리도록 소리쳤지만 나인현의 행동을 막지는 못했다. 오히려 '감히 내게 소리를 쳐! 조금만 기다려, 영감한테도 한 대 먹여줄 테니까' 라는 협박만 들었을 뿐이었다.

"천봉천봉 래호오신, 오령신부구아 생남불역, 내호오신 천전천 승……."

나인현은 주문을 외우며 화살을 소소자에게로 향했다. 누군가 막아야 했고, 그 짐을 짊어진 사람은 가장 가까이 있는 주적자였다.

주적자는 급히 나인현의 팔을 잡고 바깥쪽으로 밀었다. 덕분에 그녀의 주문이 중간에서 끊겼다.

"놔! 이 자식아!"

"그만 하시오. 아무래도 오늘은 쉬어야겠소."

주적자는 나인현의 수혈(睡穴)을 짚기 위해 손을 목 뒤쪽으로 가져갔다. 잔솜털이 자란 그녀의 목에 막 손가락이 닿으려 할 때 갑자기 뀌아악! 하는 괴음이 울리더니 무언가 주적자의 몸을 거칠게 때렸다.

"으읍!"

주적자는 답답한 신음을 내며 튕겨져 나갔다. 마치 얼음 몽둥이로 맞은 것처럼 냉기가 스며들었다. 가까스로 중심을 잡아 넘어지는 것은 면했지만 가슴을 때린 것이 무엇인지 알 수 없었다. 확실한 것은 나인현이 아니라는 것뿐이었다.

"저게 뭐야?"

소소자는 안 그래도 동그란 눈을 거의 원형에 가깝게 뜨고 나인현을 보았다. 그녀의 몸 주위에는 옅은 안개 같은 것이 피어 오르고 있었는데, 그것은 마치 한 마리의 뱀이 춤을 추고 있는 것처럼 보였다.

"음령음령(陰靈陰靈) 동여사생(同汝死生), 음양이계(陰陽二界) 결위형제(結爲兄弟), 아약유난(我若有難) 예선보진(預先報陳)……."

나인현의 입에서는 끊임없이 주문이 흘러나왔고, 그 소리에 맞춰 사무(蛇霧)가 이리저리 움직이며 금방이라도 사람들을 덮칠 것처럼 요동쳤다. 사무 때문인지 주위는 겨울의 중간에 있는 것 같은 추위를 느끼게 했다.

"날 방해하지 마!"

그녀는 주적자에게 엄중한 경고를 보내고 다시 소소자를 향해 활을 겨누었다. 그녀의 입에서 주문이 흘러나오는 순간 주적자는 땅을 박찼다. 이유야 어쨌든 나인현이 소소자를 죽이게 둘 수는 없었다.

캬웅!

나인현의 일 장 가까이 다가가자 사무가 괴성을 지르며 주적자를 덮쳤다. 주적자는 팔로 사무를 쳐내고 나인현을 제압하려 했지만 사무는 그의 생각보다 훨씬 강하고 빨랐다. 거기에 팔에 부딪힐 때마다 느껴지는 냉기는 순간적으로 몸을 뻣뻣하게 만들 정도였다. 주적자가 할 수 없이 뒤로 물러서자 사무는 더 이상 공격할 의사가 없는지 위협적인 몸짓만 보일 뿐이었다.

주적자는 검을 빼서 공격을 해야 할지 망설여졌다. 사무를 상대하기 위해서는 무기를 써야 했지만, 그렇게 되면 나인현이 다치게 되는 결과를 피할 수 없었다. 물론 저 정체불명의 사무를 이길 수 있다는 가정 하에서 말이다.

나인현은 그런 주적자를 노려보며 말했다.

"당신은 끼어들지 마. 아무리 내 마음에 들었다고 하지만 더 이상 방해한다면 가만두지 않겠어. 꺼억!"

거하게 트림을 한 그녀의 말뜻은 결국 주적자는 마음에 들고 소소자와 사도철광은 못마땅하다는 얘기였다. 그쪽 방면(?)으로는 총기가 지나치게 좋은 소소자가 금세 따지고 들었다.

"나 소저, 우리가 뭘 어쨌다고……?"

"시끄러! 누굴 좋아하고 싫어하고는 내 맘이야!"

말이야 맞는 말이었다. 동전 한 문에 엿을 얼마를 주든 엿장수 마음이듯 말이다. 그러나 기분 나쁜 것은 나쁜 것이고 거기에 더 울화가 치미는 이유는, 그럼에도 나인현을 어떻게 할 수가 없다는 것이었다.

무력으로 한다면 어찌어찌 상대를 해보겠지만, 술 취한 여자와 싸우는 것이라면 소소자나 사도철광이나 몹시 내키지 않는 일이었다.

이러지도 저러지도 못하고 가슴만 두드리는 소소자를 제치고 사도 철광이 전면에 나섰다.

"나 소저, 우리가 잘못했다면 사과를 하겠소."

"사도 영감! 영감이 나 안 보는 사이에 나 소저에게 무슨 허튼짓을 했는지는 몰라도 난 사과할 일 없소."

"자넨 좀 가만히 있어."

사도철광은 낮게 말하고 나인현을 향해 억지웃음을 지었다.

"우리가 어떻게 해야 소저의 마음이 풀리겠소?"

나인현이 눈을 게슴츠레하게 떴다.

"그 말은 내가 시키는 대로 다 하겠다는 뜻이야?"

사도철광이 크게 고개를 끄덕였다.

"물론이오. 그러니 명령만 내리시오."

소소자가 사도철광의 옆구리를 찌르며 속삭였다.

"사도 영감, 그러다가 발가벗고 거리라도 뛰라고 하면 어쩌려고 그래요?"

"그래도 죽는 것보다는 낫잖아."

"난 차라리 죽고 말겠소."

사도철광은 어깨를 으쓱하고 뒷걸음쳤다.

"그럼 자네가 해결하게. 보아하니 나 소저는 자네를 제일 먼저 죽일 기세니까."

소소자는 물러나는 사도철광을 황급히 잡았다.

"말이 그렇다는 것이지 죽고 싶기야 하겠소? 그러니 어떻게든 해보시오. 평소에 그렇게 말하던 머리를 써서 말이오."

“이런 상황에서 머리가 무슨 소용이야?”

사도철광은 구시렁거리면서도 앞으로 나섰다.

“죽으라면 죽는 시늉까지 할 테니 말을 해보시오.”

나인현이 싸늘하게 말했다.

“죽으라면 죽어야지 시늉은 무슨 얼어죽을 시늉! 거기에 나한테 이년 저년 했으니 죽어 마땅하지!”

그녀의 말에 소소자의 얼굴이 파랗게 질렸다.

“아니… 그거야 소저 이름을 우리가 잘못 듣고… 그리고 이년이라고는 했어도 저년이라고는…….”

“시끄러! 어디서 말대꾸야!”

나인현의 호통에 찔끔한 소소자가 사도철광에게 속삭였다.

“정말 죽으라고 하면 어쩌죠? 남아일언(男兒一言) 중천금(重千金)이요, 일구이언(一口二言) 이부지자(二父之子)라 했는데…….”

“설마…….”

부정을 하는 사도철광도 내심 걱정이 되는지 안색을 딱딱하게 굳히고 물었다.

“그래, 소저가 우리에게 원하는 것이 무엇이오?”

“흥! 당신들이 할 수 있을까?”

“뭐든지 말해 보시오.”

“좋아, 말하지. 당신들 지금 당장……!”

나인현은 말을 하다 말고 속옷 위에 입은 얇은 옷의 아랫부분을 잡았다.

“너무 덥군. 일단 이것 좀 마저 벗고…….”

그녀는 누가 말릴 사이도 없이 옷을 훌러덩 벗어 던졌다. 그사이 주적자가 달려들어 제압하려 했지만, 사무가 사나운 기세로 견제를 하고 있어서 몸만 움찔 떨고 말았다.

실망스럽게도(?) 그녀의 가슴 가리개는 매우 커서 겨우 어깨와 아랫배만을 볼 수 있었다. 그녀는 내친걸음이라는 듯 꽃무늬가 알록달록한 가슴 가리개의 끈으로 손을 가져갔다.

개 같은 날의 새벽

제12장 개 같은 날의 새벽

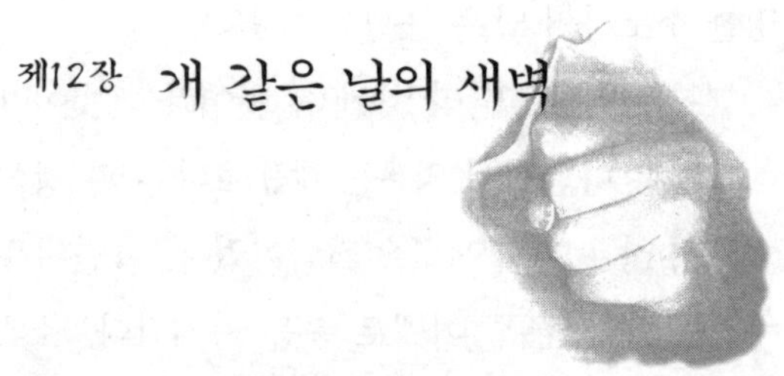

　“꿀꺽!”

　목숨이 달랑달랑한 상황인데도 소소자와 사도철광의 목젖이 크게 일렁이며 눈이 더 이상 커질 수 없을 정도로 커졌다. 고개를 앞으로 쭉 내민 채 잔뜩 기대 어린 눈으로 주시하고 있는 그들에게 나인현의 호통이 떨어졌다.

　“뭘 봐!”

　그들은 짐짓 획 고개를 돌렸지만 눈만은 여전히 그녀를 떠나지 않았다. ‘제발 풀어라… 풀어라……’ 하는 생각이 눈 밖으로 튀어나오고 있었다.

　어깨에 걸쳐진 얇은 끈 하나를 풀자 젖무덤의 반 가까이가 드러나 사도철광과 소소자의 눈을 꼼짝 못하게 만들었다. 주적자는 민망한 모습에 아예 고개를 돌렸다. 그런 그에게 자신도 모르게 뱉는 것이 분명한 소소자의 낮은 음성이 들렸다.

"다른 한쪽도 빨리 벗어라. 벗어라… 벗어라……."

그것은 나인현이 외우는 주문보다 공과 정성이 더 들었으면 들었지 덜하지 않은 바람의 중얼거림이었다. 나인현은 소소자의 염원을 들어주려는 듯 오른쪽 어깨로 손을 가져갔다. 소소자와 사도철광은 사시가 되는 위험을 무릅쓰고 눈동자를 최대한 왼쪽으로 옮겨놓고 다음 장면을 기다렸다. 저 끈이 풀어지면 가슴 가리개는 아래로 처져서 무용지물(無用之物)이 되는 것이다.

나인현은 나비매듭으로 맨 끈 한쪽을 당겼다.

툭!

떨어지려고 하던 가슴 가리개가 단 한 번 엉켜 있는 미약한 힘으로 아슬아슬하게 버텼다.

"제길, 피를 말리려고 작정했나?"

소소자의 혼잣말은 자신도 모르게 약간 커져서 나인현의 귀에까지 들어간 모양이다. 그녀는 끈을 풀려다 말고 소소자를 쏘아보았다.

"뭐라구?"

소소자는 웃음을 지으며 손사래를 쳤다.

"아, 아무것도 아니니 하던 일이나 마저 하시오."

나인현은 고개를 끄덕이다 이내 좌우로 갸웃했다.

"가만, 내가 뭘 하고 있었지?"

갑자기 생각난 듯 그녀가 손가락을 튕겨 '딱' 소리를 냈다.

"맞아! 당신들!"

그녀의 호통은 잔뜩 기대에 부풀어 있는 소소자와 사도철광을 화들짝 놀라게 만들었다.

"네?"

"지금 당장 '나는 개새끼요!' 라고 외치면서 성 한 바퀴를 돌아! 그럼 용서해 주지."

나인현의 말이 떨어지자 소소자와 사도철광의 안면은 백이십 살 먹은 노파의 얼굴처럼 온통 주름으로 뒤덮였다.

"뭐, 뭐라구?"

"나, 나는 개새끼요?"

이구동성으로 입을 연 그들은 또 똑같이 외쳤다.

"그건 못해!"

나인현의 눈이 실처럼 가늘어졌다.

"오호, 한 입으로 두말을 하겠다? 좋아 그럼 내 화살 맛을 보여주지."

"잠깐만요."

이제껏 잠자코 있던 호미령이 나섰다. 막 활에 살을 메기고 주문을 외우려 하던 나인현이 호미령을 보았다.

"저… 너무 심한 것 같은데요?"

눈으로 보지는 못하지만 느껴지는 기(氣)만으로도 두려운지 호미령의 목소리는 잘게 떨렸다. 잠시 생각하는 듯한 얼굴을 하던 나인현은 선선히 고개를 끄덕였다.

"좋아. 넌 꽤 마음에 드니 부탁을 들어주지."

소소자와 사도철광은 지옥에 갔다가 살아 나온 사람들처럼 희색이 만면하여 안도의 한숨을 지었다. 하지만 나인현의 이어지는 말에 그들은 다시 지옥의 나락으로 떨어졌다.

"그럼 반 바퀴만 돌고 와!"

소소자의 파란 안색이 차츰 붉은빛으로 물들기 시작했다.

"이런 빌어먹을! 소인배와 아녀자하고는 다투지 말라는 공자(孔子)님 말씀을 따르려고 했지만 정말 더 이상은 못 참겠군!"

소소자는 팔을 걷어붙이며 잔뜩 허리를 숙였다. 기세로 보아서는 당장 뛰쳐 나갈 것 같았지만 숨을 열 번 들이쉴 동안 제자리에서 한 발자국도 움직이지 않았다. 그러던 소소자가 은근한 눈길로 사도철광을 힐끔 돌아보았다.

"사도 영감……."

"왜?"

"그러니까… 저……."

"뭐? 말을 해."

"아니……."

사도철광은 무슨 뜻인지 알겠다는 듯한 얼굴로 소소자의 등을 떠밀었다.

"안 말릴 테니까 가서 한 판 붙어보라구. 천하의 탈명침이 아녀자에게 개망신을 당할 수는 없는 노릇 아닌가?"

소소자는 마침 꼬투리를 잡았다는 듯 휙 돌아서서 사도철광에게 삿대질을 했다.

"아니, 아무리 그렇기로서니 아녀자와 싸우려고 하면 말리는 것이 당연하거늘, 강 건너 불 구경하듯 보고만 있다는 것이 말이 되오? 미운 정도 정이라는데……!"

소소자의 외침을 뚫고 나인현의 주문이 들려왔다.

"천봉천봉 래호오신, 오령신부구아 생남불역, 내호오신 천전천승……."

화들짝 놀란 소소자와 사도철광이 황급히 손을 저었다.

"나, 나 소저! 잠깐만……!"

그들은 뒤로 물러서며 언제 날아올지 모를 화살에 대비를 했다. 나인현은 한참 동안 주문을 외웠지만 왠지 화살을 날리지 않았다. 계속 '천봉천봉 래호오신'이란 주문만 반복하고 있던 그녀는 갑자기 자리에 폭 쓰러지더니 낮게 코를 골기 시작했다. 몸에서 피어 오르던 사무도 그녀가 쓰러지자마자 거짓말처럼 자취를 감췄다.

"뭐야? 잠든 건가?"

소소자는 그래도 불안한 듯 조심스럽게 다가가 나인현의 눈앞에 대고 손바닥을 휘휘 저었다. 깊은 잠에 빠진 그녀는 속눈썹 하나 까딱하지 않았다. 그제야 소소자는 긴 한숨을 뱉으며 허리를 폈다.

"휴우! 살다살다 내 이런 주사(酒邪)는 처음 보는군. 이래서 자고로 술이란 어른한테 배워야 한다니까."

"어쨌든 다행이군. 하마터면 인구(人口)에 회자(回刺)될 개망신을 당할 뻔한 걸 면했으니."

소소자와 사도철광은 서로의 얼굴을 보며 흐뭇한 표정을 지었다. 둘이 만난 후 처음으로 마음이 통하는 순간이었다. 하지만 지나가는 듯한 주적자의 말이 그들의 얼굴을 다시 굳어지게 만들었다.

"남아일언 중천금이요, 일구이언 이부지자라고 하는 것을 들은 것 같은데……."

소소자가 황급히 손을 저었다.

"그, 그거야 상황이 상황이니만큼 어쩔 수 없었지."

주적자는 겉옷을 벗어 나인현에게 덮어주며 중얼거리듯 말했다.

"이유야 어쨌든 약속은 약속인데… 하긴, 지키지 않는다고 누가 뭐

라고 할 사람도 없는데 뭐. 누가 뭐라고 하겠어. 누가 뭐라고 하겠냐
구."

말을 하는 주적자의 얼굴은 웃음을 참는 표정이 역력했다. 하지만
한 번 한 약속, 그것도 아녀자와의 약속을 지키지 않는다는 건 강호인
의 수치라고 생각하는 소소자와 사도철광의 얼굴은 더 이상의 주름이
만들어질 수 없을 만큼 구겨졌다.

주적자는 나인현을 업고 방으로 향했다.

"식사 마저 하고 들어오시오. 난 먼저 방에 가 있을 테니. 남아일언
중천금이요, 일구이언 이부지자라는데……."

하나로 겹쳐진 주적자와 나인현을 보는 둘의 눈에서는 불똥이 튀었
다.

한참 동안 씩씩거리고 있던 사도철광이 휙 몸을 돌려 객잔의 출입
구 쪽으로 향했다.

"영감, 어디 가시오?"

사도철광은 돌아보지도 않고 대꾸했다.

"한 번 한 약속은 지켜야지."

"저, 정말 이 고을 한 바퀴… 아니, 반 바퀴를 돌 생각이오?"

"거짓말쟁이보다는 개가 되는 것이 낫겠지. 자네는 여기 남아 있든
지 마음대로 하게."

소소자는 애꿎은 걸상을 걷어차고 사도철광의 뒤를 따랐다.

"내가 아녀자하고 한 약속을 어길 정도로 못난 놈 같소? 제길! 영감
이나 계집이나 심지어 보표까지, 만나는 사람마다 왜 이 모양인지. 지
지리 복도 없지."

문을 나서는 소소자의 쩌렁한 외침이 사방을 울렸다.

"왈! 왈!"

그날, 그 고을은 반 시진 동안 개소리로 시끄러웠다고 한다. 두 사람이 내는 개소리와 진짜 개소리가 섞이며 절묘한 어우러짐을 만들어 냈다는 후문이…….

그리고 나인현 덕분(?)에 그 고을의 불량배들 씨가 말랐다고 한다. 소소자와 사도철광의 개지랄과 그들의 고약한 심보가 만나 이루어진 쾌거라 아니할 수 없었다.

*   *   *

여신우는 강찬충의 움직임을 보며 흡혈야황을 만날 시간이 얼마 남지 않았다는 것을 직감했다. 불과 반 시진 전만 하더라도 강찬충은 그나마 강찬충다웠다.

하지만 지금의 강찬충은 무엇에 홀린 듯 걸음을 옮기고 있었다. 마치 누군가가 끈으로 강찬충의 팔다리를 조종하는 것 같았다.

"이봐, 이곳이 흡혈야황의 본거지인가?"

여신우의 물음에도 강찬충은 묵묵히 앞만 향해 나아갈 뿐이었다. 그는 어둠 너머로 어렴풋이 보이는 팻말에 시선을 고정시켰다.

'청송리라…….'

마을이 산중에 위치한 것이나 빙 둘러쳐진 울타리와 길 양쪽으로 자리잡은 허름한 집의 형태로 보아 농사나 사냥을 업으로 사는 사람들이 모여 사는 곳이 분명했다.

'이런 곳에서 흡혈야황이 뭘 하고 있는 것일까?'

그가 의문을 느끼는 순간에도 강찬충은 점점 멀어지고 있었다. 여신우는 걸음을 빨리해 강찬충을 따라잡았다. 이미 말라 버린 잡초가 내뱉은 서리는 오래전에 그의 발목을 적셔 차가운 느낌을 전해줬다.

구름에 가린 듯 짙은 달무리를 머금은 달빛은 제 빛을 뿌리지 못한 채 잔뜩 움츠려 있었다. 그래서 주위의 풍경은 먹빛과 조금 옅은 먹빛으로 보일 뿐이었다. 물론 무공을 익혀서 보통 사람보다 밝은 시야를 확보할 수 있었지만 대낮처럼 훤히 볼 수는 없었다.

산과 하늘을 등에 지고 들어선 마을은 괴괴한 적막을 품고 그들을 맞았다. 강찬충은 단 한 순간도 망설이지 않고 오직 앞으로만 나아갔다. 여신우 또한 그런 강찬충을 말없이 쫓았다.

마을 입구에 들어서자 비로소 바람 한 자락이 그들의 옷깃을 말아 올렸다. 겨울의 초입임에도 여름의 그것만큼이나 시원하게 느껴졌다.

강찬충은 홀린 듯 앞으로 나아가고 여신우는 일 장 뒤에서 주위를 경계하며 조심스런 걸음을 내디뎠다. 세월의 흔적에 찢겨 낡아버린 대문이며 돌담들이 을씨년스럽게 그들을 스쳐 갔다. 미처 느끼지 못했지만 이런 마을이면 으레 있기 마련인 개 짖는 소리도 들리지 않았다. 심지어 풀벌레 소리조차 적막의 바다에 빠져 헤어 나오지 못했다.

완벽한 적막 속을 걷는 여신우는 차츰 불안해지기 시작했다. 흡혈 야황을 이용하겠다는 계획이 터무니없는 망상이 아닐까 하는 생각까지 들었다. 그는 양쪽 관자놀이를 꾸욱 눌러 그 생각을 애써 떨쳤다. '할 수 있다'와 '할 수 있을까?'의 차이가 얼마나 큰지 그는 너무도 잘 알고 있었다.

마을 중앙에 다다를 때까지 움직이는 것이라고는 그들의 그림자뿐이었다. 괜히 소리라도 지르고 싶을 정도로 기분 나쁜 적막이 거머리처럼 달라붙어 떨어지지 않았다.

‘침착하자, 침착해.’

불안할 때 항상 그렇듯 그는 자기 자신을 타일렀다. 걸음은 어느새 청송리를 삼 분의 이쯤 지나 청송주루라는 현판이 붙은 술집 앞에 와 있었다.

“대체 어디에 흡혈야황이 있는 게야?”

여신우의 물음 때문이었을까? 갑자기 강찬충이 걸음을 멈췄다. 손만 내밀면 문을 잡을 수 있을 정도로 주루에서 가까운 곳이었다.

강찬충은 그 낡고 구멍난 문을 한참 동안 쓰다듬더니 손에 힘을 주었다.

끼이익—!

오랜 적막 끝에 난 소리는 그래서 더 날카롭게 들렸다. 차츰 열리는 문 사이로 보이는 주루 안은 밤보다 더 깊은 어둠을 안은 채 그들을 기다리고 있었다. 강찬충이 먼저 안으로 들어가고 여신우는 괜히 심호흡을 한 후 뒤를 따랐다.

무질서하게 놓인 의자와 탁자 사이를 지난 강찬충은 대나무로 만든 주렴 앞에 섰다. 주루 안의 구조로 보아 주방임이 분명한데도 왠지 이상한 곳으로 통하는 문처럼 느껴졌다. 강찬충이 주렴을 젖히고 안으로 들어갔다. 차락거리는 소리가 그만큼의 딱딱한 느낌이 되어 여신우에게 부딪혔다.

여신우는 서둘러 강찬충을 쫓았다. 저 너머로 들어가서 갑자기 사라져 버릴 것 같은 기분이 들어서였다. 그러나 너무도 당연하게 강찬충은 그곳에 있었다. 조리에 필요한 갖가지 집기가 늘어져 있는 주방의 중앙에 우두커니 서 있는 강찬충은 망설이는 것처럼 보였다.

“뭐 하나? 빨리 가지 않고.”

그의 낮은 속삭임에 강찬충이 뒤를 돌아보았다. 여신우는 강찬충을 만난 후 처음으로 광기 외에 다른 표정을 보았다. 그것은 의심할 나위 없이 두려움에 찬 얼굴이었다. 어쩌면 강찬충은 본능적으로 흡혈야황을 찾아왔으면서 다른 한편 만나는 것에 겁을 내고 있는지도 모른다.

안심하라고 어깨라도 두드려 주고 싶었지만 여신우에게도 그럴 여유는 없었다. 그저 고갯짓으로 걸음을 재촉할 뿐이었다. 강찬충은 발바닥에 아교 칠이라도 되어 있는 듯 힘겹게 한 발 한 발 앞으로 나아갔다.

강찬충이 향한 곳은 막다른 벽 같았지만 실제로는 지하 창고로 통하는 문이었다. 음식을 파는 곳에서는 흔히 있는 구조였는데, 이곳은 흡혈야황을 위해 특별히 따로 만들지 않았나 하는 생각까지 들었다.

경첩에 기름 칠이 잘 되어 있는 듯 문은 소리없이 열렸다. 강찬충이 안으로 들어서자 금세 어둠이 자취를 삼켜 버렸다. 아무리 어둡다고 해도 이렇듯 여신우의 시야를 가둬놓을 수는 없었다. 여신우는 강찬충이 사라진 안으로 황급히 발을 들여놓았다.

순간 마치 밀가루 풀을 온몸에 뒤집어쓴 듯 끈적한 느낌이 전신을 감쌌다. 거기에 손을 코앞에 갖다 대도 손가락조차 볼 수 없는 어둠은 그를 불안의 늪으로 밀어넣었다. 여신우는 목구멍으로 넘어오는 두려움을 애써 삼키며 걸음을 내디뎠다.

아무것도 보이지 않았기에 순전히 감각에 의존할 수밖에 없었다. '이럴 줄 알았으면 화섭자라도 가지고 오는 건데' 라는 생각이 스쳤지만 소용없는 후회였다. 그리고 왠지 이 숨막히게 하는 어둠은 불을 켜도 물러설 것 같지 않았다.

"이봐, 거기 있나?"

그의 부름에도 강찬충은 대답이 없었다. 다시 나가고 싶은 마음이 굴뚝같았다. 불과 네 자 뒤에 있는 세상과 연결된 문이 그를 자꾸 유혹했다. 그러나 야망이라는 이름의 굴레는 그의 목을 걸어 앞으로 끌어당겼다.

여신우는 '천하제일'이란 말을 주문처럼 외우며 어둠을 더듬었다. 얼마 가지 않아 발끝이 허공에 걸렸다. 이제야 계단이 나타난 모양이다. 그는 조심스럽게 계단을 밟았다. 양손을 날개처럼 펴서 더듬어도 난간 같은 것은 잡히지 않았다. 계단의 폭이 얼마나 되는지도 알 수 없었고 깊이 또한 짐작이 가지 않았다.

식은땀을 흘리며 내려간 계단은 생각보다 짧았다. 하긴, 이런 지하실이 깊다면 그게 더 이상한 일이었다. 넓은 바닥을 밟았는데 마음은 조금도 놓이지 않았다. 그만큼 흡혈야황에게 가까워졌기 때문이리라.

막상 지하실로 내려오자 방향을 어디로 잡아야 할지 막막해졌다. 만약 객잔의 구조가 특별하지 않다면, 그래서 지하실에 다른 통로가 없다면 결국 그와 흡혈야황은 같은 공간에서 숨 쉬고 있는 것이다.

'난 천하를 도모하는 영웅(英雄)이다. 영웅은 영웅답게 행동해야 한다.'

여신우는 어둠에 눌려 찌그러지려는 어깨를 펴고 입을 열었다.

"누구 없소?"

그의 목소리는 여러 개로 흩어져 까만색으로 물들었다. 용기를 끄집어내 다시 말하려 할 때 전혀 생소한 목소리가 들려왔다.

"나와 천하를 논하고 싶다고?"

남자와 여자를 섞어놓은 듯한 목소리는 사방에서 들려와 방향을 종잡을 수 없게 만들었다. 주위를 둘러보는 그에게 예의 그 목소리가 다시 들렸다.

"날 찾으려 노력하지 말아라. 어차피 찾지 못할 테니까."

평생 단 한 번도 자신 위에 사람을 두어본 적이 없는 자의 오만한 말투였다. 여신우는 텁텁한 공기를 한껏 들이마시고 물었다.

"당신이 흡혈야황이오?"

"흡혈야황이라… 오랜만에 들어보는 호칭이군. 한때 그렇게 불린 적도 있었지. 그런데 곤륜파의 장로 따위가 나와 천하를 논하겠다?"

무척이나 건방진 소리는 여신우의 화를 돋울 만하건만 이상하게도 화가 나지 않았다. 어쩐지 그처럼 하는 게 너무나도 자연스러웠다.

"그전에 어떻게 그것을 알았는지 설명해 주실 수 있겠소이까?"

"묻는 말에나 대답해라."

여신우는 기척을 느끼기 위해 천이통(天耳通)을 써보았지만 허사였다. 그는 이내 찾는 것을 포기하고 순순히 입을 열었다.

"뭐, 어쨌든 좋소이다. 길게 설명할 시간을 절약했으니. 당신이 노부를 얼마나 아는지는 모르나 그대와 내가 힘을 합하면 충분히 천하를 얻을 수 있소이다."

"호! 그래? 네게 무슨 힘이 있는데?"

"물론 당신에 비하면 내 육체의 힘은 미미할 것이나 노부에게는 대세를 읽는 눈과 재물, 그리고 사람이 있소이다. 천하를 얻기 위해서는 힘뿐만 아니라 경륜과 지혜가 필요한 법이오."

말없음이 잠시 이어진 후…….

"큭큭… 그 말뜻은 난 경륜도 없고 멍청하다는 얘기로군."

음성에 분노가 느껴지지는 않았지만 여신우는 등골이 서늘해졌다.

"그런 뜻은 아니오. 다만 책사(策士)가 있으면 더욱 쉽게 뜻을 이룰 수 있다는 말이오. 손 하나보다는 두 개가 낫고, 둘보다는 넷이 나은 것 아니겠소?"

그의 말이 여러 개로 갈린 후 침묵이 그 자리를 메웠다. 호흡이 가쁠 정도로 짙은 어둠 안에서 갑자기 맞은 침묵은 그래서 더 불안했다. 여신우는 침착함을 가지려 애썼다. 그동안 길을 오며 내내 흡혈야황과 만나면 어떤 대화가 오갈까 생각했고 그것에 대한 답도 모두 준비해 두었다. 그는 흡혈야황의 마음을 잡을 수 있다고 확신했다. 처음 만나는 자리가 생각만큼 화려하지는 않았지만 그거야 어쨌든 좋았다. 중요한 것은 결과니까⋯⋯.

긴 침묵 뒤로 다시 흡혈야황의 목소리가 들렸다.

"나와 천하를 얻으면 넌 이인자가 되겠다는 말이냐?"

어떻게 천하를 얻을 것인가 하는 질문이 먼저 나올 줄 알았는데 예상을 훨씬 앞지른 물음이었다. 그래도 상관없었다. 어차피 준비한 답이 있으니.

"일인지하(一人之下) 만인지상(萬人之上)의 권좌 또한 쉽게 앉을 수 있는 자리가 아니지요."

"후후후⋯ 그렇지만 너 같은 야심가가 과연 이인자의 자리에 언제까지 만족할 수 있을까⋯⋯?"

"그건 그대 하기 나름 아니겠소이까? 만약 그대에게 일인자 자격이 없다면 내가 아닌 다른 누구라도 그 자리를 차지하게 될 것이오."

여신우는 말끝으로 싱긋 웃음까지 보였다. 이런 자리에서 '난 당신께 평생 충성을 맹세하겠습니다' 따위의 말을 뱉는다는 것은 그야말로 멍청한 놈이나 하는 짓이었다. 남을 속이기 위해서는 팔 할의 진실을 보여주고 이 할만 감춰야 한다. 승부는 어차피 그 이 할에서 나는 법이니까.

"그 외에 내게 바라는 것이 있을 텐데?"

"없다고 말하지는 않겠소이다. 하지만 세상 이치란 게 상호 주고받아야 하는 것이거늘 어찌 무작정 그대에게 바라기만 하겠소? 시일이 지나서 그대가 날 인정한다면 그때 다시 얘기하는 것이 어떻겠소이까?"

잠시 말이 없던 흡혈야황이 불쑥 물었다.

"주적자가 그렇게 대단한가?"

"주적자를 알고 있소?"

"난 이 녀석의 생각을 읽을 수 있으니까. 이름이 강찬충이군. 널 아는 것도 이 녀석 때문이지."

여신우는 머리 끝이 쭈뼛 서는 것을 느꼈다. 다른 사람의 생각을 읽는다면 자신이 예외가 되라는 법이 없었다.

"걱정 마. 이 녀석은 특별해서 나와 교감(交感)이 되는 것뿐이니까. 하지만 날 속일 생각은 안 하는 게 좋아."

"내가 뭘 속이겠소?"

이런 반문은 '물론이죠' 라는 대답보다 훨씬 진실하게 들리는 법이었다.

"이 녀석이 주적자에게 당했는데 그 인간이 정말 그렇게 강한가? 내가 알기로 이 녀석 정도면 인간들 사이에서는 무적(無敵)일 텐데?"

"그건 그대가 잠들기 육백 년 전 얘기요. 지금의 무공은 그때와 비교할 수 없을 정도로 강해져서 현재라면 강찬충을 제압할 수 있는 고수가 스물은 될 것이오. 하지만 가장 먼저 죽여야 할 적은 역시 주적자라고 할 수 있소이다."

"이 녀석은 주적자를 증오하고 넌 그를 미워하는군."

"우리의 대업을 방해하는 사람을 싫어할 뿐이오."

먹물 같은 어둠은 잠시의 침묵조차 목을 조이는 답답함으로 다가왔다.

"나가 있어."

갑자기 들려온 명령에 여신우가 물었다.

"뭐라구요?"

"주적자를 죽일 녀석을 만들어 보낼 테니까 나가 있으라구."

권태스러움이 섞인 목소리에 그는 더 이상 묻지 못하고 몸을 돌렸다. 어둠을 되밟으며 나가는 그의 기분은 흡혈야황을 만났으면서도 썩 좋지 못했다. 그의 예상과는 너무도 빗나간 만남이었기 때문이다.

흡혈야황은 최소한 멋들어진 장원에서 수십 명의 부하들을 거느리고 그를 맞았어야 했다. 그리고 그 자리에서 천하를 논하고 전부는 아니더라도 어느 정도 자신을 신뢰하도록 만들었어야 했는데, 캄캄한 어둠에서 머리털 하나 보지 못하고 쫓겨난 꼴이었다.

'시간은 얼마든지 있으니 조급해할 필요는 없겠지.'

그는 애써 자위하며 어둠을 더듬었다. 용케 힘들이지 않고 주루 문을 나선 여신우는 비로소 깊은숨을 들이쉬었다. 산중의 공기답지 않게 텁텁했지만 지하실의 그것에 비하면 갈증으로 죽어가는 자에게 들어가는 한 모금의 물만큼이나 신선했다.

괴괴한 적막이 흐르는 마을을 기웃거리던 여신우는 한참 후에야 마을에 사람이 없다는 것을 알았다. 일부러 여러 집의 대문을 두드리고 안방까지 들어가 봤지만 사람이 산 흔적은 오래전에 지워져 있었다. 천장에 쳐진 거미줄이나 방바닥에 쌓인 먼지가 그것을 말해 주었다.

“뭐지? 흡혈야황이 모두 죽여 버린 것일까?”

하긴, 그럴 가능성이 컸다. 강찬충만으로도 충분히 이런 광경을 연출할 수 있는데 하물며 흡혈야황이니 오죽 하겠는가.

강찬충은 여신우가 무료함에 지칠 정도의 시간이 지난 후에 주루 문을 열고 나왔다. 가벼운 발걸음과 입가에 물고 있는 기묘한 미소가 무척이나 기분 좋게 보였다.

“어떻게 된 거냐?”

강찬충은 자신이 나온 문을 돌아본 후 말했다.

“난 그분의 은총을 받았소.”

“무슨 소리야?”

대답은 갑작스럽게 날리는 주먹으로 돌아왔다.

“헙!”

여신우는 헛바람과 함께 허리를 뒤로 젖혀 피한 후 훌쩍 물러섰다. 공격을 받으면 으레 그렇듯 검신이 모습을 드러냈다.

“왜 이러느냐?”

강찬충은 입가의 웃음을 더욱 짙게 드리우고 다짜고짜 여신우를 공격했다. 옅게 비추는 달빛을 쪼개며 날아오는 강찬충의 주먹은 순식간에 그의 코앞까지 다가왔다. 여신우는 황급히 검으로 팔을 쳐내며 물러섰다. 무쇠를 친 것 같은 느낌에 하마터면 검을 놓칠 뻔했다.

“흡혈야황이 날 죽이라고 시키더냐?”

문답무용(問答無用). 강찬충은 쉴 새 없이 여신우를 몰아쳤다. 한 번도 싸워보지는 않았지만 주적자가 강찬충을 이겼듯 그도 강찬충을 제압할 수 있을 것이라 생각해 왔다. 그러나 예상과는 달리 지금의 강찬충은 너무도 강했다.

내뻗는 팔과 다리는 빛살처럼 빨랐고 내딛는 보법은 태산처럼 무거웠다. 설사 소림방장이 그 유명한 백보신권(百步神拳)을 펼쳐도 이 정도 위력을 발휘하지는 못하리라. 여신우는 변변히 공격도 못한 채 막고 물러서는 데 급급했다. 곤륜파의 어떤 검법으로도 강찬충을 상처 입히기는커녕 뒷걸음질조차 치게 만들지 못했다.

'흡혈야황이 강찬충을 이처럼 강하게 만들었단 말인가?'

불신 섞인 그의 생각은 '챙!' 하는 소리와 함께 흩어졌다. 청강(靑剛)을 제련해서 만든 그의 검이 허공에서 산산이 부서지고 있었다. 그 자잘한 파편이 땅에 떨어지기도 전에 강찬충의 손이 목으로 날아왔다. 머리는 분명 피해야 한다고 소리쳤지만 몸이 따라주지 않았다.

턱!

얼음만큼이나 차가운 강찬충의 손이 목을 움켜쥐었다. 금세 숨이 턱턱 막히고 절로 혀가 튀어나왔다. '끄륵' 거리는 신음만 토하는 그의 얼굴에 강찬충의 입김이 닿았다.

"이 정도면 주적자를 죽일 수 있겠소?"

물론 넘치고도 남았지만 어떤 의사도 표현할 수 없었다.

"큭큭큭… 크하하하……!"

긴 웃음소리와 함께 비로소 숨통이 트였다. 여신우는 허리를 숙이고 가쁜 숨을 몰아쉬었다.

"네가… 바로 주적자를 죽일… 녀석이군."

*　　　*　　　*

"사도 선배님, 이것 좀 드셔보시지요. 아직 식지 않아 맛있습니다."

소소자는 품에서 꺼낸 만두를 공손히 사도철광에게 건넸다. 그것을 받아 든 사도철광의 얼굴에 흐뭇한 빛이 스쳤다.

"고맙네. 역시 만두는 따뜻할 때 먹어야 제 맛이야. 자네도 어서 드시게."

"네."

소소자와 사도철광은 사이 좋게 만두를 나눠 먹었다. 주적자는 그 모습을 보며 어이없는 웃음을 흘렸다. 둘이 개가 되어 한바탕 난리를 친 후에는 언제 견원지간(犬猿之間)처럼 으르렁거렸나 싶게 사이가 좋아졌다. 동병상련(同病相憐)이란 때로 원수(?)를 가깝게도 만들어놓는 모양이다. 그게 아니라면 서로의 입이 무서워 조심하는 것인지도 모른다. 만약 둘 중 누구 하나라도 입을 잘못 놀려 그 일이 강호에 알려진다면 어찌 고개를 들고 다니겠는가?

어쨌든 언제까지 저 모습이 유지되지는 않을 것이란 게 주적자의 생각이었다. 솔직히 그리 오래 가지는 않을 것이다. 거기에 왠지 저렇게 사이 좋은 모습은 몸에 맞지 않은 옷처럼 어색하기 그지없었다.

주적자의 생각이 어떻든 그들은 야산의 널찍한 바위 위에 사이좋게 앉아 서로를 칭찬하기에 여념이 없었다.

"이제 보니 자네 수염이 상당히 멋지군. 학식이 절로 묻어 나오는 것 같아. 나도 한번 길러볼까?"

예전 같으면 '흥! 영감이 길러봤자 쥐 몸통에 꼬리가 세 개 붙은 것 같은 모양밖에 더 나오겠소?' 라고 대꾸했을 소소자가 호탕한 웃음을 터뜨렸다.

"하하하… 사도 선배께서는 풍채가 좋으시니 어떤 수염을 기르셔도 잘 어울리실 겁니다."

"그래? 하지만 자네만큼 멋지게 길러지지는 않을 것이야."

"별말씀을요. 하하하……."

그들의 대화는 먹던 육포가 곤두설 정도로 유치찬란했다.

'차라리 싸우던 때가 좋았지.'

주적자는 남은 음식을 다시 주머니에 넣고 몸을 일으켰다. 소소자와 사도철광만이 서로서로 칭찬해 주기 바빠서 식사가 늦을 뿐, 호미령과 나인현은 이미 떠날 준비를 하고 있었다.

"시간이 많이 지체되었으니 이만 떠납시다."

주적자의 말에 소소자가 짐짓 근엄한 표정으로 입을 열었다.

"어허! 사도 선배께서 아직 식사를 덜 하셨는데 어찌 일어선단 말인가?"

다시 사도철광을 보는 소소자의 얼굴은 어느새 공손 그 자체로 돌아와 있었다.

"천천히 드시지요. 물이라도 좀 드릴까요?"

"술만 아니라면 뭔들 사양하겠나."

둘은 동시에 나인현을 휘익! 째려보고 다시 만두를 먹었다. 술에 취했을 때의 기억을 전혀 못하는 나인현에게 하는 그들 나름대로의 복수였다. 물론 그것을 복수라고 생각하는 사람은 그들뿐이지만…….

"그럼 우리 먼저 가겠으니 천천히 오십시오."

주적자는 머뭇거리는 호미령을 업었다. 대로(大路)라면 모르지만 호미령에게 이런 산길은 혼자 가기엔 무리였다.

두 패로 갈려서 멀찌감치 앞에 주적자 등을 보내던 소소자가 사도철광에게 은근 슬쩍 말했다.

"흠흠! 사람의 입은 참으로 간사하지 않습니까?"

"무슨 말인가?"

"아무리 심성이 올곧고 바른생활을 하는 사람이라 할지라도 가끔 자신의 의지와는 상관없이 실언(失言)이 나오는 경우가 있지요."

무슨 말인지 모르겠다는 얼굴을 하고 있던 사도철광이 곧 '아하!' 하는 표정으로 고개를 끄덕였다.

"자네는 주 아우가 우리의 그… 으으응을 얘기할까 봐서 걱정인가 보군."

"사실 주적자가 함부로 그런 소문을 퍼뜨릴 위인은 아니지요."

"그렇지."

"하지만!"

소소자는 다음 말에 힘을 싣기 위해 한 호흡 쉰 후 입을 열었다.

"사람이 신이 아닌 이상 간혹 실수를 할 수도 있는 것이고, 주적자는 신이 아니니 안심할 수는 없는 노릇이지요."

"자네 말에도 일리는 있지만 어쩌하겠나? 제발 주 아우가 그… 으으응을 얘기하지 않기를 바라는 수밖에."

"아니지요. 그렇게 수동적(受動的)으로 대처해서는 안 됩니다. 그… 으으응이 보통 일입니까? 저의 미천한 이름이야 더럽혀진다고 뭐가 대수겠습니까마는 자칫 그 일이 강호에 퍼지면 사도 선배님의 대명(大名)에 똥칠을 하는 것이지요."

짐짓 심각한 얼굴을 하고 있던 사도철광이 목소리를 낮춰 물었다.

"무슨 좋은 생각이 있나? 무릇 죽은 자만이 말이 없는 법인데, 그렇다고 우리가 주 아우를 그렇게 할 수는 없는 노릇 아닌가?"

소소자는 '영감! 빈대 잡자고 초가삼간 태울 일 있어?' 라고 소리치고 싶은 것을 간신히 참았다. 최대한 표정 관리를 한 소소자가 입을 열었다.

"방법은 간단합니다. 주적자에게 우리와 똑같은 경우를 당하게 하는 것이지요."

사도철광의 얼굴에 반색이 떠올랐다.

"그렇군."

그러나 이내 다시 어두워지는 얼굴.

"하지만 방법이 있나? 나 소저는 앞으로 절대 술을 먹지 않을 텐데."

소소자의 입가에 얄팍한 웃음이 번졌다.

"안 먹으면 먹게 만들어야지요. 여기서 잠깐 기다리십시오. 작전에 필요한 재료를 구해와야 하니까."

소소자는 급히 숲 속으로 사라졌다.

＊　　　　＊　　　　＊

그들은 연평현(連坪縣)에 도착하자마자 객잔으로 발길을 옮겼다. 아직 해가 떨어지려면 멀었지만 사도철광이 피곤하다는 이유로 강력하게 원했기 때문이다.

"이보게, 어떻게 된 건가? 사 일이나 지났는데 아직도 완성을 못한 건가? 혹시 호 소저의 눈을 고치느라고 우리의 일을 잊어먹은 것은 아니겠지?"

주적자가 방을 나간 틈을 타 사도철광이 소소자에게 물었다. 소소자가 씨익 웃음을 지었다.

"잊긴요."

소소자는 득의한 표정으로 품에서 주머니를 꺼냈다.

"그게 뭔가?"

"급수환(急水丸)이라고 이름을 지었습니다."

"급수환? 어디다 쓰는 물건인가?"

"조금 후면 아시게 될 겁니다."

그때 밖에서 주적자가 그들을 불렀다.

"식사가 다 됐으니 빨리 아래로 내려오시지요!"

"알았어!"

대답을 한 소소자가 사도철광에게 속삭였다.

"먼저 가 계십시오. 잠깐 주방에 좀 들렀다 가겠습니다."

사도철광은 먼저 식당으로 내려갔다. 주적자와 호미령, 나인현이 먼저 식탁 앞에서 기다리고 있었다. 사도철광은 빈 의자에 앉아 불안한 마음으로 괜히 주위를 둘러보았다.

스무 평 남짓한 식당 안에는 그들을 제외한 여덟 명의 사람들이 식사를 하거나 술을 마시고 있었다.

"어디 편찮으십니까? 얼굴이 별로 안 좋으시군요."

주적자가 걱정스레 물었다.

"아, 아닐세. 소화가 좀 안 돼서……."

"요즘 소소자와 사이가 좋으시니 약이라도 좀 지어주라고 하시지요."

"으… 으응. 그래야지."

그들이 얘기하는 사이 음식이 당도했다.

"그런데 소소자는 어디 갔습니까?"

“글쎄. 곧 온다고 했는데.”

말이 끝나기가 무섭게 소소자가 나타나 한 자리를 차지했다. 나인현은 언제나처럼 소면을 자기 앞에 놓았고, 각각 마파두부나 만두를 식성대로 골랐다. 물론 반주는 찾아볼 수 없었다.

사도철광이 힐끔 소소자를 곁눈질했다. 그의 눈에 비친 소소자는 나인현을 보며 득의의 미소를 짓고 있었다.

“오호! 그러니까 급수환을 먹은 후 두 시진이 지나면 참을 수 없이 목이 마르다 그거군.”

“그렇죠. 그래서 물 비슷한 것이라도 있으면 정신없이 마셔대는 것입니다. 물론…….”

소소자는 호미령과 나인현이 묵고 있는 방을 엄지손가락으로 가리키며 말을 이었다.

“저 방에는 이미 술을 가져다 놓았습니다. 물을 가장한 술을…….”

사도철광은 엉거주춤한 자세로 나인현의 방문에 귀를 가져다 댔다.

“그런데 식사를 한 지 넉넉히 두 시진은 지난 것 같은데 왜 반응이 없지?”

소소자가 복도에 누가 나오지 않나 살피며 대답했다.

“곧 소식이 올 겁니다.”

그의 말을 증명하듯 방 안에서 말소리가 들렸다.

“왜 그러세요?”

호미령의 목소리였다. 탁하고 갈라진 나인현의 말소리가 들렸지만 제대로 알아들을 수 없었다.

“물이요? 아까 소 의원께서 탁자 위에 물이 있다고 일러주신 것 같은데⋯⋯."

방 안에서 다급한 발자국 소리가 들리자 사도철광과 소소자는 서로의 얼굴을 보며 회심의 미소를 지었다.

"빨리 주적자를 부르러 가세."

둘은 서둘러 자신들의 방으로 향했다. 방에서는 주적자가 무명천으로 검을 손질하고 있었다.

"이봐, 나 소저가 자네를 찾던데."

주적자가 손질을 멈추고 물었다.

"무슨 일로?"

소소자는 짐짓 기분 나쁜 듯 말했다.

"쳇! 마음에 든 자네가 알지 미운 털 박힌 내가 어찌 알겠나?"

주적자는 피식 웃음을 터뜨리고 검을 등에 걸린 검집에 넣은 후 자리에서 일어섰다.

"빨리 가보라구. 급한 일인 것 같던데."

"무슨 일일까?"

주적자는 고개를 갸웃거리며 방을 나갔다. 그들은 관심없는 듯 방 안을 서성이다 잽싸게 주적자의 뒤를 쫓았다. 주적자가 나인현의 방으로 들어간 것을 확인한 그들은 종종걸음으로 복도를 가로질렀다.

방 앞에 당도해 문에 귀를 대는 그들에게 나인현의 목소리가 들렸다.

"거기 서! 내 허락도 없이 어딜 나가려구 그래!"

예의 그 혀 꼬부라지는 소리에 소소자와 사도철광은 입을 막고 키득거렸다.

"나 소저, 진정하고⋯⋯."

"진정하긴 뭘 진정해!"

"나 소저는 지금 취해서……."

나인현은 주적자에게 말할 기회조차 주지 않았다.

"시끄러! 날 아무 데서나 취하는 우스운 여자로 보는 거야 뭐야?"

딱히 취하는 장소가 정해져 있다는 듯한 나인현의 말에 소소자와 사도철광은 입을 막고 박장대소를 참았다. 조금 후에 있을 주적자의 불행이 눈에 보이는 것 같았다. 방 안에서 다시 고성이 튀어나왔다.

"평소에 네가 날 어떻게 봤는지 모르지만 널 …로 만들고 말겠어!"

숨이 차서인지 중간에 말이 끊어져서 들렸다. 소소자와 사도철광은 나름대로 중간에 들어갈 말이 '묵사발' 내지는 '개차반'이라고 생각하며 흐뭇함을 감추지 못했다. 사실 그들에게 씻을 수 없는 치욕을 안겨준 사람은 나인현이지만 주적자도 거기에 일조를 한 것은 분명한 사실이었다. 그러니 이 어찌 고소하지 않겠는가?

"잠깐, 더우니 옷 좀 벗고. 화살 맞기 싫으면 도망갈 생각하지 마!"

분위기가 점점 무르익어 가고 있었다. 나인현의 벗은 모습을 보지 못하는 게 섭섭하기는 했지만 얻는 것이 있으면 잃는 것(?)도 있는 법이었다. 아니나 다를까 궁지에 몰린 주적자가 각본에 있는 대사를 읊었다.

"나 소저, 내게 바라는 것이 무엇이오?"

"그 말은 내가 시키는 대로 다 하겠다는 뜻이냐?"

밖에서도 들릴 정도로 커다랗게 한숨을 내쉰 주적자가 말했다.

"그렇소이다. '나는 개새끼요' 하며 고을을 한 바퀴 돌면 되겠소?"

소소자와 사도철광이 흐뭇한 미소 속에 고개를 끄덕였다.

'물론이지. 이왕이면 서너 바퀴 돌면 더욱 좋고.'

그들은 '지금 당장 돌고 와!' 라는 나인현의 말을 기대했지만 전혀 다른 말이 들려왔다.

"네가 왜 개소리를 내며 고을을 돌아! 아까 분명히 말했잖아! 널 내 것으로 만들고 말 거라고!"

소소자와 사도철광의 입가에 머물던 웃음이 깨끗하게 사라졌다.

'내 것이라니? 내 맘대로 하겠다는 뜻이겠지? 그럴 거야. 그 외에 다른 것일 리가 없어.'

소소자의 강렬한 바람은 다음에 들린 나인현의 말소리에 여지없이 무너져 버렸다.

"일단 이리 와서 나한테 입맞춰 줘."

오! 이런 제기랄!

소소자는 분노로 몸을 부르르 떨었고 사도철광은 힘없이 고개를 떨 궜다.

'하늘도 무심하시지, 어떻게 이럴 수가 있단 말인가? 누구는 고기 반찬에 흰 쌀밥 먹고, 누구는 개소리 지르며 개망신을 당해야 하다니!'

당장 뛰어들어서 '이건 무효야!' 라고 소리치고 싶은 것을 가까스로 참고 있는 소소자에게 주적자의 말소리가 들렸다.

"나 소저, 난 아직 준비가 덜 됐으니 잠시 시간을 주시오."

'저런 천하에 가증스러운 놈 같으니라구! 지금쯤 헬렐레해서 빨리 재촉하기를 바라겠지?'

"당장 오지 못해! 꼭 무력을 사용해야 말을 듣겠단 말이지? 천봉천 봉 래호오신, 오령신부구아 생남불역, 내호오신 천전천승……."

생각하기도 싫은 주문이 흘러나오자 주적자가 급히 말했다.

"알았소! 알았으니 그만 하시오."

소소자는 더 이상 참을 수 없어서 문 손잡이를 잡았다. 절대 주적자 혼자 좋은 꼴(?)을 당하게 내버려 둘 수는 없었다. 그런 그를 사도철광이 급히 만류했다. 소소자는 사나운 눈으로 사도철광을 쳐다보았다. 사도철광이 힘없이 고개를 저었다. 물론 지금 문을 열면 중화상을 입을 것이 분명한 불똥이 그들에게 튈 것이다. 그것을 알면서도 소소자는 도저히 참을 수가 없었다.

내가 똥벼락을 맞을지언정 다른 놈이 잘되는 꼴을 볼 수는 없었다. 하지만 소소자가 굳이 문을 열 필요는 없었다.

드르륵―!

갑자기 문이 열렸다. 그들이 방심한 사이 안에 있기가 민망했던 호미령이 문을 열고 나온 것이다. 소소자와 사도철광은 갑작스런 사태에 그대로 굳어져 움직이지 못했다. 하도 놀라서 몸이 마비된 것 같았다.

먼저 정신을 차린 사람은 그래도 경륜이 있는 사도철광이었다. 사도철광은 소소자의 어깨를 툭 치며 애써 태연한 목소리로 말했다.

"빨리 지.나.가.던. 길이나 마저 지.나.가.자.구."

"예? 아! 그.래.야.지.요."

하지만 그들이 몸을 채 돌리기도 전에 나인현의 싸늘한 목소리가 들렸다.

강가의 고가(古家)에서…

 강가의 고가(古家)에서

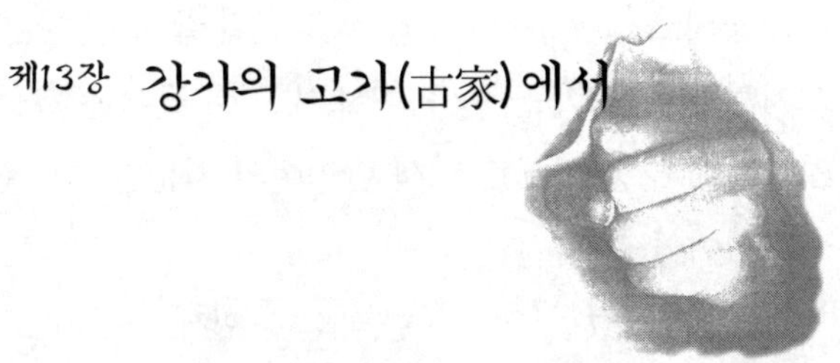

"당신 둘!"

우뚝!

마음과는 달리 그들의 몸은 그대로 굳어졌다. 알록달록한 가슴 가리개만 달랑 한 나인현의 모습도 눈에 들어오지 않았다.

"거기서 엿듣고 있었지?"

"아, 아니오. 우리가 어찌 그런 치사한 짓을 하겠소? 안 그렇습니까, 사도 선배?"

"그, 그렇지. 우린 그렇게 치사한 사람이 못되지."

그들은 이 위기를 벗어날 수 있다면 기꺼이 치사한 사람이 되고 싶었다. 그러나 나인현은 그들의 치사함을 용납하지 않았다.

"이리 와."

"네."

그들의 모습은 목에 줄을 걸고 질질 끌려오는 강아지처럼 처량하기 그지없었다. 고개를 푹 숙이고 방으로 들어온 그들은 누가 시키지도 않았는데 부동 자세로 서서 나인현의 처분만 기다렸다.

끼아아악—!

며칠 전 들었던 그 이상한 괴음과 함께 사무가 모습을 나타냈다. 방 안은 순식간에 싸늘한 냉기로 뒤덮였다.

"날 엿보고 있었다면 그에 따른 당연한 응징을 받아야지."

그녀의 말에 화답하듯 사무가 거칠게 움직였다. 그러던 어느 순간 사무의 움직임이 멈추는 듯싶더니 하얀 빛살처럼 움직였다. 본능적으로 움찔 놀라며 방어자세를 취하던 소소자와 사도철광은 사무가 자신들을 덮치는 게 아니라는 것을 알아챘다.

사무는 아무도 없는 창문 쪽으로 미친 듯이 돌진했다.

콰앙!

창문을 산산조각으로 만들어놓고 머리를 밖으로 뺀 사무가 나갈 때만큼이나 빠르게 안으로 들어왔다.

"이것 놔! 이 괴물아!"

친친 감긴 사무의 몸통 중앙에서 누군가 고래고래 고함을 질러댔다. 송충이 같은 눈썹과 입술을 가릴 듯한 긴 매부리코만 보아도 누군지 알 수 있었다.

"백영존?"

사도철광은 어이없는 얼굴로 땅바닥에 패대기쳐지는 백영존을 보았다. 제법 아팠을 텐데 바닥에 떨어지자마자 벌떡 일어선 백영존은 허리에서 도를 빼 들었다. 사무와 금방이라도 일전을 벌일 태세였다.

"겁없는 쥐새끼가 들어왔군."

나인현의 말에 백영존은 그 두꺼운 눈썹을 있는 대로 곤추세웠다.

"뭐? 쥐새끼?"

금방이라도 달려들 것 같은 백영존의 어깨를 사도철광이 잡았다.

"이봐, 제발 분위기 험악하게 만들지 말라구."

"이것 놓으시오!"

"쯧쯧… 상대가 누군지 자세히 보게나."

"상대가 누구든 나한테 쥐새끼라고 한 자는……!"

말을 하던 백영존은 급히 입을 다물었다. 비로소 나인현이 누군지 알아챈 모양이다.

"그때 그……."

백영존은 활을 쏘는 시늉만 할 뿐 말을 잇지 못했다. 사도철광은 측은한 얼굴로 고개를 끄덕였다.

"자네도 어지간히 재수가 없군. 굳이 싸워야겠다면 더 이상 말리지 않겠네만 부디 산산조각이 나지는 말게. 살점들 주워 모으려면 수고 스러우니까."

백영존은 투덜거리며 도를 슬그머니 감췄다.

"쳇! 누가 싸운댔소? 그런데 왜 저렇게 못쓰게 변했소? 그땐 답답하 기는 했지만 그런대로 참을 만했는데."

"오호! 너로군."

나인현이 비로소 백영존에게 아는 체를 했다. 그것이 기쁜 듯 백영 존은 빙긋 웃음을 지었다.

"안녕하시오? 그동안 더 예뻐진 것 같소이다."

"그럼 그때는 못생겼었다는 소리야? 내게 이년 저년 하더니 이제 박색이라고 구박까지 해?"

"내가 언제 이년 저년에 구박을 했다고……."

"시끄러! 너희 세 놈들 모두 똑같아!"

나인현의 말은 점점 거칠어지고 있었다.

"여자라고 우습게 본 대가를 톡톡히 치르게 해주지."

나인현이 활시위를 당기려 하자 사도철광이 다급하게 말했다.

"나 소저! 그러지 말고 우리 타협을 합시다."

"타협?"

"그러니까… 저……."

머뭇거리던 사도철광은 이내 한숨을 내쉬었다.

"저번같이……."

"안 돼!"

소소자는 황급히 사도철광의 입을 막았다.

"또 그런 꼴을 당하잔 말이오? 영감, 노망이라도 난 거요?"

사도철광이 소소자의 손을 뿌리치며 물었다.

"자네에게 더 좋은 생각이 있나?"

물론 있을 리 없었다. 나인현이 시키는 대로 하거나 싸우는 수밖에 없는데, 후자는 협객이요 장부라고 생각하는 그들이 선택할 수 있는 길이 아니었다.

소소자가 말이 없자 사도철광은 '뭐든 시키는 대로 하겠소' 라는 말을 뱉고 말았다. 결국 말을 하고 만 것이다. 아니나 다를까 나인현의 입가에 웃음이 번졌다.

"내가 시키는 대로 한단 말이지?"

"빨리 시키기나 하시오. 개소리를 내며 고을 한 바퀴를 돌면 되는 것이오?"

사도철광의 물음에 나인현의 눈이 동그랗게 변했다.

"그걸 어떻게 알았지?"

"워낙 똑똑한 탓이지."

소소자는 사도철광을 비꼬고 긴 한숨을 쉬었다. 내일 모레 죽을 날짜를 받아놓은 수인(囚人)의 그것처럼 길고 애절한 한숨이었다.

"알았으면 빨리 나가!"

소소자와 사도철광이 고개를 떨구고 문으로 향했다. 뒤쪽에서 키득거리는 백영존의 웃음소리가 들렸다. 아마도 자신은 빠지고 소소자와 사도철광만이 그 이상한 벌(?)을 받는다고 생각하는 모양이다. 그런 백영존에게 나인현이 싸늘하게 말했다.

"넌 왜 안 나가?"

화들짝 놀라 웃음을 삼킨 백영존이 물었다.

"나… 나도?"

"네가 무슨 특별한 인간이라고 너만 빠져?"

백영존은 빨간 물감에 담갔다 꺼낸 얼굴을 하고 소리쳤다.

"나보고 그 요상한 짓거리를 하란 말인가? 난 못해!"

"오호! 못하겠단 말이지?"

나인현은 서서히 활을 들어 올렸다.

"괜히 뻗대는군."

"결국 하게 될 거라는 데 한 냥 걸죠."

"난 두 냥도 걸 수 있네."

사도철광과 소소자는 동지가 한 명 더 생겼다는 사실에 약간은 즐거운 마음이었다. 나인현의 입에서 예의 그 주문이 나오고 덩달아 사무까지 괴성을 지르며 요동을 쳤다. 나인현을 전혀 모르는 사람이라

면 저 광경만으로도 까무러치기에 충분할 정도로 공포스러운 모습이
었다.

나인현의 목소리가 점점 커지더니 주문이 절정에 달했다. 언제 활
시위 잡은 손을 놓을지 알 수 없었다. 백영존은 몸을 잔뜩 웅크리고
땀을 삐질삐질 흘리며 연신 주위를 둘러보았다. 만약 나인현과 일전
을 벌이게 된다면 다른 사람이 어떻게 할까 생각하는 모양이다. 그 눈
길이 난감한 얼굴로 서 있는 주적자에게 머물자 이내 절망으로 물들
었다.

"알았어! 알았다구! 하면 되잖아!"

주문이 거짓말처럼 멎었다. 백영존의 항복 선언에 나인현은 씨익
웃음을 지으며 '그러면 그렇지' 하는 표정을 지었다.

"빨리 나가자구."

익숙해진다는 것은 그래서 무서운 것인가 보다. 이미 한 번 해본 사
도철광은 아무렇지 않은 얼굴로 방을 나섰다. 그 뒤를 소소자와 백영
존이 축 처진 어깨로 뒤따랐다. 객잔의 건물을 나올 동안 한마디도 하
지 않던 사도철광이 뒤뜰의 커다란 소나무 곁을 지날 때 물었다.

"자넨 대체 여길 왜 다시 온 건가? 보아하니 부하도 없이 달랑 혼자
온 것을 보면 본연의 임무를 수행하기 위한 것도 아닌 것 같은데."

"내게 사기 친 놈을 만나기 위해서요."

"사기 친 놈이라니?"

백영존은 몸을 부르르 떨며 말했다.

"당신들을 죽이라고 의뢰했던 놈이… 그 겁대가리 상실한 그놈이
다시 찾아오지 않았소."

"의뢰만 해놓고 사라져 버렸다는 것인가?"

"그렇소. 그놈의 잘못된 정보로 내 소중한 수하들을 잃었으니 응당히 거기에 대한 대가와 청부금을 올릴 생각이었는데, 아직 모습을 나타내지 않았다는 것은 날 속였다고 볼 수밖에 없소. 설사 내가 청부를 성공했다고 해도 녀석이 나머지 잔액을 주지 않았을 것이니 어찌 화가 안 나겠소."

사도철광은 수긍한다는 듯 고개를 끄덕였다.

"그렇군."

"그런 놈은 수하들이 아닌 내 손으로 목을 비틀어 버려야……."

소소자가 지나가는 말처럼 백영존의 입을 막았다.

"그게 될까? 상대는 여신우인데."

"여신우건 뭐건……! 여신우라니? 설마 곤륜파의 그 뺀질이 여우를 말하는 것인가?"

"당신도 그놈 실체를 잘 파악하고 있군."

"그 밀가루 칠한 까마귀가 왜 당신들을 노리는 거지?"

"지금은 얘기할 시간이 적당하지 않군."

백영존은 심사숙고하는 표정을 짓더니 몸을 돌렸다.

"알았어. 그놈이라면 생각을 좀 더 해봐야지."

막 떠나려는 백영존을 사도철광이 잡았다.

"어디 가는 건가?"

"어딜 가다뇨? 제 갈 길을 가는 거죠."

"왈왈! 안 하고?"

사도철광은 어이없는 웃음을 지었다.

"정말 그 전설에 남을 해괴망측한 짓을 할 생각이오?"

"약속이니까."

백영존은 어이없는 얼굴을 하고 있다가 이내 손사래를 쳤다.

"댁들이나 하슈. 난 원래 돈이 안 되는 약속은 신경조차 쓰지 않는 사람이니까."

사도철광이 손톱을 곤두세웠다.

"우리가 후세에 길이 남을 이런 으으응한 짓을 하려고 하는데, 그걸 아는 자네를 그냥 보낼 것 같나?"

위협에도 불구하고 백영존의 얼굴에는 여유가 있었다.

"그래서 사도 선배 혼자 날 잡아서 족치겠다는 것이오?"

"왜 나 혼자겠나?"

사도철광은 소소자를 보았다. 백영존이 소소자에게 시선을 돌렸지만 입가에 머금은 비웃음은 사라지지 않았다.

"기껏 의원 나부랭이가 우리 싸움에 낀다고 뭐가……."

쉬잇!

갑자기 파공음이 들리더니 두 개의 은색 빛살이 백영존의 귓바퀴 밑을 스치고 지나갔다. 가슴에 모인 소소자의 두 손에는 네 개의 침이 들려 있었다. 망연자실하게 서 있는 백영존에게 사도철광이 말했다.

"소개하지. 소 의원이 바로 탈명침이네."

소소자의 입가에 가는 선이 그어졌다.

"이 자리에서 누가 중원제일살수인지 겨뤄볼까?"

비로소 백영존의 얼굴이 우거지상으로 변했다.

"이런, 제기랄!"

주적자는 나인현을 침대에 눕혔다. 낮게 코를 고는 그녀의 모습에서 조금 전까지의 살벌한 모습은 찾아볼 수 없었다.

“나 소저는 괜찮나요?”

호미령이 문가에 서서 걱정스럽게 물었다. 주적자는 호미령에게 다가가 안심시키듯 어깨를 다독거렸다.

“괜찮아요. 깨어나면 저번처럼 멀쩡할 겁니다. 같이 자기 불편할 테니 내려가서 방을 하나 더 알아보지요.”

손에 느껴지는 호미령의 어깨가 갑자기 경직되었다.

“왜……?”

“왔어요.”

“뭐가 말이오?”

그녀는 보이지 않는 눈을 천장으로 돌렸다.

“흡혈귀예요!”

주적자가 호미령의 시선을 쫓아 눈을 돌릴 때였다.

콰앙!

갑자기 천장이 내려앉으며 시커먼 물체가 나인현의 머리 위로 떨어져 내렸다. 나타난 것이 사람이라는 것을 확인한 순간 주적자가 몸을 날렸다. 하지만 그가 방문에서 침대까지 반도 가기 전에 괴한은 이미 나인현을 안고 솟구치고 있었다.

“멈춰!”

그의 외침을 뒤로하고 괴한은 나인현과 함께 천장의 뚫린 구멍으로 사라졌다. 주적자가 곧장 괴한의 뒤를 쫓아 지붕 밖으로 나왔다. 달빛과 힘 겨루기를 하는 어둠이 사방에 깔려 있었지만 다행히 괴한의 모습은 눈에 들어왔다. 주적자는 지붕 위를 평지처럼 달리는 괴한을 쫓기 시작했다.

호미령의 예측대로라면 상대는 흡혈귀가 분명했다. 하지만 그가 아는 흡혈귀라면 강찬충이 분명했는데 녀석이 이런 식으로 나타날 리는 만무했다.

'잡아보면 답이 나오겠지.'

집들이 오밀조밀 모여 있는 고을의 중심가를 벗어나 성의 외곽을 지나도록 괴한은 멈출 생각을 하지 않았다. 주적자와 일정한 간격을 두고 도망칠 뿐이었다. 더 이상 가까워지지도, 멀어지지도 않는 것을 보면 따라오라고 유인을 하는 것 같았다.

괴한은 무려 삼 장 높이의 성벽을 훌쩍 뛰어넘어 시야에서 사라졌다. 아무리 경신술이 극에 달한 고수라 할지라도 사람 하나를 안고 저런 높이를 단번에 뛰어넘을 수는 없었다.

주적자는 놀라움을 삼키며 검을 벽에 꽂아 성벽을 넘었다. 이미 멀리 사라지지 않았을까 하는 우려는 할 필요가 없었다. 괴한은 십 장 저쪽에서 그가 넘어오기를 기다리고 있었다. 머리까지 망토를 뒤집어쓴 괴한은 그가 땅에 발을 딛자마자 다시 달리기 시작했다. 의도는 확실해졌다. 그를 유인하는 것!

지리한 추격전은 갈대가 흐드러지게 피어 있는 강가에서 끝이 났다.

폭이 칠 장 정도 되는 그리 크지 않은 강은 낡은 건물 한 채를 돌아 흐르고 있었다. 이층으로 된 사각형의 건물은 붉은 벽돌로 만들어져 있었는데 크기가 거의 천여 평에 이르렀다. 지금은 여기저기 무너지고 구멍이 뚫려서 볼품없지만 세월을 껴안은 묵직함이 천년 고목을 보는 것 같았다.

괴한은 그 건물의 문 앞에 서 있었다. 지금은 무너져 내려 문이라고 부르기에 어색할지라도 예전에는 분명 그곳에 문이 있었을 것이다.

주적자는 잠시 호흡을 가다듬고 괴한에게로 다가갔다. 높게 자란 갈대가 그의 얼굴을 간질였다. 마치 어둠처럼 검은 망토를 머리까지 뒤집어쓴 괴한은 고개를 숙인 채 미동도 하지 않았다. 그가 삼 장 가까이 다가갔을 때 괴한이 고개를 들었다.

푸르스름한 어둠 너머로 보이는 얼굴.

"강찬충!"

주적자는 신음처럼 이름을 뱉었다. 어찌하여 이런 짓을 벌이는지 알 수 없지만 저기 서 있는 사내는 분명 강찬충이었다. 그를 비웃듯 강찬충이 조소를 머금었다.

"잘 지냈나?"

마치 친구에게 안부 인사를 하듯 여유있는 목소리였다.

"이상한 짓을 하는군. 갑자기 삶에 염증이라도 생긴 건가? 아니면……."

주적자는 주위를 둘러보며 말을 이었다.

"근처에 조력자라도 있나?"

"나 혼자서도 충분하니 조력자 따위는 필요없지."

주적자는 눈살을 찌푸렸다. 너무 자신만만한 강찬충의 행동이 마음에 걸렸다.

"기연이라도 얻은 모양이군."

"기연이 아니라 운명이라고 해야겠지. '그분' 을 만났으니까."

"그분이라면……? 설마 흡혈야황?"

강찬충은 비릿한 웃음으로 대답을 대신했다.

'그렇군. 흡혈야황이란 정말 있었군.'

그는 지금껏 흡혈야황을 쫓고 있으면서도 '정말 그런 것이 있을까? 하는 의문을 가졌었다. 살아오며 본 적도, 들은 적도 없는 그림자를 쫓는 것이니 그런 마음이 드는 것은 당연했다. 그런데 비로소 지금 그 실체가 눈앞에 나타난 것이다. 비록 흡혈야황을 만난 건 아니지만 이렇듯 자신있게 나타난 강찬충이 그 증거였다.

외견상으로는 과거의 강찬충과 다를 것은 없었다. 오히려 더 부드러워진 느낌이었다. 강자의 여유. 강찬충은 그것을 가지고 있었다.

"이런 짓을 한 걸 보니 날 이길 자신이 있나 보군."

"너 아닌 누구라도, '그분' 만 아니면 난 무적이야."

"오호! 언젠가 한 번 들었던 말이군. 그리고 뭐 빠지게 도망갔었지?"

안색을 굳힌 강찬충이 허리에 끼고 있던 나인현을 주적자에게 던졌다. 나인현은 완만한 곡선을 그린 후 주적자의 품에 안겼다.

"방해하는 사람도 없으니 널 천천히 죽여주지. 아주 천천히……."

"난 한가한 사람이 아니니 빨리 끝내야겠어."

주적자는 나인현을 바닥에 내려놓고 허리를 폈다. 그런데 당연히 건물 앞에 있어야 할 강찬충이 보이지 않았다. 허리를 접었다 펴는 그 짧은 순간에 사라진 것이다. 주적자는 황급히 주위를 둘러보았다. 어둠에 물들어 짙은 남빛을 띤 강물이 흐르는 소리와 서로 몸을 비벼 뜻 모를 속삭임을 나누는 갈대 소리, 이 밤에는 반드시 암컷을 유혹하고 말겠다는 의지가 묻어 나오는 풀벌레 소리만이 귀를 간질였다.

어디에도 강찬충의 모습은 없었고 기척도 들리지 않았다. 주적자는 천천히 등에서 검을 빼 들었다. 나인현은 활을 꼬옥 껴안은 채 깊은 잠에 빠져 있었다. 발 밑에 있는 그녀를 걱정할 필요는 없었다. 죽이려 했다면 벌써 그렇게 했을 것이다. 물론 그가 죽는다면 나중에 어떻게 될지는 모르지만, 죽은 다음에는 어떻게 되든 상관없는 일이었다.

그는 검을 중앙에 놓고 천천히 제자리에서 돌았다. 한 올 한 올 선명하게 비치는 갈대들이 스쳐 가고 무상한 세월의 덩어리처럼 잔뜩 웅크린 건물이 나타났다 사라진 후 잠깐 보이던 강물은 다시 갈대에 가려 자취를 감췄다. 한 바퀴를 거의 돌 동안 강찬충은 어디에도 보이지 않았다.

이마에 땀이 배어 나오고 등이 축축해지는 것이 느껴졌다. '강찬충을 이렇게 경계할 필요는 없는데' 라는 생각이 들었지만 그것은 생각뿐, 뼛 속 깊숙한 곳에서 경고를 보내고 있었다. 시선이 처음에 머물렀던 곳을 향할 때 정수리 부근에 찌릿한 느낌이 전해졌다. 그것은 위험을 알리는 본능의 외침이었다.

주적자는 검을 횡으로 휘두르며 몸을 돌렸다. 무쇠 기둥을 때린 듯 손을 찌릿하게 울릴 만큼 강한 충격이 전해졌다. 그리고 뒤이어 가슴에 느껴지는 고통.

펙!

타격음은 주적자의 몸이 허공에 뜬 후에야 들렸다. 그는 거의 일 장 정도를 날아 땅에 곤두박질쳤다. 서둘러 일어서던 그는 바로 허리를 꺾어야 했다.

"우엑!"

어둠과 섞여 적갈색을 띤 핏덩이가 바짓단을 축축하게 적셨다. 그가 허리를 채 펴기도 전에 다시 강찬충이 쇄도했다. 둘 사이의 공간은 눈 깜짝할 사이에 무너졌다. 주적자는 검을 아래에서 위로 그어 올리며 뒤로 물러섰다.

하지만 검은 채 반도 휘둘러지지 않아 강찬충의 손아귀에 잡혀 버렸다. 아기의 팔을 어른이 움켜쥐듯 너무도 쉽게 잡아버린 것이다. 주적자는 검을 돌려 빼내려 했지만 검날을 잡은 억센 손은 미동조차 하지 않았다.

'어떻게 이처럼 터무니없이 강해질 수가……?'

강찬충의 손이 목으로 날아왔다. 그가 움찔하는 사이 목은 이미 손아귀 사이에 들어가 있었다.

"끄륵!"

숨은 금세 막혀 버렸다. 툭 튀어나온 목젖이 안으로 밀려 들어가며 막은 기도는 더 이상 제 역할을 하지 못했다. 얼굴이 화상을 입은 것처럼 달아오르고 목은 금방이라도 부러질 것 같은 고통을 호소했다. 자유로운 한 손으로 강찬충의 팔을 때려보지만 어떤 움직임도 끌어낼 수 없었다. 그의 발이 천천히 땅에서 떠오르며 고통은 더욱 크게 다가왔다. 눈알이 튀어나와 대롱대롱 걸려 있는 것 같은 기분이 들었다.

"고통스러운가?"

강찬충은 입가에 웃음을 물고 돌아오지 않을 물음을 던졌다. 주적자는 강찬충의 팔을 때리고 배를 향해 발길질을 해보았지만 어리광을 부리는 아이의 몸짓보다 허무했다. 눈물과 콧물이 하나가 되어 얼굴 전체를 뒤덮었다. 의식이 육체를 떠나려고 했다.

강찬충은 팔을 안으로 접어 주적자를 얼굴 가까이 놓았다. 크게 확대된 강찬충의 얼굴은 흐리고 이리저리 찌그러져 있었다.

"내가 말했지. 천천히, 아주 천천히 죽여준다고."

음성조차 물속에서 듣는 것처럼 웅웅거렸다. 주적자는 형체도 불분명한 강찬충의 얼굴을 향해 침을 뱉었다. 하지만 그것은 헛되이 자신의 가슴만 적실 뿐이었다.

"난 너 같은 강골(强骨)이 좋아. 죽이는 재미가 있거든."

강찬충은 코딱지를 튕기듯 주적자를 던져 버렸다. 갑자기 찾아온 신선한 공기는 그의 폐를 두 배쯤 부풀려 놓았다. 벽에 부딪혀 거칠게 뒹굴었지만 고통조차 환희로 다가왔다.

"쿨룩! 쿨룩!"

내장을 송두리째 끄집어낼 것 같은 기침이 터져 나왔다. 빨리 기침을 멈추고 일어서서 싸울 준비를 해야 하는데 몸이 움직이지 않았다. 저벅거리며 다가오는 강찬충의 발자국 소리가 심장을 움켜쥔 사신의 숨소리처럼 들렸다.

끝이 위로 휜 신발코가 눈앞에 놓여졌다. 주적자는 검에 몸을 의지해 허리를 폈다.

'단지 목을 졸린 것뿐이야. 아직 쓰러진 건 아니라구.'

자신을 채찍질해 보지만 육체와 정신이 항상 같이 움직일 수는 없었다.

"아직도 검을 잡고 있다니. 의지가 가상하군."

신발코가 열 배나 크게 눈앞에 확대되었다. 주적자가 할 수 있는 방어는 팔을 얼굴 앞에 갖다 대는 것이 전부였다. 팔뚝에 느껴진 충격은 곧 안면의 고통으로 이어졌다. 그의 몸은 실 끊어진 연처럼 힘없이 뒤로 날아올랐다.

허물어져 가는 벽은 그의 몸이 부딪히자 이내 하나하나의 벽돌로 부서져 버렸다. 건물 안의 잡초 더미 위로 나뒹군 주적자는 큰 대(大) 자로 뻗어 거친 숨을 몰아쉬었다. 양쪽 볼이 코피로 온통 붉게 물들었다.

정신을 잃을 만도 한데 뚫린 천장 너머로 비치는 별빛은 너무도 또렷하게 보였다.

'여기서 끝나는 것인가?'

허물어지는 의지 사이로 아버지의 얼굴이 스쳤다. 그래, 그냥 스쳐 갔을 뿐이다. 확실치 않은 윤곽으로 나타났다 사라졌을 뿐이다. 하지만 불분명한 그것은 주적자에게 실낱 같은 의지를 안겨주었다.

여태 놓지 않고 있는 검의 감촉이 비로소 손에 느껴졌다. 그는 비명을 지르며 아우성치는 뼈와 근육의 고통을 억누르며 몸을 일으켰다. 검을 잡고 있는 한, 그래서 싸울 수 있는 한 그는 호인불사이고 보표 지존이었다.

무너져 내린 벽을 통해 강찬충이 모습을 드러냈다. 웃음을 머금고 있던 얼굴에 놀람이 스쳤다.

"호오! 아직도 일어설 힘이 남아 있나?"

주적자는 입술 끝을 힘겹게 끌어올렸다.

"널 죽일 힘도 충분해."

과거의 기억이 떠올라서일까? 강찬충의 표정이 딱딱하게 굳었다.

"생각을 바꿨다. 지금 당장 네 몸속의 피를 한 방울도 남김없이 빨아주마."

강찬충이 움직이기 전에 주적자가 먼저 뒤로 몸을 날렸다. 정공법으로 해서 녀석을 이길 수 없다는 것은 한 번의 경험으로 충분히 알 수 있었다. 떨어진 체력을 어느 정도 끌어올리면서 녀석의 약점을 찾을 시간을 벌어야 했다.

그런 의미에서 이 건물은 안성맞춤이었다. 비록 벽이 많이 허물어져 있기는 했지만 수많은 방으로 구성되어 있었고, 그 방들이 무질서하게 배열되어서 커다란 미로(迷路)를 만들어냈다. 건물의 구조로 보아 오래전 군사 훈련 같은 용도로 쓰이지 않았나 하는 생각이 들었다. 주적자는 망설이지 않고 왼쪽으로 방향을 잡았다.

"도망칠 수 있을 것 같나?"

강찬충의 입김이 뒤통수에 와 닿는 것 같았다. 주적자가 우측으로 돌아 들어갈 때 앞쪽 벽이 무너지며 강찬충이 튀어나왔다. 주적자는 구멍이 난 천장으로 뛰어올랐다. 그가 내려선 곳은 출입구가 두 개인 방이었다. 문은 이미 떨어져 나가 흔적도 없었고 세월에 떠밀린 벽돌만 어지러이 널려 있을 뿐이었다.

머뭇거릴 시간도 여유도 없었다. 벽이고 천장이고 가릴 것 없이 뚫고 오는 강찬충을 피해 주적자는 다시 전면의 문을 빠져나갔다. 어떻게든 녀석을 따돌리고 숨을 고를 시간을 벌어야 했다. 이리저리 정신없이 움직이는 그를 강찬충은 끈질기게 따라붙었다. 아직 잡히지 않은 것은 순전히 건물의 특성을 파악하고 움직이는 주적자의 재치 덕분이었다.

하지만 그것도 오래 갈 것 같지 않았다. 세 번의 타격은 그의 몸을 심하게 망가뜨려 체력을 현저히 떨어뜨려 놓았다. 내상을 입은 상태로 무리하게 움직여서인지 뱃속의 것이 자꾸 넘어오려 했다. 시원하게 게워내고 싶었지만 그만한 여유도 가질 수 없는 상황이었다.

잠깐의 멈춤조차 곧 죽음으로 이어진다는 것을 너무나도 잘 알고 있는 주적자였다. 둘의 추격전은 무려 반 시진 동안이나 계속되었다. 건물의 아래층과 위층을 오가는 사이 수많은 구멍이 생겨나고 벽이 허물어졌다.

"언제까지 도망칠 수 있을 것 같나? 그래 봤자 네 고통만 더할 뿐이야!"

숨도 차지 않는 듯 강찬충의 목소리는 너무도 또렷이 들렸다. 어쩌면 즐기기 위해 그를 잡지 않고 있는지도 모른다. 이대로 도망치기만 하다가는 결국 붙잡히고 말 것이다. 어떻게든 전환이 필요한 시기였다.

'저곳에서!'

주적자는 삼 장 앞에 위치한 네 방향으로 뚫린 복도에서 승부를 걸기로 했다. 우측의 방으로 통하는 문을 지나쳐 오른쪽으로 방향을 틀었다. 두 번 땅을 박찬 주적자는 그 자리에 우뚝 멈췄다. 호흡을 가다듬고 양쪽 팔에 흐트러져 가는 공력을 모았다.

콰앙!

예상대로 바로 앞의 벽이 뚫리며 벽돌이 어지럽게 날렸다. 주적자는 강찬충의 모습을 확인하지도 않고 검을 횡으로 그었다. 막 벽을 뚫고 나오던 강찬충의 얼굴에 검이 작렬했다.

"크윽!"

고통을 모를 것 같던 강찬충의 입에서 숨막힌 비명이 터져 나오며 뒤로 주춤주춤 물러섰다. 계속 몰아붙일까 하는 유혹이 고개를 들었지만 이 상태에서 싸운다는 것은 자살행위였다. 주적자는 발 밑에 뚫린 구멍으로 뛰어내렸다.

"이노―옴!"

위쪽에서 들리는 강찬충의 노한 일갈은 건물 안을 쩌렁하게 울렸다. 모퉁이를 돌고 뚫린 벽을 통과하며 어지럽게 움직이던 주적자는 지친 육신을 멈췄다. 벽과 벽이 만나는 모서리 앞에 무너져 내린 벽돌은 그의 몸을 가려주기에 충분했다.

숨소리를 최대한 죽인 채 호흡을 가다듬는 그의 귀에 강찬충의 고함이 들렸다.

"주적자! 두려워서 숨는 꼴이 우습구나! 내가 무서우면 엉엉 울어 봐라! 엄마가 데려가 줄지도 모르니까!"

언젠가 그가 강찬충에게 들려주었던 말과 비슷했다. 주적자는 입가에 쓴웃음을 베어물고 거친 숨을 가다듬었다. 반 시진, 아니, 일각 정도면 어느 정도 회복이 될 것이다. 그동안 녀석을 죽일 방법을 생각해 내야 했다.

이 밤이 지날 때까지 숨어 있을 수도, 그럴 마음도 없었다. 받은 만큼 돌려준다는 간단한 오기의 차원이 아니었다. 그의 인생이 언제나 그렇듯 장애물이 있으면 어떻게든 그것을 뛰어넘어야 했다. 돌아간다거나 피하면 장애물은 언젠가 똑같은 형태로 다시 나타나게 되어 있었다.

지금! 눈앞에 있을 때 극복을 해야 했다. 시간이 지남에 따라 턱까지 차 오르던 숨도 가라앉기 시작했고, 뒤틀렸던 기혈도 제자리를 찾아갔다. 완전히 회복하기에는 너무 짧은 시간이었지만 지금 이상을 바란다는 것은 무리였다.

그를 찾아 이리저리 쏘다니며 소리를 지르던 강찬충의 움직임은 어느 순간부터 느껴지지 않았다. 멀리 떨어진 곳을 배회하고 있거나 다른 꿍꿍이를 꾸미고 있는 것이리라.

주적자는 눈앞에 쌓인 벽돌 더미를 응시하며 생각에 잠겼다. 과연 어떻게 강찬충을 없앨 것인가? 몸은 이전보다 더 단단해져서 검으로 벨 수도 없었고 무작정 휘두르는 주먹은 내가고수의 그것보다 더 파괴적이다. 거기에 육안으로 쫓을 수 없을 정도의 빠르기라니… 나인현이 쏘는 화살에 비유할 수 있을까?

생각이 나인현에게 미치자 퍼뜩 한 가지 생각이 떠올랐다.

'녀석이 혹시 그녀를 인질로 잡지 않을까?'

전혀 가능성이 없는 것은 아니었다. 주적자는 고개를 저어 예감을 떨쳤다. 지금은 일어나지도 않은 일에 신경 쓸 시간이 없었다. 그는 다시 강찬충에게 집중하기 위해 노력했다. 하지만 그의 나쁜 예감에 대한 결과는 생각보다 훨씬 빨리 찾아왔다.

"이 여자, 목이 정말 부드러운데!"

'제길!'

"내가 이 예쁜 아가씨 몸에 있는 피를 모두 빨아먹는 데 얼마나 걸릴까?"

주적자는 자리에서 벌떡 일어서기는 했지만 튀어나가지는 않았다. 아무 대책도 없이 나가봤자 죽음은 그녀뿐 아니라 그에게도 쉰 밥의 파리처럼 따라붙을 것이다.

"몇 까지 세어줄까? 열? 스물? 백?"

이것은 언젠가 그가 탈명침의 역할을 할 때 아이의 위험을 보고 있었던 상황과 비슷했다. 하지만 결정적으로 다른 건 그때의 그는 임무는 실패하더라도 아이는 구할 수 있었고, 지금은 그와 그녀 누구도 구할 수 없다는 것이다.

"셋만 세겠다!"

열도 아니고 스물도, 백도 아닌 셋이란다. 인색한 놈!

차라리 이처럼 빠른 결정이 나은 것인지도 모른다. 최소한 마음 고생은 덜할 테니까.

"하나!"

주적자는 움찔 떨며 반사적으로 움직이려는 다리를 멈췄다.

‘자, 생각해라. 무슨 방법이 있지?’

그는 관자놀이를 누르며 좋은 방법이 떠오르기를 난생처음 기도했
다.

가각!

손에 들고 있던 검이 뒤쪽 벽에 긁혀서 둔탁한 소리를 만들어냈다.
그는 마치 새로운 것을 발견한 것처럼 검을 보았다.

“둘!”

그래, 새로운 것이란 있을 수 없었다. 그의 손에 검이 있고, 그가 아
직 움직일 수 있는 한 그것이 유일한 방법이고 어떤 어려움도 해결할
수 있는 열쇠였다.

또 하나, 녀석은 무공을 전혀 모른다는 점. 무공이란 단순히 팔과
다리의 움직임이 아니다. 아니, 팔과 다리의 움직임이 맞다 할지라도
그처럼 단순하지 않다. 정기신의 일체와 정신의 어쩌고저쩌고 하는
고상한 언변을 떠나서 무공이라는 것이 어차피 상대를 제압하기 위한
기술이라면 단지 빠르고 단단한 것만이 전부가 아니었다.

“셋!”

강찬충의 말이 떨어지자마자 주적자가 소리쳤다.

“나간다!”

주적자는 벽돌 더미를 무너뜨리고 건물의 출입구 쪽으로 걸음을 옮
겼다.

‘초식이란 장식이 아니지.’

그렇다. 단지 빠름만을 위한 것이라면 세상의 모든 검법이나 도법,
권법 등은 쾌밖에 존재하지 않을 것이다. 상대가 예상치 못한 동작과
검로(劍路), 변화, 이런 것들이 쾌를 동반해야 비로소 하나의 완성된

무공이라 할 수 있었다.

하지만 강찬충에게는 오직 쾌밖에 없었다. 그것이 상상을 초월하는 빠름이라 할지라도 결국 절름발이나 마찬가지였다. 어디로 날아오는지만 안다면 충분히 막을 수 있었다. 그가 벽을 튀어나오는 강찬충의 얼굴을 검으로 때렸듯, 나인현이 인질로 잡힐 것이라는 걸 예감했듯, 그는 강찬충을 충분히 읽을 수 있었다. 아니, 읽어야 했다. 그것만이 그와 나인현이 살 수 있는 유일한 길이었다.

미로 같은 복도를 이리저리 돌아 도착한 출입구에는 강찬충이 나인현을 옆구리에 낀 채 기다리고 있었다. 술이 깰 때도 됐건만 그녀는 무슨 좋은 꿈을 꾸는지 입가에 미소까지 머금고 잠들어 있었다.

"큭큭… 결국 너도 협객 흉내를 내는군."

주적자는 검끝을 땅에 끌듯 내려뜨리고 말했다.

"비열한 놈들 눈에는 다른 사람이 모두 협객으로 보이기 마련이지."

강찬충은 금세 얼굴이 굳어졌다. 어지간히 욕먹기 싫어하는 녀석이었다.

"헛바닥이 뽑힐 때 얼마나 아픈지 곧 알게 될 것이다."

강찬충은 나인현을 바닥에 내동댕이쳤다. 땅바닥을 구른 나인현이 충격 때문에 화들짝 놀라 상체를 벌떡 일으켰다. 주적자는 입가에 웃음을 머금고 말했다.

"넌 실수한 거야."

"실수?"

강찬충은 주적자의 시선을 따라 나인현을 보았다. 나인현은 잠이 덜 깬 얼굴로 주위를 두리번거리며 목을 벅벅 긁더니 '여기가 어디지? 라는 말을 뱉고 다시 핑그르르 쓰러졌다. 이내 들리는 낮게 코고는 소리. 그녀는 다시 잠이 들어버렸다. 무공을 익히지 않았는데도 이렇게 쌀쌀한 날씨에 잠들 수 있는 그녀의 둔감함이 놀라울 정도였다.

주적자는 그저 고개를 흔들 뿐이었다. 어차피 도움을 기대하지 않았다고 하더라도 잠깐 생겼던 강렬한 희망은 그래서 더 아쉬움을 남겼다.

"이제 죽을 시간이다."

강찬충의 몸이 움직였다. 주적자는 그 짧은 순간에 온몸의 근육을 팽팽하게 당겼다.

'정면!'

주적자는 검을 세워서 횡으로 그었다. '턱' 소리와 함께 손에 묵직한 느낌이 전해졌다. 얼굴로 날아오는 강찬충의 팔을 막기는 했지만 힘에 밀려 완전히 차단하지 못했다. 비켜 나간 주먹이 그의 귓바퀴를 핥고 지나갔다.

뒤로 훌쩍 물러나는 주적자의 관자놀이로 다시 주먹이 날아왔다. 눈으로 확인할 수는 없었지만 어깨의 움직임으로 알 수 있었다. 무공을 익히지 않은 사람의 몸짓은 눈동자 돌아가는 것만 보아도 짐작할 수 있었다.

강찬충의 주먹을 막은 검이 튕겨져서 하마터면 얼굴을 반으로 쪼개놓을 뻔했다. 무지막지하게 강한 놈임에는 틀림없었다. 배에 타격만 받지 않았어도 이처럼 밀리지는 않았을 텐데…….

"꽤 버티는구나!"

강찬충은 그를 몰아붙이면서도 여유가 있는지 빙글거리며 말했다. 주적자는 그저 이를 악물고 날아오는 주먹을 막는 데 급급했다. 한 번의 반격도 못한 채 뒤로 물러서는 주적자의 걸음은 어느새 건물 안으로 들어와 있었다.

처음 싸울 때와 흡사한 상황이 반복되었다. 달라진 것이 있다면 장소와 강찬충이 터무니없이 강해졌다는 것뿐. 물론 그도 강해졌지만 강찬충에 비할 바가 아니었다.

위태롭게 강찬충의 공격을 막아내고는 있었지만 이대로 날이 샐 때까지 버틸 수도 없었다. 상황을 반전시킬 전기를 마련해야 했다.

공격이 최선의 방어라는 것을 안다고 해도 이 상태에서 공격으로 전환한다는 것은 무리였다. 자칫 한 대라도 잘못 맞는 날에는 저번처럼 어깨가 탈골되는 부상으로 끝나지는 않을 테니까.

차캉!

갑자기 날카로운 소리가 울리며 뺨에 화끈한 통증이 전해졌다. 강찬충의 팔을 이기지 못하고 부서져 버린 검의 파편이 얼굴에 박힌 것이다.

"제길!"

주적자는 검날이 겨우 한 자 남짓 남은 검을 망연자실하게 쳐다보았다. 무너져 버린 최후의 보루는 초라한 모습으로 쇳가루 빛 눈물을 뿌리고 있었다.

"발악할 건덕지가 없어졌군."

강찬충은 주적자를 이미 시체로 만들어놓은 듯한 얼굴로 천천히 다가왔다. 그 속도에 맞춰 물러서던 주적자의 등이 벽에 닿았다. 벽을 짚고 돌아서려는 손에 벽돌 더미가 걸려 무너져 내렸다. 왜 그랬는지 알 수 없지만 그는 무너지는 벽돌 중 하나를 손에 집어 들었다. 아마도 물에 빠진 사람이 지푸라기라도 잡는다고, 본능이 만들어낸 손짓이었을 것이다.

　검과는 달리 손 안을 꽉채우는 느낌 속에서 주적자는 새삼스럽게 벽돌을 보았다. 그것은 이제껏 그가 휘두르며 사용해 온 검과는 달리 그냥 단단한 '것'이었다. 벨 수는 없지만 얼마든지 살상을 할 수 있는 무기라는 뜻이다. 때려도 좋고 던져도 상관없는 무기. 그리고 그는 던지는 법을 알고 있었다.

　"왜? 그걸로 나를 상대할 생각이냐?"

　강찬충이 비웃음 섞인 목소리로 물었다. 주적자의 입가에 미소가 걸렸다. 확신은 없었지만 완전한 절망이 아닌 것만으로 좋았다.

　"아니, 이걸로 널 죽일 생각이다."

　주적자는 말과 함께 벽돌을 던졌다. 강찬충은 너무도 쉽게 벽돌을 쳐냈다. 붉은 가루가 흩어지는 그 속으로 강찬충의 비웃음이 들렸다.

　"후후… 이따위로 뭘 어떻게 하겠다고……."

　강찬충은 끝까지 말을 잇지 못했다. 연달아 세 개의 벽돌이 날아왔기 때문이다.

　"끝까지 귀찮게 하는구나!"

　주적자는 벽돌을 가볍게 쳐내고 따라붙는 강찬충과의 거리를 유지하며 계속 벽돌을 던졌다. 부피가 크고 무거울 뿐 솔잎과 크게 다르지 않았다. 아니, 오히려 무거워서 훨씬 강한 힘을 실을 수 있었다. 물론 한두 개가 강찬충에게 타격을 줄 수는 없을지라도 날카로운 정만이 바위에 구멍을 뚫는 것은 아니었다. 끊임없이 떨어지는 낙수(落水)도 언젠가는 그만큼의 구멍을 만드는 것이다.

　여기저기 흩어진 벽돌을 차고 던져서 강찬충에게 날리는 것이 처음엔 쉽지 않았지만 곧 익숙해졌다. 그가 익힌 모든 무공에 운율을 싣자 움직임은 바람에 몸을 실은 깃털처럼 가볍고 자연스럽게 이어졌다.

그의 팔과 다리에 걸린 벽돌들이 쉼없이 강찬충에게 날아갔다. 마치 수십 대의 작은 마차들이 허공을 날아 돌진하는 것 같았다. 강찬충은 그것들을 쳐내 날카로운 조각으로 허공에 흩어놓았다. 얼마나 그 상태를 유지했을까? 그렇게 해서는 결판을 낼 수 없다는 것을 깨달았는지 강찬충의 움직임이 달라졌다.

갑자기 우측으로 빠르게 이동해서 벽돌들을 피하려 했다. 그러나 주적자는 강찬충의 어깨가 움찔하는 것을 보는 순간 다음 행동과 방향을 예측했다. 그 빠르기 또한 이미 경험을 했으니 어느 정도에 벽돌을 날려야 정확히 맞출 수 있는지 알 수 있었다. 몸을 회전시킨 주적자가 벽돌 더미 위에 내려서는 순간 벽돌은 이미 강찬충을 향해 쏟아져 갔다.

황급히 벽돌을 팔로 쳐내며 강찬충은 노한 음성을 터뜨렸다.

"이따위 것으로 나를 죽일 수 있을 것 같나?"

"물론!"

수백 개가 쌓여 있던 벽돌 더미는 빠르게 허물어져 부스러기밖에 남지 않았다. 이리저리 움직여 벽돌을 피해 다가오려던 강찬충은 여의치 않음을 느끼고 방법을 바꾸었다. 날아오는 벽돌들을 깨부수며 전진하는 방법을 택한 것이다.

주적자가 다른 벽돌 더미를 찾아 이동하자 강찬충이 따라붙었다. 뒤통수에 숨결이 닿을 만큼 가까이 왔다는 것을 느낀 주적자는 발뒤꿈치에 벽돌을 얹어 역륜퇴(逆輪腿)로 강찬충의 턱을 걷어찼다.

묵직한 느낌이 전해지며 짧은 신음과 함께 강찬충이 뒤로 주춤주춤 물러났다. 붉은 벽돌 하나가 주적자의 발등에 올려지더니 이내 크게 원을 그렸다. 회륜각(回輪脚)의 힘이 실린 벽돌은 강찬충의 정수리를 때리고 산산조각나 흩어졌다.

주저앉을 듯 비틀거리던 강찬충은 짐승의 울음 같은 노호를 터뜨리며 몸을 날렸다. 하지만 그 자리에 가만히 있을 주적자가 아니었다. 그는 벽 모퉁이를 돌아가며 광분하는 강찬충에게 계속 벽돌세례를 퍼부었다.

단지 몇 대 맞은 것으로 분노의 감정을 주체 못하는 강찬충은 벽돌을 주먹으로 쳐내거나 몸으로 받아넘기며 주적자를 쫓아왔다. 벽돌의 사소한 저항이라 할지라도 강찬충의 걸음을 더디게 하기에는 충분했다. 더욱이 넓은 지대가 아닌 이처럼 피할 곳도 마땅치 않은 협소한 공간은 추격을 더욱 불편하게 만들었다.

"비겁한 놈! 언제까지 싸우지도 않고 도망만 칠 거냐? 그러고도 네가 보표지존이라고 불릴 자격이 있느냐?"

"우리가 싸우고 있다는 것도 모르다니. 멍청한 놈!"

말을 하며 발로 걸어 날린 벽돌이 강찬충의 이마를 정통으로 때렸다. 타격을 입은 듯 목을 뒤로 젖힌 강찬충은 그 자리에서 우뚝 멈췄다. 안구가 빠져나올 만큼 부릅뜬 눈에는 숨길 수 없는 분노가 담겨져 있었다.

무슨 생각을 하는지 한참 동안 씩씩거리던 강찬충은 갑자기 입가에 웃음을 머금었다.

"내 손에 도망치는 개에게 채울 족쇄가 있다는 사실을 잊었군."

몸을 돌려 건물의 입구로 향하는 강찬충의 등을 보며 주적자는 이름 하나를 뱉어냈다.

"나인현!"

강찬충은 그녀를 인질로 잡으려는 것이 분명했다. 주적자는 벽돌을 날리며 길을 막으려 했지만, 그것을 맞아가며 멀어지는 강찬충의 발길을 돌릴 수는 없었다.

어지럽게 난 길을 돌아 출입구에 도착한 주적자는 주위를 두리번거리는 강찬충을 볼 수 있었다.

"어딨지? 대체 어디로 간 거야?"

나인현은 노인의 곰방대를 빠져나온 연기처럼 감쪽같이 사라져 버렸다. 그녀가 어떻게, 어디로 갔는지 알 수 없지만 지금으로써는 다행이라 아니할 수 없었다.

주적자는 양팔을 벌리며 말했다.

"자, 우리의 싸움을 다시 시작해 볼까?"

소소자와 사도철광은 어이없는 눈으로 멀뚱하니 앉아 있는 나인현을 보았다.

"강가의 갈대 숲에서 깨어나 그냥 왔다는 말이오?"

소소자의 물음에 나인현은 고개를 끄덕였다.

"주위를 둘러보지도 않고 말이오?"

사도철광이 묻자 그녀는 입을 달싹거렸지만 말이 되어 나오지는 못했다. 이번에도 역시 호미령이 그녀의 입가에 귀를 대고 한참을 들은 후에야 통역을 했다.

"겁이 나서 무작정 도망쳤다는군요. 자고 일어났는데 낯선 곳에 있으니 겁이 날 만도 하죠."

하긴 술법을 펼칠 때 외에는 겁 많은 여인네 그대로니 나인현을 탓할 수도 없었다.

소소자가 벌떡 일어서며 말했다.

"지금 당장 그곳으로 갑시다. 호 소저의 직감대로라면 나 소저를 납치했던 범인이 흡혈귀가 분명한데 이곳에서 기다릴 수만은 없죠. 분명 흡혈야황과 어떤 관련이 있을 겁니다."

"어쩌면 흡혈야황 본인일 수도 있지. 호되게 당한 강찬충이 다시 올 리는 없으니까."

사도철광의 말에 소소자가 눈살을 찌푸렸다.

"흡혈귀가 어디 강찬충뿐이겠소? 흡혈야황이 마음만 먹는다면 열이고 스물이고 쑥쑥 만들어낼 텐데. 하여간 멀대처럼 몸만 길면 뭐 하나, 생각이 짧은데."

"그래서 긴 생각 가지고 나 소저 술 취하게 만들 음모를 꾸며 일을 이 모양 이 꼴로 만들었나?"

"사도 영감! 모든 잘못을 내게 돌릴 생각이오? 영감도 좋은 생각이라고 맞장구를 쳤잖소? 하여간 간사한 것이 사람 마음이라고……."

소소자의 말꼬리를 호미령이 잘랐다.

"지금 이럴 때가 아니잖아요. 빨리 주 대협을 찾아야 하지 않겠어요? 흡혈귀를 따라간 지 한참 됐는데 혹 무슨 일이라도 생긴 건 아닌지……."

나인현은 걱정스러움으로 말끝을 흐렸다.

"사도 영감, 남은 얘기는 주적자를 찾은 다음에 합시다."

"무사히 찾을 수 있다면 좋겠군."

못마땅한 눈으로 사도철광을 흘겨본 소소자는 나인현에게 말했다.

"빨리 그곳으로 갑시다. 앞장서시오."

소소자의 채근에도 불구하고 나인현은 자리에서 일어섰을 뿐 머뭇거리고만 있었다.

"뭐 해요? 빨리 가지 않고."

달싹거리는 그녀의 입가로 호미령이 귀를 가져갔다.

"길을 잃고 한참을 헤매다 찾아와서 정확한 위치는 잘 모르겠대요."

소소자와 사도철광의 얼굴이 동시에 망연자실해졌다.

"주사에 길눈까지 어둡다니. 정말 여러 가지 하는군."

빡!

강찬충의 턱에 부딪힌 벽돌은 물방울 같은 파편을 만들며 사방으로 흩어졌다.

"헉! 헉!"

때리는 주적자나 맞으면서 끝까지 쫓아오는 강찬충 모두 어깨로 숨을 쉬고 있었다. 두 시진 이상을 싸우는 동안 두 발을 모두 땅에 붙이고 있었던 적이 없을 정도로 싸움의 격렬함은 극을 달렸다. 심장이 뛰지 않는 강찬충도 육체에 공기가 필요하기는 한지 힘든 기색이 역력했다.

세상에 끝나지 않는 잔치는 없는 법. 주적자는 싸움의 결말을 보려 하고 있었다.

성급함이 자칫 천추의 한을 남길 수도 있었지만 체력이 한계에 다다랐으니 선택의 여지가 없었다. 여기서 더 힘을 뺐다가는 제풀에 지쳐 꺾여 버릴 것이다.

"이제 도망칠 힘도 없겠지?"

무쇠가 아니라는 것을 증명하듯 강찬충은 이마에서 피를 흘리며 힘겹게 물었다. 자리에 그냥 서서 이렇듯 보고만 있는 달콤한 휴식을 그도 깨기 싫을 것이다.

주적자는 긴 숨을 뱉은 후 호흡을 멈췄다. 힘을 안으로 갈무리해서 지친 근육을 팽팽하게 당기고 몸을 쭉 펴자 새로운 투지가 샘솟았다. 흡(吸)은 길게 토(吐)는 짧게. 이런 호흡을 몇 차례 반복한 주적자가 입을 열었다.

"그럼 이제 싸움을 끝내볼까?"

강찬충이 붉어진 눈을 빛냈다.

"더 이상 도망치지 않겠다는 것이냐?"

주적자는 손바닥을 위로 보여 까딱거리는 것으로 대답을 대신했다. 강찬충은 너덜너덜해진 팔 소매를 들어 올렸다. 언뜻언뜻 보이는 피멍울이 이 싸움의 치열함을 말해 주었다. 크게 일렁이던 가슴이 점점 잦아지더니 어느 순간 움직임이 멎었다. 그리고……

"하아—!"

투지를 불사르는 고함과 함께 강찬충이 주적자와의 간격을 빠르게 좁혔다. 이미 발등에서 날아가기를 기다리고 있던 벽돌이 허공을 갈랐다. 강찬충은 어렵지 않게 처음 벽돌을 쳐냈고, 두 개, 세 개 날아오는 벽돌을 산산이 부서놓았다. 단 한 대도 맞지 않고 강찬충은 주적자의 지척까지 다가갔다. 잔뜩 웅크린 자세로 다가온 강찬충을 보는 주적자의 입가에 미소가 번졌다.

"딱 알맞은 거리로군."

주적자의 움직임이 달라졌다. 마치 숙달된 무희(舞姬)의 동작처럼 부드럽게 회전하며 쉼없이 벽돌을 날리던 주적자는 돌연 강찬충의 품으로 파고들었다. 강찬충이 화들짝 놀라며 주적자를 잡으려 했지만 무릎이 먼저 턱에 틀어박혔다.

덜컥!

인간의 가장 약한 부분 중 하나와 가장 강한 부분 중 하나가 부딪친 소리는 그리 크게 들리지 않았다. 강찬충이 비록 도검불침의 몸이라 할지라도 인체의 모든 급소가 완벽할 수는 없었고 그 증거는 곧 드러났다.

"끄륵!"

제대로 된 신음도 뱉지 못하고 물러서는 강찬충의 무릎 관절은 벽돌을 얹은 주적자의 발에 맞아 휘청 꺾였다. 허공에서 몸을 크게 회전한 주적자는 대원각(大圓脚)으로 강찬충의 뒤통수를 내리쳤다. 공격을 할 때마다 벽돌을 얹어서 사용했기 때문에 주위는 순식간에 뿌연 먼지로 뒤덮였다.

힘없이 거꾸러지던 강찬충이 절묘하게 중심을 잡더니 막 땅에 내려서던 주적자를 덮쳤다. 전혀 예상치 못한 공격에 급히 물러서는 그의 턱으로 주먹이 날아왔다. 단 한 대만 맞아도 주적자의 싸움은 패배로 끝날 수밖에 없었다. 회초리로 수백 대를 때린들 한 번의 도끼질을 어찌 당하랴.

식ㅡ!

손등은 그의 턱을 핥듯이 스치고 지나갔다. 불로 지진 듯한 느낌이 찾아왔지만 마찰의 영향일 뿐 걱정하던 만큼의 타격은 오지 않았다. 그만큼 강찬충도 지쳤다는 증거였다. 주적자는 중심을 잃고 비틀거리는 녀석의 턱을 걸어 올렸다. 벽돌을 발등에 올려놓기는 했지만 녀석을 때리는데 그 또한 충격을 전혀 안 받을 수는 없었다.

발길이 닿는 벽돌마다 금세 주적자의 피가 묻고 부서지기를 반복했다. 원앙각(鴛鴦脚)과 후륜퇴, 대원각이 쉼없이 강찬충의 턱과 양쪽 무릎 관절에 작렬했다. 그런 타격이 근 반 시진 동안 이어졌다. 피와 살이 섞인 벽돌 가루들이 사방으로 흩어지고 그들의 몸을 못 이긴 낡은 벽들이 허물어졌다.

싸움에 놀라 도망치던 쥐새끼와 뱀들은 싸움의 여파에 산산조각으로 찢겨 핏덩이로 변했다. 끊임없이 때리며 전진하는 주적자와 그것에 밀려 무너지는 벽과 함께 물러서는 강찬충. 피와 땀, 먼지와 파편이 난무하는 그들의 공간은 외벽을 향해 점점 치닫고 있었다. 그리고 그들을 기다리고 있는 끝이 드디어 무너졌다.

콰앙!

유난히 큰 소리를 내며 무너진 벽 밖으로 튀어나온 강찬충 위로 스산한 바람이 스쳐 갔다. 황급히 뛰쳐 나온 주적자는 비릿한 강 내음을 맡으며 움직이는 것을 멈췄다.

흐드러지게 핀 갈대숲 사이를 뚫고 푸른 여명이 찾아오고 있었다.

"아아아… 아……."

강찬충은 양팔을 허우적거리며 일어서려다 이내 주저앉았다. 너덜너덜해진 양쪽 무릎은 더 이상 그의 몸을 지탱할 수 없었다. 이미 부서져서 제 기능을 상실한 턱은 절규조차 제대로 뱉을 수 없게 만들었다.

새벽은 먹이를 찾아 둥지를 박차는 새처럼 빨리 찾아왔다. 황금빛 바다가 푸른 파도를 밀어내며 산 한쪽을 서서히 물들이고 있었다. 강찬충은 양팔을 이용해 땅을 기어서 건물 안으로 들어가려 했다. 하지만 주적자가 그것을 용납하지 않았다.

주적자의 잔인한 다리는 이상한 각도로 휘어진 강찬충의 무릎을 밟아 더 이상의 움직임을 막았다. 상체를 뒤틀어 떨쳐 내보려 하지만 전의를 상실한 강찬충의 움직임에는 힘이 없었다.

어둠을 잠식하는 빛의 속도는 너무도 빨라 이미 강을 건너 발치에 다다라 있었다. 주적자를 보는 강찬충의 눈은 적의에서 애원으로, 비탄에서 체념으로 바뀌었다.

"크크크……."

코만으로 웃음을 만들어내던 강찬충은 하늘을 정면으로 해서 누웠다. 점점 짙어지는 주적자의 그림자가 얼굴에 드리워졌다.

치이익—!

강찬충의 발끝에 닿은 햇살이 회색의 연기를 피워 올렸다. 고통스러운 표정을 만들기는 했지만 끝내 비명은 만들지 않았다. 연기는 발목을 거쳐 무릎으로 이동하며 그만큼의 아픔을 피워 올렸다. 눈을 꼬옥 감고 눈썹을 찡그리던 강찬충의 목에서 본능 같은 신음이 새어 나왔다. 턱이 온전해서 어금니를 물 수 있다면 그조차 뱉지 않았을 것이다.

하반신이 모두 연기에 잠길 즈음 강찬충이 눈을 떴다. 번들거리는 눈빛 깊숙한 곳에는 어떤 열망이 자리잡고 있었다. 체념한 자는 만들 수 없는 뜨거운 눈빛이 주적자의 얼굴에 머물렀다. 무엇이 절망의 나락으로 떨어진 강찬충을 붙잡고 있는지 알 수 없었다.

가슴까지 타오르며 피어 오른 연기는 주적자의 전신을 감쌌다. 매캐한 냄새가 코를 찔렀지만 물러서고 싶지 않았다. 한 발자국이라도 움직이는 것이 흡혈야황에게서 도망치는 의미이거나 한 것처럼 주적자는 그 자리를 지켰다.

목까지 시커멓게 타 들어간 강찬충의 모습이 연기 사이로 희미하게 보았다. 그런데 잘못 보았을까? 강찬충의 혀가 격렬하게 움직이더니 무언가가 얼굴을 향해 날아왔다. 긴장이 완전히 풀린 육체의 반응은 생각보다 느렸다.

미지근한 액체가 뒤늦게 들어 올린 팔과 얼굴 위로 쏟아졌다. 주적자는 손바닥으로 얼굴을 쓸어 눈앞에 놓았다. 적갈색의 액체는 그에게 너무도 익숙한 것이었다.

피!

그 끈적함도, 비릿한 냄새도, 피부에 달라붙은 감촉까지 다른 것은 아무것도 없었다.

'무엇 때문에?'

그는 이미 머리 끝까지 타버린 강찬충의 잔재를 내려다보았다. 그저 '너에게 지저분한 내 피라도 뱉어주겠다' 라는 의미라고 보기에는 무언가 이상했다. 죽음의 순간에 토해내던 강렬한 눈빛이 그의 마음을 더욱 무겁게 했다.

그는 손에 묻은 피를 다시 한 번 보았다. 나쁜 예감이 스멀스멀 등골을 타고 번져 갔다.

뒤쪽에서 여러 개의 발자국 소리가 들렸다. 흠칫 놀라 돌아서는 그의 눈에 소소자와 사도철광이 뛰어오는 것이 보였다.

"이봐, 괜찮아?"

소소자의 걱정스런 물음에 주적자는 새삼스레 자신의 몸을 내려다보았다. 손과 발이 피투성이가 되어 있었고 온몸에 먼지가 묻어 상거지도 이런 상거지가 없었다. 새로운 아픔이 전해지는 얼굴 꼴도 말이 아닐 것은 분명했다. 하지만 주적자는 아무렇지 않은 듯 씨익 웃음을 지었다.

외형이 어떻든 그는 강찬충을 죽이고 살아남은 것이다. 저 멀리서 호미령의 손을 잡고 오는 나인현이 보였다. 주적자는 강찬충의 잔재를 내려다보며 중얼거리듯 말했다.

"난 괜찮아."

깊은 절망

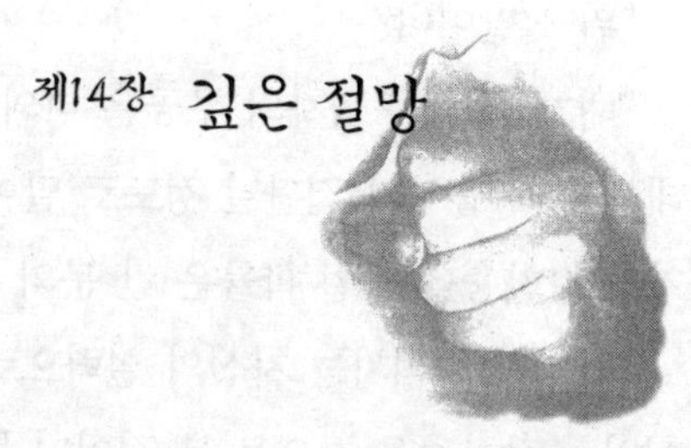

제14장 깊은 절망

“재밌군, 재밌어. 저런 사내가 있었다니.”

흡혈야황은 어둠 속에서 혼잣말처럼 중얼거렸다.

“뭐가 재밌다는 것이오?”

여신우의 물음에 흡혈야황은 낮은 웃음을 토해냈다.

“큭큭큭, 주적자 말이야… 결국 내가 보낸 강찬충을 죽였어.”

“뭐… 뭐라구요? 주적자가 강찬충을?”

도저히 있을 수 없는 일이었다. 그가 직접 겨뤄본 강찬충은 더 이상 강해질 수 있을까 싶을 정도로 무적에 가까웠다. 단순히 육체적 강함만을 따진다면 흡혈야황도 그만큼은 아닐 것이라 생각했는데…….

그런 강찬충을 주적자가 죽이다니……!

“그럴 리가 없어.”

무의식 중에 내뱉은 말에 흡혈야황이 반응했다.

“뭐가 말이냐?”

“내가 아는 주적자의 무공은 나와 비슷한 수준이오. 그날의 몸 상태에 따라 승부가 결판날 정도로 말이오. 뭔가 잘못되지 않는 한 주적자가 강찬충을 죽일 확률은 만 분의 일도 되지 않소이다.”

“하지만 주적자는 자신의 실력으로 강찬충을 죽였다. 이미 재가 되어버린 강찬충을 눈으로 본 것이니 틀림없어.”

“이 자리에서 그것을 볼 능력이 있다는 말이오?”

“흥! 그 정도야 능력이라 할 수도 없지. 어쨌든 대단히 재미있는 녀석을 알게 됐군. 나이도 얼마 먹지 않은 것 같은데.”

여신우가 주적자의 나이를 말해 주려 할 때 어둠의 다른 쪽에서 갑자기 늙은 목소리가 들렸다.

“강찬충이 납치했던 여자 말이오.”

여신우는 말을 삼키고 숨을 죽였다. 벌써 몇 번째 들어온 곳인데 다른 인물이 있으리라고는 생각지도 못했다. 지금껏 그의 이목을 속일 수 있었다는 것은 대단한 고수이거나 특별한 능력을 가지고 있다는 뜻이었다. 더구나 지금 말을 한 노인은 흡혈귀도 아닌 것 같았다.

“그 여자가 왜?”

“아무래도 술법사 같소이다.”

“그 어린 계집이 술법사라고?”

“어깨에 메고 있는 활은 만의궁(萬意弓)이라고 하는데 술법을 걸어 사용하기 위해 만든 것이지요.”

“오호! 그래? 능력이 어느 정도인지 알 수 있나?”

잠시의 사이를 두고 대답이 들렸다.

“직접 만나보기 전에는 알 수 없지만 만의궁을 사용할 정도면 웬만한 수준은 넘을 것이오."

여신우는 들려오는 대화로 보아 노인의 정체를 어렴풋이 짐작할 수 있을 것 같았다. 풍문에 듣기는 했지만 믿지는 않았던 술법사. 어쩌면 노인은 이야기 지어내기를 좋아하는 사람들이 말하는 술법사일지도 모른다.

'술법사는 귀신을 잡는 사람인데 왜 악귀의 한 종류인 흡혈야황과 같이 있는 것이지?'

당장 풀 수 없는 그의 의문 사이로 다시 노인의 목소리가 파고들었다.

"어쨌든 강찬충이 주적자를 죽이는 데는 성공했으니 됐군요."

여신우는 무슨 소리인지 묻고 싶었지만 흡혈야황에게서 답이 나올 것 같았기에 참았고 그의 생각은 맞았다.

"강찬충의 토혈(吐血)을 뒤집어썼으니 당연히 죽겠지. 소소자란 녀석이 아무리 명의라고는 하지만 절대 살릴 수 없을 거야. 그런데……."

"문제가 있소이까?"

"문제라기보다는……."

잠시의 침묵 뒤로 다시 말이 이어졌다.

"넌 내가 가장 두려워하는 것이 무언지 알고 있잖아."

"알고 있죠. 그런데 그것과 주적자가 무슨 상관이오?"

"글쎄……."

말의 여운은 오랫동안 어둠을 배회했다.

*　　　*　　　*

"뭐가 어떻게 된 건가? 빨리 말 좀 해보게!"

사도철광은 피부에서 피를 내뿜듯 벌겋게 달아올라 침대에 혼절해 있는 주적자를 보며 초조하게 물었다. 강찬충과의 싸움을 끝내고 돌아온 직후 쓰러지더니 반 각 만에 이 모양 이 꼴로 변해 버린 것이다.

사도철광의 재촉에도 불구하고 소소자는 한참 후에나 입을 열었다.

"모르겠어요. 이런 증상은 본 적도 들은 적도 없습니다. 내 머리 속에 만 이천삼십이 권의 의서(醫書)가 들어 있지만……."

소소자는 말끝으로 고개를 저었다. 사도철광은 침상 위에 누워 있는 주적자에게 눈길을 돌리며 말했다.

"천하제일의라는 자네도 손을 쓸 수 없다는 것인가?"

"독에 중독된 것은 확실한데 대체 그 정체를 밝혀낼 수가 없습니다. 독은 식물과 동물, 그리고 광물에서 축출하는 세 가지로 분류할 수 있는데 주적자의 몸에 퍼진 독은 그 세 가지 성질을 모두 가지고 있어요."

소소자는 벌겋게 달아오른 주적자의 얼굴을 만지며 눈썹을 찌푸렸다. 해결할 수 없는 고민은 그의 머리를 천근 바위로 내리누르듯 옥죄었다.

"그럼 그것들을 각각 해독하면 될 것 아닌가?"

"그렇게 간단한 문제가 아닙니다. 성분이 뚜렷하게 갈라지거나 따로 하독(下毒)이 되었으면 모르지만 이것은 뒤죽박죽으로 섞여 있어요. 거기에 성질만 알 뿐 그것이 정확히 어떤 독인지 알 수 없다는 것입니다. 물론 완전한 절망은 아닙니다. 세상의 어떤 치명적인 독도 해독 방법은 있기 마련이니까요. 하지만 우리에겐 시간이 별로 없어요."

주적자의 얼굴에 갖다 댄 손이 금세 땀으로 축축해졌다. 그 땀을 혀로 맛본 소소자는 인상을 찡그렸다. 혀를 마비시킬 정도로 떫은맛이 느껴졌다. 이런 식의 진단이 얼마나 위험한지 잘 알고 있지만 주적자를 살리기 위해서는 더한 모험도 할 수 있었다.

그러나 설사 그가 천 길 낭떠러지에서 물구나무서기로 떨어지는 정도의 위험을 감수한다 해도 주적자를 살릴 뚜렷한 방법이 없었다.

"그럼 당장 어떻게든 해봐야지. 무작정 손 놓고 기다리며 스스로 일어나기를 기다릴 수는 없잖나?"

물론 주적자가 스스로 회복하기를 바랄 수는 없었다. 하지만 이 방법 저 방법 닥치는 대로 쓰는 것이 얼마나 위험한 일인지 의원인 그는 너무도 잘 알고 있었다.

아직 죽지 않은 것으로 보아 절독은 아니었고 처음 주적자를 만났을 때 중독되었던 시독 같은 종류도 아니었다. 만약 그런 종류였다면 이미 면역이 된 주적자가 쓰러질 리가 없었다. 그렇다고 만성독(慢性毒)의 일종 또한 아니었다.

소소자는 지필묵(紙筆墨)을 탁자 위에 펼쳐 놓고 자리를 잡았다. 지금 주적자가 보이고 있는 증상과 비슷한 독을 분류해서 최대한 근접한 처방전을 쓸 수밖에 없었다.

자오분심독(子午焚心毒).

소소자는 잠시 생각하다 자오분심독이란 글자를 붓으로 그어 지웠다. 증상은 비슷하지만 땀에서 떫은맛이 나지는 않는다.

'칠보단혼산(七步斷魂散)⋯ 이것도 아니야. 피부가 달아오르기는 하지만 혼수상태에 빠지지는 않으니까.'

그는 견혼수(牽魂水), 염백음분(炎魄陰粉), 상린남영(祥鱗藍影) 등등

수많은 독들의 이름을 적었다 지우기를 반복했다. 주적자의 상세에 딱 부합되는 독은 하나도 없었다. 그 모든 것을 섞어서 쓰지 않았나 싶을 정도였다.

가장 먼저 밝혀내야 할 과제가 하독 과정인데 주적자가 저렇게 쓰러져 있으니 그조차 알 수 없었다.

쾅!

"제길!"

소소자는 탁자를 부서져라 두드렸다. 의원이란 이름을 단 후 이처럼 무기력함을 느낀 적은 한 번도 없었다. 그는 거의 대부분 병자를 고쳤고 간혹, 아주 가끔 병자가 죽기는 했지만 최소한 병명 정도는 알고 있었다. 그가 수긍할 수 있는 죽음이었다는 뜻이다.

'정녕 이처럼 무력하게 물러나야 한단 말인가?'

아픈 시선으로 주적자를 보는 그의 어깨를 사도철광이 가볍게 두드렸다.

"자네 잘못이 아니니 자책하지 말게. 지금은 자책보다 방법을 찾아내는 것이 급선무야."

소소자는 거세게 도리질을 했다.

"내 잘못이오."

말을 뱉고 나자 정말 자신의 잘못처럼 느껴졌다.

"내가 나 소저에게 그런 장난만 치지 않았어도……."

"그렇게 따지면 계획에 동참한 내게도 큰 잘못이 있지. 지금은 자책할 때가 아니라 어떻게든 주 아우를 구해야 할 때이네."

"저……."

뒤에서 들린 나지막한 소리에 그들은 고개를 돌렸다. 한참 동안 그

들을 부른 것이 분명한 모습의 나인현이 손가락으로 주적자를 가리켰
다.

"깨어……."

다음 말은 들을 필요도 없이 그들은 침상을 보았다. 게슴츠레하게
뜬 핏빛 눈동자가 그들을 보고 있었다. 소소자는 날듯이 침상으로 다
가갔다.

"깨어났냐? 몸은 좀 어때? 구토가 나지는 않아? 추위는? 손발이 마
비되거나 뒤틀리는 기운은 없고?"

"가장 중요한 것부터 차례차례 묻게."

소소자는 심호흡을 몇 차례 하며 중요도를 분류했다. 그는 손가락
두 개를 주적자의 눈앞에 놓았다. 정신이 멀쩡한가부터 알아봐야 했
다.

"이거 몇 개지?"

하얗게 갈라진 주적자의 입이 힘겹게 열렸다.

"내가 이렇게… 된 건… 강찬충이 내뿜은… 피를… 뒤집어썼기 때
문이다."

주적자는 가장 중요한 것이 뭔지 이미 알고 있었다. 정신의 불분명
을 굳이 확인할 필요는 없었다.

"강찬충의 피? 그게 입속으로 들어갔냐?"

"아니… 손과 얼굴에… 닿기만……."

주적자는 말하기가 힘겨운지 거친 숨을 몰아쉬었다. 소소자는 갑자
기 막막함을 느꼈다. 세상에 무수히 많은 독들, 그가 알든 모르든 그
것들을 모두 먹었다 할지라도 해독할 일말의 가능성은 분명 있었다.
아무리 특색이 뚜렷하다 할지라도 치명적인 특성은 다섯을 넘지 않기

때문이다.

하지만 흡혈귀의 피는 지금까지 인간 세상에 전혀 존재하지 않았던 종류이다. 새로운 것을 밝혀내야 한다는 건 그만큼의 시간과 노력이 필요했다. 물론 노력을 아낄 생각은 없었다. 다만 아무리 아끼려 해도 그럴 수 없는 것이 바로 시간이었다. 현재 주적자의 상태를 보아서는 지금 죽어도 이상할 것이 없었다.

"지금 네 몸의 증상은 어때? 춥거나 구토가……."

소소자는 묻은 것을 멈추었다. 잠깐 정신을 차렸던 주적자가 다시 의식 불명으로 돌아가 버린 것이다.

"피부로 흡수되었단 말이지?"

낮게 중얼거린 그는 사도철광에게 말했다.

"지금 당장 주적자의 몸을 모두 담글 수 있을 정도의 통과 뜨거운 물을 준비해 주십시오."

말을 하고 황급히 나가는 그의 등에 대고 사도철광이 물었다.

"치료할 방법이 있나?"

소소자는 대답할 시간도 없다는 듯 서둘러 사라졌다.

사도철광이 송진을 입힌 나무통을 구하고 물을 네 번 정도 다시 끓인 후에야 소소자가 돌아왔다. 두 개의 보따리를 짊어지고 왔는데 하나는 사람 몸통만큼이나 크고, 다른 하나는 머리통 정도의 크기였다.

"그게 뭔가?"

객잔의 뒤뜰에서 물을 끓이고 있던 사도철광이 짐을 내리기도 전에 서둘러 물었다. 소소자는 말없이 가져온 보따리의 매듭을 풀었다. 그 안에는 산에서 나는 흰 쑥이 하나 가득 들어 있었다. 사도철광은 내용물을 보고 고개를 끄덕였다.

"쑥이 해독에는 특효약이지. 이걸 끓는 물에 우려서 주적자를 담글 생각인가?"

"네."

"하지만 그것만으로 될지 모르겠군."

"물론 안 되죠. 사도 영감은 일단 쑥을 십 등분 해서 일 할씩 끓는 물에 우려주시오. 난 지금 들어가서 침술을 시행한 후 여기에 첨가할 약재를 만들어야 하니까."

소소자는 안으로 들어가려다 말고 품에서 향이 든 나뭇갑을 꺼내 사도철광에게 건넸다.

"정확히 일각 동안만 쑥을 우려내야 하오이다. 쑥도 그 특유의 독이 있으니 말이오."

"알았네."

사도철광의 대답이 끝나기도 전에 소소자는 안으로 사라졌다.

"후… 제발 잘돼야 할 텐데……."

사도철광은 나뭇갑에서 향을 꺼내 바닥에 꽂은 후 불을 붙였다. 향은 짧은 시간을 정확히 재기에 가장 적당한 물건이었다. 쑥을 나누고 그중 일부를 물에 넣는 데는 그리 오랜 시간이 걸리지 않았다. 향이 다 탈 때쯤 쑥을 걷어낸 사도철광은 은은한 녹색이 도는 물을 나무통에 부었다. 유난히 짙게 피어 오르는 수증기에 섞여 쑥의 알싸한 냄새가 사방으로 퍼졌다.

향이 다 타 들어갈 때쯤 사도철광은 채로 솥 안의 쑥을 걷어낸 후 나무통에 쑥물을 부었다. 물에서 피어 오르는 수증기가 옅어지고 물이 식을 즈음 소소자가 실오라기 하나 걸치지 않은 주적자를 안고 나왔다. 죽은 듯 뻣뻣하게 굳은 주적자의 몸에는 백 개가 넘는 침이 빽빽이 꽂혀 있었다.

소소자는 주적자를 사도철광에게 넘긴 후 솜을 꺼냈다.

"이거!"

사도철광은 주적자를 품에 안고 경악성을 내질렀다. 손에 느껴지는 감촉도 그렇거니와 일렁이지 않는 가슴, 잡히지 않는 맥박. 주적자의 상태는 죽은 사람 그대로였다.

"설마……."

사도철광은 차마 '죽음'이란 말은 뱉지 못하고 소소자를 보았다. 소소자는 주적자의 코와 귀를 솜으로 막으며 말했다.

"죽지는 않았습니다. 가사(假死) 상태에 빠진 것뿐이죠. 통 안에 넣으시오."

사도철광은 마지못해 주적자를 물에 넣으면서도 미심쩍은 듯 물었다.

"이대로 괜찮겠나? 숨도 쉬지 못할 텐데."

소소자가 특유의 말투로 버럭 소리를 질렀다.

"영감은 지금 내 시술을 의심하는 거요? 신체의 기능이 정지한 것뿐이오이다. 쓸데없는 소리 하지 말고 가서 크고 넓적한 철판이나 하나 구해오시오."

"철판은 뭐 하게?"

소소자는 눈을 게슴츠레하게 뜨고 대꾸했다.

"철판구이 해먹으려고 그러오."

사도철광은 '의원 아닌 사람은 서러워서 못살겠군' 하고 투덜거리며 객잔을 나섰다. 이른 아침의 분주함이 고을을 바쁘게 움직이고 있었다. 장사를 준비하는 장사꾼들, 일터로 향하는 사람들이 길을 메우고 있다가 가끔 지나가는 말이나 마차를 피해 좌우로 갈라지는 일을 반복하고 있었다.

사람들을 헤치고 한참 동안 길을 가던 사도철광이 멈춘 곳은 대장간이었다. 현판에 무슨 글자가 쓰여져 있기는 했지만 세월에 마모되어 한 글자도 읽을 수 없었다. 대장간 안에서는 하루의 일과를 시작하기 위해 화로에 불을 살리는 일을 하고 있었다.

사도철광이 안으로 쑥 들어가자 여섯 개의 눈알이 동시에 그를 향했다. 주인인 듯한 오십 대 초반의 노인과 두 명의 건장한 청년이었다.

"무슨 일로 오셨소?"

노인이 퉁명스럽게 물었다. 사도철광은 아무 말 없이 대장간 안을 둘러보다 자신이 찾고자 하는 것을 발견했다. 완성 단계에 놓인 농기구를 올려놓는 철판인데, 쇠로 만들어진 탁자가 받치고 있었다.

사도철광은 철판을 턱으로 가리키며 물었다.

"저거 얼마요?"

노인은 황당한 시선으로 그를 보았다.

"저건 파는 물건이 아니오이다."

"팔든 안 팔든 난 사가겠으니 값이나 말해 보시오."

사도철광은 막무가내로 말하고 돈을 꺼내기 위해 품 안에 손을 집어넣었다. 하지만 들어갔던 손은 한참 동안 꼼지락거리기만 했다. 돈 떨어진 지가 오래되었다는 사실이 하필 이런 순간에 생각났던 것이다. 그렇다고 지금 다시 가서 소소자에게 돈을 타오거나, 아니면 강제로 빼앗을 수도 없었다. 그런 그를 구한 것은 대장간에서 일하는 이십

대 초반의 청년이었다.

"그러고 보니 오늘 새벽에 월월! 하던 그 영감이잖아."

사도철광의 눈썹이 위로 솟구쳤다.

"뭐라 하였느냐?"

청년은 찔끔하는 표정을 지었지만 삐쩍 마른 영감의 위협에 지기 싫은 듯 다시 입을 열었다.

"오늘 새벽에 개 소리를 내며 동네를 돌았잖소."

사도철광의 입가에 싸늘한 웃음이 번졌다.

"네가 정녕 죽고 싶은 모양이구나."

그가 긴 손톱을 세우자 청년의 얼굴에 두려움이 번졌다. 비로소 사도철광이 무림인일지 모른다는 생각이 떠오른 모양이다. 사실 일반 사람들에게 무림인이란 존재는 전혀 다른 세상의 인종이나 마찬가지였다. 무술을 익힌 사람을 만나봐야 기껏 동네에서 건달 노릇이나 하는 자들이었고, 실제로 무공을 익힌 진짜 무림인은 평생 한 번도 못 보는 경우가 허다했다.

살아온 날만큼이나 경험이 많은 노인이 황급히 나섰다.

"노사(老師), 진정하십시오. 젊은것이 뭘 잘못 알고 실언을 한 모양입니다."

사도철광은 애써 사악한 웃음을 지었다.

"흐흐흐… 잘못을 했으면 그만한 대가를 치러야지."

그는 말을 하며 벽에 걸린 호미를 잡고 우그러뜨렸다. 엿가락처럼 휘어진 호미처럼 청년의 무릎이 꺾이며 바닥에 털썩 꿇어 앉았다.

"제… 제가 눈이 멀어 헛것을 본 모양입니다. 부디 용서해 주십시오."

"용서? 무림에서 헛것을 본 대가는 용서받지 못할 정도로 큰 죄이다."

'제길, 양민들에게 이런 사기까지 쳐야 하다니.'

사색이 된 노인이 청년 옆 자리에 같은 자세로 엎어졌다.

"노사 어르신, 이 얘는 제 육대 독자입니다. 부디 저희 가문을 불쌍히 여기시어 너그러이 용서해 주십시오. 누굴 죽여야 분이 풀리신다면 차라리 절 죽여주십시오."

육대 독자를 위해 눈물 콧물 짜내며 애원하는 노인을 보고 있자니 그 자신이 외려 사과를 해야 할 것 같았다. 하지만 사도철광은 죽어가는 주적자를 생각하며 다리에 힘을 주고 인상을 최대한 우그러뜨렸다.

"너희들 눈에는 내가 살인귀로 보이느냐?"

"네!"

워낙 겁을 먹은 나머지 오직 진실만이 살길이다라고 느끼고 있던 청년이 엉겁결에 대답을 하고 급히 손을 저었다.

"아… 아닙니다. 노사께서는… 노사께서는……."

사도철광의 외모에 대해 뭔가 극상의 칭찬을 생각해 내기 위해 머리를 쥐어짜던 청년은 그냥 힘없이 고개를 떨궜다. 정말 진실한(?) 청년이었다. 한참 동안 두 부자(父子)를 노려보던 사도철광이 말했다.

"좋아. 솔직한 것이 마음에 드는군. 이번만 살려줄 테니 다음부터는 함부로 입을 놀리지 말아라. 단!"

희색이 만면해서 고개를 들던 두 사람은 사도철광의 마지막 말에 다시 얼굴이 굳어졌다. 사도철광은 천천히, 서두르는 느낌을 주지 않도록 천천히 철판을 가리켰다.

"이건 내가 가져가겠다."

노인의 얼굴에 난감함이 떠올랐다.

"그… 그건 저희 집안에 육대째 내려오는 유서 깊은 물건으로 저희 집안의 가보(家寶)입니다. 저희 집안에서 가장 솜씨 좋으신 할아버님 께서 목숨처럼 아끼라고 하신 물건으로 저희 집안……."

사도철광은 뭔지 모를 대단한 집안에서 태어난 노인의 말을 끊었다.

"그럼 하는 수 없지. 네 육대 독자의 목을 가져가는 수밖에."

노인은 철판과 자신의 아들을 번갈아 쳐다보았다. 얼마나 중요한 철판인지는 몰라도 아들과 경중을 비교하다니 어이가 없었다. 시간이 촉박한 사도철광이 철판을 냅다 손으로 내려치며 소리를 질렀다.

"어떻게 할 테냐! 빨리 네 아들의 목숨과 철판 중 하나를 선택해 라!"

'이거 철판을 선택하면 어떡한다?'

하지만 그의 생각은 기우에 지나지 않았다. 이깟 철판과 아들의 목 숨을 놓고 저울질한다는 자체가 우스운 일이었다. 노인은 고개를 떨 구고 힘없이 말했다.

"가져가시지요."

"진작 그럴 것이지."

사도철광은 철판을 들어 올리려다 휘청 허리를 꺾었다. 일곱 자 길 이에 폭이 네 자, 두께도 한 치 정도밖에 되지 않았기 때문에 그냥 쉽 게 들 수 있을 거라 생각했는데 철판은 꼼짝도 하지 않았다. 무안한 마음에 노인을 힐끔 쳐다본 사도철광은 팔성 공력을 이용해 철판을 들었다.

족히 오백 근은 나갈 정도로 엄청난 무게였다. 애써 태연한 얼굴로 나서려는 사도철광을 노인이 불렀다.

"저… 노사?"

사도철광은 짜증나는 얼굴로 고개를 휙 돌렸다.

"뭐?"

"혹시 그 철판이 어떤 것인지 알고 가져가시는 겁니까?"

"알고 가져가다니? 이게 뭐 대단한 거라도 된단 말이냐?"

노인은 한참을 머뭇거리다 입을 열었다.

"아버님의 할아버님, 즉 제 증조부께서 제 할아버님, 즉 조부께 그 철판에는 뭔가 특별한 비밀이 있으니 잘 간수하라고 하셨다더군요. 저희 가문의 가훈이 '철판의 비밀을 밝혀내자' 이니 뭔가 비밀이 있긴 있는 거죠. 어쨌든 대대로 그 비밀은 아들에게만 전해져 내려왔는데……."

사도철광이 짜증 섞인 목소리로 말했다.

"그러니까 어쨌다고? 빨리 본론만 말해."

"네, 그러죠. 그러니까… 제가 어디까지 말씀드렸죠?"

"이런 젠장! 무거워 죽겠는데! 대대로 비밀이 아들에게만 전해져 내려왔다고까지 했어!"

"아! 네, 그렇죠. 그런데 제 아버님, 즉 제 부친의 부친, 그러니까 제 조부가 되는군요. 그 조부께서 전통대로 제 아버님께 그 비밀이 어떤 것인지 말씀해 주셔야 하는데 조부 연세 삼십에 그만 조발성치매(早發性癡呆)에 걸리셔서… 조발성치매가 뭔지는 아시죠? 거 있잖습니까? 젊어서 노망이 드는 병 말입니다. 어쨌든 그래서 제 부친께서는 결국 철판에 얽힌 비밀이 무엇인지를 듣지 못하셨죠. 자연히 저도 모르고요. 제 부친께서도 그렇고 저도 그렇고 철판에 얽힌 비밀이 뭔가 죽어라 연구를 했지만 이날 이때까지 더럽게 무거운 철이라는 것밖에 알아내지 못했습니다. 그 철판이 여기 나와 있었던 이유도 일하는 시간에도 비밀을 풀자는 의도였습니다. 하지만 결국 그 더럽게 무거운 철판을 옮기기 위해 쓴 은자 두 냥만 날아가 버린 셈이죠."

잠시 노인을 쳐다보고 있던 사도철광이 던지듯 물었다.

"얘기 다 끝났냐?"

"네."

"그럼 나 간다."

우여곡절 끝에 사도철광은 철판을 구해 객잔으로 돌아왔다. 철판에 대한 비밀이 뭘까 하는 궁금증이 잠깐 들기는 했지만 이내 무시해 버렸다. 농기구나 만드는 대장간에 내려오는 비밀이라고 해봐야 '십 년을 써도 일 년 쓴 것 같은 호미, 일 년을 써도 십 년을 쓴 것 같은 곡괭이 만드는 법' 같은 것밖에 더 되겠는가?

생각보다 시간이 걸린 듯 소소자는 많은 준비를 해놓고 있었다. 네 귀퉁이에 돌을 쌓아 철판 놓을 자리를 만들어두었고 물을 갈아줄 때 주적자를 꺼내지 않아도 되게끔 나무통 밑에 구멍을 뚫어놓았다.

"사도 영감! 왜 이리 늦은 거요?"

소소자가 대뜸 핀잔을 줬다.

"흥! 자네가 갔으면 구해 오지도 못했을 걸세."

"그깟 철판 하나 구하는 것이 무어 그리 대수라고. 대장간에 가면 널린 것이 철판인데."

"그래? 그럼 다시 가져다 놓을 테니 자네가 한번 구해와 보게."

다시 가려는 듯 몸을 돌리는 사도철광을 소소자가 잡아 세웠다.

"이 양반이, 이 바쁜 판국에 장난칠 마음이 나오? 빨리 이리 주시오!"

기다리던 말이었다. 사도철광은 못 이기는 척하고 철판을 소소자에게 넘겼다. 사도철광이 같이 잡고 있던 철판의 한 귀퉁이를 놓는 순간.

"에구구!"

소소자는 비칠비칠 물러나더니 철판을 안고 나뒹굴었다.

"무슨 놈의 철판이… 이렇게 무거워! 사도 영감은 대체 뭘 구해온 거요?"

"보면 모르나?"

"이런 제길!"

바둥거리며 혼자 일어서려고 기를 쓰던 소소자는 버럭 소리를 질렀다.

"빨리 이거 들어서 쌓아논 돌 위에 얹지 않고 뭐 해요? 지금 한가하게 이런 장난 칠 때요?"

"이럴 때 아니면 언제 이런 고소한 장난을 쳐보겠나?"

사도철광은 중얼거리며 철판을 들어 준비해 놓은 돌 위에 얹었다. 허리를 문지르며 일어서는 소소자가 투덜거렸다.

"노망난 영감탱이가 어디서 쇠로 만든 것 같지도 않은 철판을 구해와 가지구… 아이고, 허리야. 아직 장가도 안 갔는데 이게 무슨 봉변이냐?"

소소자는 말을 하면서도 이미 준비해 둔 평평한 돌을 철판 네 귀퉁이에 한 자 높이로 가지런히 쌓았다. 그리고 그 위에 주적자가 든 통을 올려놓고 철판 아래 불을 피우기 시작했다.

“뭐 하는 건가?”

사도철광을 힐끔 본 소소자가 혀를 찼다.

“쯧쯧쯧… 척 하면 착이고 쿵 하면 담 너머 호박 떨어지는 소리지. 이걸 보고도 모르다니. 통 안의 물을 따뜻한 상태로 유지하기 위해서 이러는 것 아니오. 나무로 만든 통에 직접 불을 피울 수도 없고, 그렇다고 철판 위에 나무통을 올려놓아도 탈 테니 일정 간격을 유지하는 것이오. 에휴… 머리가 안 돌아가는 사람 옆에 있으면 입이 고생이라니까.”

“자네 입이야 항상 고생이지.”

“뭐라구요?”

사도철광은 도끼눈을 뜨는 소소자의 시선을 피해 주적자를 보았다.

“그나저나 주 아우는 괜찮겠나?”

“하여간 말 돌리는 데는 뭐가 있다니까.”

핀잔을 준 소소자의 낯빛도 주적자를 보자 어두워졌다.

“지금 내가 쓰고 있는 방법은 그야말로 최후의 보루라 할 수 있소.”

“무슨 소린가?”

“죽는 것을 빼면 가장 나쁘다는 것이오. 어쩌면…….”

말끝을 흐리는 소소자를 사도철광이 다그쳤다.

“자세히 좀 말해 보게. 설마 이 상태로 그냥 죽을 수도 있다는 건가?”

소소자는 긴 한숨을 내쉬었다.

“인정하기 싫지만… 그렇소. 조금 나아진다고 해도 그냥 살아 있는 정도고.”

사도철광은 망연자실한 얼굴이 되었다.

“그럼 예전처럼 될 가능성이 전혀 없는 건가?”

“전혀 없다면, 미쳤다고 내가 이런 고생을 하겠소?”

“그럼?”

파란 물속에 담긴 주적자가 소소자의 갈색 눈동자에 투영됐다. 잘게 흔들리는 이유가 물의 움직임 때문인지 소소자의 눈동자 때문인지 알 수 없었다. 한참 동안 말이 없던 소소자가 옆에서 듣기 힘들 정도의 작은 목소리로 말했다.

“움직이는 주적자를 볼 가능성은 아주 적소. 아주… 적소.”

사도철광은 초점없는 눈으로 주적자를 보는 소소자에게서 깊이를 알 수 없는 절망을 느꼈다. 그를 만난 후 한 번도 저렇게 어두운 눈빛을 보인 적이 없는 소소자였다. 어쩌면 천하제일의 소소자는 주적자의 죽음을 예견하고 있는지도 모른다.

“제길!”

사도철광은 괜히 욕지거리를 뱉어내고 돌아서며 말했다.

“내가 할 일이 뭐지?”

“기도나 해주시오.”

“뭐라구?”

소소자는 하늘의 태양을 정면으로 바라보았다.

“내 치료보다 어쩌면 그게 더 가능성이 있을지 모르니까.”

*　　　*　　　*

조팔동(趙捌瞳)은 주춤주춤 물러서며 언제라도 도망갈 준비를 했다. 하지만 왠지 이 자리에서 벗어날 수 없을 것 같다는 불길한 예감이 들었다.

적색 능라의(綾羅衣)를 입은 저 여인!

마치 물구나무를 선 듯 붉은색이 감도는 긴 머리칼이 하늘을 향해 서 있는 여인은 그에게 숨 막히는 두려움을 안겨주었다. 아니, 그뿐만이 아니었다. 같이 산적질을 하던 황충(黃忠)과 고대기(高大器)도 부들부들 떨고 있었다.

'그냥 보냈어야 했는데……'

그는 뒤늦은 후회와 함께 여인을 가장 먼저 발견한 고대기를 노려보았다. 하지만 이내 고대기를 탓하는 마음을 거뒀다. 산길을 가는 길손에게 통행료를 받는 것은 산적으로서 당연한 권리요 의무였다. 비록 세력이 없어 크게 한탕 하지도 못하고 사람도 뜸한 이런 곳에서 노략질을 하고 있지만 그들도 엄연한 산적이었다. 산적이 행인을 털지 않는다는 것은 업무 태만이요 직무 유기였다. 정작 문제는 고대기가 아니라 황충이었다.

처음 고대기가 '어이! 아리따운 소저, 어딜 급히 가시나? 이 길을 지나갈 때 돈이 든다는 것쯤은 알고 있겠지?' 라고 말을 걸었을 때만 해도 여인의 기분은 나쁘지 않았다. 아니, 오히려 아리따운 여인이란 말을 듣고 웃음까지 지었다. 그것이 그들을 가소롭게 보아 흘린 조소인지는 모르지만 최소한 지금처럼 공포스러운 모습은 아니었다.

평소 여자 보기를 발가락에 때처럼 여기는 황충이 나서면서 문제는 심각해졌다.

'아니, 이년이 어디서 실실 웃고 지랄이야! 빨리 가진 것 다 내놓고 그 옷 홀랑 벗어!'

이 충격적인 발언으로 인해 여인의 웃음과 온화한 기운은 동시에 사라졌다. 뭔가 안 좋은 예감을 느낀 조팔동은 붉은 무언가가 어른거리는 것을 보았고 이내 뺨에 화끈함을 맛보아야 했다. 여인네에게 뺨을 맞은 것은 사내로서 일생일대의 수치일 수 있었다. 그러나 목숨을 잃는 것보다는 백 번 나았다.

여인에게 맞는 뺨 천 대와 목숨 중 하나를 고르라면 그는 천 대에 세 대를 더 맞을 용의도 있었다. 하지만 그들 셋 중 절대 뺨 맞고는 못 산다는 놈이 있었다는 게 그들의 불행이었다. 황충의 욱하는 성격만 아니었다면, 그 결정적인 욕설, 사람들이 귀하게 쓰는 '이런 씹도 못할 년이 감히 누구 뺨을 때리는 거야!' 라는 흔치 않은 욕만 하지 않았어도 저 여인이 저렇게 변하지는 않았을 것이다.

씹도 못할 년!

'아! 이 욕을 왜 했단 말인가?

조팔동은 황충을 원망스런 눈으로 쳐다보았다. '진작 저 녀석과 헤어졌어야 했는데' 라는 생각이 끝나기도 전에 그는 정말 녀석과 헤어졌다. 여인의 어떤 행동이 황충의 목을 떨어뜨렸는지 볼 수는 없었지만 어쨌든 황충은 그렇게 죽었다. 몸통과 이별을 하고 땅을 구르는 황충의 얼굴을 봐서는 죽는 순간에도 미처 죽음을 깨닫지 못한 것이 분명했다.

조팔동은 심장이 멎는 느낌을 받으며 여인을 보았다. 하지만 여인은 어디에도 보이지 않았다. 다만 붉은 바람이 그를 향해 덮쳐 오고 있을 뿐이었다. 햇살 한 자락이 눈을 아프게 했다.

*　　　　　*　　　　　*

　나인현은 불의 세기를 조종하기 위해 장작을 넣었다 빼기를 반복하는 사도철광을 보았다. 벌써 삼 일 동안 잠 한숨 자지 않고 주적자를 보살피고 있었다. 있는 정성 없는 정성을 모두 쏟아붓는 것은 소소자도 마찬가지였다.

　약을 조제하거나 침을 놓을 때 외에는 약재를 구하기 위해 한약방이나 산을 쉬지 않고 돌아다녔다. 무공을 익혔기 때문에 며칠 자지 않는 것이야 대수롭지 않을 수도 있었지만 저렇듯 지극 정성을 들이는 것은 설사 아픈 사람이 부모라도 하기 어려운 일이었다.

　'어떤 끈이 저들과 주적자를 연결시켜 주고 있는 것일까?'

　나인현으로서는 저들의 감정을 이해할 수 없었다. 그녀가 알기로 저들이 만난 것은 불과 한 달 정도밖에 되지 않았다. 그런데 과연 저처럼 끈끈한 감정이 생길 수 있는 것일까? 평생에 친한 사람이었다고 해봤자 얼굴조차 희미한 부모님과 이제껏 길러주신 사부님이 전부인 그녀였다.

　한정된 만남 속에 살아온 인생이어선지 몰라도 흡혈야황을 잡기 위해 동행은 하고 있었지만 쉽사리 저들과 친해질 수 없었다. 설사 일 년이 지난다고 하더라도 사부에게 느꼈던 정은 들지 않을 것이란 게 그녀의 생각이었다. 그보다 훨씬 오래, 그녀의 이마에 주름이 생겨나기 시작하면 익숙해질 수 있으려나?

　'그때까지 저들과 관계가 유지된다면…….'

　물의 온도를 재기 위해 손을 담그는 사도철광을 보다 그녀는 황급히 고개를 돌렸다. 나체의 주적자가 생각났기 때문이다. 물론 그녀가 있는 곳에서는 통에 가려 보이지 않았지만 어제 무심코 본 주적자의 나체가 머리에서 떠나지 않았다.

“여기서 뭐 하세요?”

남부끄러운 생각을 하고 있던 그녀는 들려온 소리에 화들짝 놀라 돌아섰다. 호미령이 여러 가지 약재가 섞인 대접을 들고 서 있었다.

“아니… 저…….”

나인현이 우물거리고 있자 호미령은 작은 웃음을 지었다.

“주 대협이 걱정되시는 모양이군요?”

물론 걱정은 되었다. 하지만 그것은 전혀 낯선 사람보다는 그나마 안면이 있는 사람에 대한 걱정 정도였지, 그 이상도 이하도 아니었다.

“약간.”

나인현은 그나마 또렷한 발음으로 말했다. 보이지 않는 시선을 주적자에게 던지는 호미령의 얼굴에 웃음 대신 근심이 자리 잡았다.

“살아날 수 있을 거예요. 예전처럼…….”

말을 하는 호미령도 그것이 확신이 아닌 바람이라는 것을 잘 알고 있을 것이다. 애써 밝은 얼굴을 지어 보인 호미령이 은근한 어투로 말했다.

“주 대협이 깨어나면 나 소저의 마음을 꼭 전하세요.”

나인현은 어리둥절한 얼굴로 물었다.

“제 마음이라니요?”

“주 대협을 좋아하시잖아요.”

“제… 제가요? 아니에요. 절대 아니에요.”

그녀는 보일 리 없는 호미령을 향해 완강하게 고개까지 저었다. 물론 그녀가 소소자나 사도철광에 비해 주적자에게 더 호감을 가지고 있는 것은 사실이었다. 하지만 감과 사과 중에 어떤 것을 좋아하냐고 물었을 때 감을 골라 잡는 정도의 차이일 뿐 주적자를 이성으로 좋아

한 적은 없었다. 최소한 그녀의 이성적인 생각은 그랬다.

"괜찮아요. 누굴 좋아하는 것이 부끄러운 일은 아니잖아요."

말을 하는 호미령의 얼굴에 보일 듯 말 듯 홍조가 피어 올랐다. 상대방의 생각이야 어떻든 나인현은 극구 부인했다.

"물론 그렇지만 전 주 대협에게 어떤 연정도 품고 있지 않아요. 맹세코!"

나인현은 주적자 일행을 만난 후로 가장 강경하고 또렷하게 자신의 생각을 밝혔다. 호미령은 알았다는 듯 고개를 끄덕였지만 수긍하지 않는다는 생각이 얼굴에 쓰여 있었다.

"네, 알았어요. 하지만 취중진담이란 말이 괜히 있는 것이 아니거든요."

호미령은 지나가는 듯 말을 하고 사도철광에게 갔다. 나인현은 그녀의 뒷모습을 보며 고개를 갸웃했다.

"취중진담? 내가 술을 먹고 무슨 말을 했나?"

호미령이 사도철광에게 건넨 약재는 곧 주적자가 담긴 통 안으로 들어갔다. 나인현은 볼일을 마치고 돌아오는 호미령을 붙잡았다.

"물어볼 것이 있는데요. 시간 좀 내실 수 있나요?"

"네."

그들은 뒤뜰의 한 켠으로 자리를 옮겼다.

"제가 도와드릴 일이라도……."

호미령은 심상치 않음을 느꼈는지 조심스럽게 물었다.

"다른 게 아니라… 어떻게 질문을 드려야 할지……."

"말씀해 보세요. 제가 아는 한 대답해 드릴 테니까요."

나인현은 물어볼 말을 머리 속으로 정리한 후 입을 열었다.

“주 대협은 얼마나 강하죠?”

호미령이 이해할 수 없다는 얼굴로 반문했다.

“네? 무슨 뜻이죠?”

“음… 그러니까 비교를 하자면 주 대협이 저번에 제가 죽였던 고두룡이란 흡혈귀보다 강하냐 하는 거예요.”

“물론이죠. 설사 고두룡 같은 흡혈귀가 둘이 덤벼도 주 대협을 이길 수 없을 거예요. 그런데 그건 왜 묻는 거죠?”

나인현은 잠시 생각을 한 후 다시 물었다.

“그런데 왜 이번에는 흡혈귀에게 당한 거죠? 물론 적을 죽이기는 했지만 말이에요.”

호미령은 이마에 주름을 만들었다.

“그건 잘 모르겠어요. 제 예상으로 당신을 납치한 흡혈귀는 아마 강찬충일 거예요. 당신은 모르겠지만 우리와 아주 인연이 깊은 흡혈귀죠. 얼마 전까지만 해도 강찬충은 주 대협의 상대가 되지 않았어요. 두 번이나 주 대협 손아귀에서 간신히 도망쳤죠.”

“그렇다면 강찬충이라는 흡혈귀가 그동안 놀랄 정도로 강해졌다는 얘기군요.”

“그 흡혈귀가 강찬충이 확실하다면 그렇죠. 이건 제 생각인데, 어쩌면 강찬충은 흡혈야황을 만났을지도 몰라요. 그래서 힘을 얻은 거죠. 강찬충이 갑자기 강해진 이유를 그 외에는 설명할 방법이 없어요.”

나인현은 주적자나 강찬충의 강함이 피부에 와 닿지 않았다. 주적자가 무공을 펼치는 것을 본 적이 없으니 알 수 없었고, 강찬충과도 대면해 보지 않았으니 마찬가지였다. 결국 그녀가 유일하게 알고 있는 고두룡이 척도가 되는 것인데, 그런 식으로는 힘의 고하를 평가하기가 어려웠다.

아니, 설사 강찬충을 상대해 봤고 그래서 그녀가 이겼다 할지라도 결국 문제는 흡혈야황인 것이다. 단시간에 흡혈귀를 그만큼 강하게 만들 수 있는 능력자라면 그 본인의 힘은 상상을 초월한다는 결론이 나왔다.

'어떻게 해야 하나? 결국 그곳으로 가야 한단 말인가?'

그녀의 고민 속으로 호미령의 질문이 파고들었다.

"그런데 그런 것은 왜 묻는 거죠?"

나인현은 얘기를 해줄까 하다가 그만두었다. 확실하지 않은 상황에서 말을 해봤자 갈등만 깊어질 뿐이니까.

"나중에 말해 줄게요."

그녀들이 얘기를 하는 사이 소소자가 커다란 보따리를 짊어지고 돌아왔다. 어디를 갔다 왔는지 온몸이 먼지투성이였다. 소소자가 돌아오자 보이지도 않는 호미령이 용케 알고 그쪽으로 발길을 잡았다.

나인현은 그런 호미령을 보며 살풋 웃음을 지었다.

'누굴 좋아하는 것이 부끄러운 일은 아니잖아요' 라고 말한 호미령의 마음을 알 수 있을 것 같았다.

"그래, 어쩌면 호 소저는 소 의원을 사모하고 있는 것인지도 모르겠군."

그녀는 중얼거림 끝으로 '그런데 내가 주적자를 좋아하고 있는 건가?' 라는 의문이 따라붙었다.

'뭐, 그것도 괜찮겠지.'

생각을 하는 그녀의 얼굴이 절로 빨갛게 물들었다.

나인현은 고개를 흔들어 재빨리 그 생각을 떨쳐 버렸다. 지금은 한가하게 그런 생각을 할 때가 아니었다.

방으로 돌아온 나인현은 잘 때도 떼어놓지 않는 옆구리의 주머니를 풀어 내용물을 탁자 위에 쏟았다. 갖가지 종류의 부적 다발과 빈 종이 다발, 만의궁의 화살 만의시(萬意矢) 열두 자루, 부적을 쓸 때 쓰는 주사필(朱砂筆), 그리고 가장 중요한… 사부님이 돌아가실 때 남겨주신 지도 한 장.

그녀는 지도를 탁자 위에 펼쳤다. 양피지로 만든 누런 지도는 손대면 금방이라도 부서질 것처럼 낡아 있었다. 곡선과 직선이 얽혀 어지러운 그림을 만들고 있는 지도를 보며 나인현은 긴 한숨을 내쉬었다.

"이제는 문파의 이름조차 희미해져 버렸지만 천이백 년 우리 암명문(暗明門)의 정화가 모여 있는 천의지(天意地)를 알려주는 지도다. 지금 네 힘으로 물리치지 못할 악귀는 없겠지만 행여 도저히 이길 수 없는 악귀가 있거든 이곳에 가서 암명문의 진정한 힘을 얻어라. 단! 꼭 필요할 때만 가야 한다. 이곳은 목숨을 내놓고 가야 할 정도로 험난하고 위험한 길이니……."

사부가 돌아가시면서 했던 말이 귓가를 울렸다.

"이를 어쩐다……?"

그녀는 걱정스런 음성을 뱉으며 손가락에 낀 반지를 굴렸다. 암(暗) 자와 명(明) 자가 서로의 밑을 마주한 채로 양각되어 있는 둥그런 반지는 천의지의 문을 열 수 있는 열쇠라며 건네준 사부의 유물이었다.

"정말 천의지의 문을 열어야 흡혈야황을 없앨 수 있는 걸까?"

어쩌면 천의지로 가는 것이 당연한 일이었다. 만약 이대로 흡혈야

황을 만나 목숨이라도 잃는 날에는 그 기회마저도 날아가 버리는 것
이니까. 하지만 문제가 있었다. 결정적으로 그녀가 지도를 볼 줄 몰랐
다. 사부가 임종 직전에 지도를 줬기 때문에 지도 읽는 법을 배우지
못했고 그 후로도 배울 기회가 없었다. 물론 배우려고 마음을 먹었다
면 어떻게든 방법이 있었겠지만, 그녀는 흡혈야황 같은 악귀가 있을
거라고는 생각지도 못했었다. 지금 가지고 있는 술법력만으로 충분하
다고 자신했던 것이다.

그녀는 멍청이 지도가 되어버린 양피지 조각을 잡고 고민을 시작했
다. 방법은 두 가지였다. 주적자 일행 중 누구에게 지도 읽는 법을 배
워 혼자 가든가, 아니면 사정을 얘기하고 그들 모두와 동행을 하든가
둘 중 하나였다. 선택의 여지가 없는 하나는 천의지를 반드시 열어야
한다는 것이다.

하지만 천의지로 가는 두 방법 모두 지금은 여의치 않았다. 주적자
가 저 지경이 되었으니 경황이 없는 탓도 있었고 솔직히 혼자 길을 떠
난다는 것이 썩 내키는 일은 아니었다. 천의지로 가는 길의 위험이 아
닌, 그녀가 세상을 가로질러야 하는 두려움 때문이었다.

흡혈귀를 쫓다가 주적자 일행을 만나는 과정 또한 그녀에게는 쉽지
않은 기억으로 남아 있었다. 또다시 나 홀로 길을 떠나려고 하니 슬퍼
지기까지 했다.

그렇다고 모두와 천의지로 간다는 것은 현재 상황으로 불가능했다.
앞으로 상황이 어떻게 변할지는 모르지만.

제15장

그 여자, 신비하다

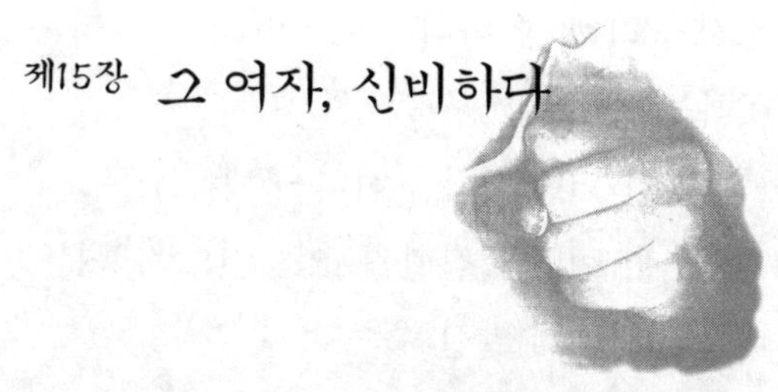

　　소소자는 졸고 있는 사도철광의 어깨를 툭 쳤다. 화들짝 놀라 깨어
나는 사도철광의 얼굴에는 미진한 잠의 잔재가 더덕더덕 붙어 있었
다.

　　"그렇게 졸리면 들어가서 자요. 여기서 꼴사납게 졸지 말고."

　　퉁명스럽게 말은 했지만 무려 오 일이나 잠 한숨 못 자고 불 피우랴
물 갈아주랴 고생을 했으니 졸리는 것은 당연했다. 아무리 무공을 익
히고 체력이 강하다고 하더라도 분명 한계는 있기 마련이었다.

　　사도철광은 눈을 비비고 통 안에 잠긴 주적자를 보았다. 고슴도치
처럼 침을 꽂고 누워 있는 주적자는 피부색만 조금 퍼렇게 되어 있다
면 영락없이 저승의 강을 넘은 시체의 모습이었다. 사도철광은 늘어
지게 하품을 하며 불분명한 발음으로 말했다.

　　"난 괜찮아. 내가 아니면 누가 이 일을 하겠나? 눈이 안 보이는 호

소저가 하겠나? 아니면 근처만 와도 불타는 고구마가 되어 안절부절 못하는 나 소저가 하겠나?”

“정 안 되면 사람을 하나 구해야죠.”

“됐네. 이렇게 잠깐씩 조는 것으로 충분해. 주 아우를 생판 모르는 다른 사람에게 맡길 수는 없지.”

사도철광의 진정 어린 마음에 가슴이 뭉클해진 소소자는 괜한 핀잔을 줬다.

“누가 들으면 친형제인 줄 알겠소. 친해진 지 얼마나 됐다고…….”

주적자를 보는 사도철광의 눈에 따뜻한 빛이 일렁였다.

“인연이란 참 묘한 것이야. 처음 만났을 때 이 친구와 난 적으로 마주 섰는데도 이상하게 적대감이 들지 않았었거든. 그건 주 아우도 마찬가지였던 모양이야. 그래서 내 목숨을 구해주었겠지. 그러고 보니…….”

사도철광은 입가에 미소를 머금고 작은 목소리로 말했다.

“난 이 친구에게 목숨의 빚이 있군 그래.”

늙은 시선이 주적자에게서 소소자로 옮겨갔다.

“자넨 괜찮나? 많이 피곤해 보이는데.”

“내 걱정은 하지 마시오. 사도 영감도 버티는데 젊은 내가, 사도 영감보다 훨씬 젊은 내가 못 버티겠소? 주적자를 고칠 때까지는 절대 포기하지도 쓰러지지도 않을 테니 염려일랑 붙들어 매시오.”

“내가 걱정하는 것은 피곤한 자네가 자칫 의료 사고라도 내면 어쩌나 하는 거지.”

“아니, 이 영감이! 천하제일의 소소자를 뭘로 보고 의료 사고 운운하는 것이오?”

사도철광은 곁에 놓인 통나무 하나를 철판 아래 피워진 모닥불에 던져 넣으며 말했다.

"약재 구하러 가는 길 아니었나? 빨리 갔다 오라구. 쑥도 다 떨어져 가는데."

소소자는 뭔가 말을 하려다 사도철광을 찌릿 노려본 후 몸을 돌렸다. 뒷문을 나서는 그의 등에 사도철광의 목소리가 부딪쳤다.

"이번엔 좀 넉넉히 구해 와! 서리가 내리기 시작하는데 조금만 더 지나면 다른 건 몰라도 쑥은 구하기가 하늘의 별 따기만큼이나 어려워질 테니까."

"그건 내가 알아서 할 테니 사도 영감은 불 잘 피우고 물이나 제때 갈아줘요! 뜨겁다 싶을 정도로 물 온도 조절하는 거 잊지 말구요!"

소소자는 나가려다 말고 다시 소리를 질렀다.

"쑥 구하기 어려워지기 전에 반드시 주적자를 고칠 거요! 반드시!"

다짐을 하기는 했지만 길을 가는 소소자의 발걸음은 무거웠다. 주적자의 몸 기능을 정지시켜 가사 상태에 빠지게 함으로써 독이 더 이상 번지는 것을 막기는 했지만 그뿐이었다. 쑥과 그가 만든 해독약인 백초피독액(百草避毒液)은 지금까지 그리 큰 효과를 보지 못하고 있었다.

물론 전혀 차도가 없는 것은 아니었다. 약물에 섞여 나오는 독액과 불순물이 점점 줄어드는 것이 그 증거였다. 하지만 언제까지 주적자를 가사 상태에 빠진 상태로 둘 수는 없었다. 너무 오랫동안 저 상태로 둔다면 설사 완전히 해독이 된다 해도 깨어나지 못하는 지경이 돼 버린다.

가사 상태의 한계는 열흘이었다. 그 안에 고치지 못하면 다시 깨어나게 해야 하는데 그렇게 되면 결국 독이 주적자를 죽음으로 몰고 갈 것이다.

"후……."

그는 뻑뻑한 눈을 비비며 긴 한숨을 쉬었다. 사도철광에게 큰소리를 치기는 했지만 그의 체력도 거의 한계에 다다르고 있었다. 주적자의 치료뿐 아니라 틈틈이 호미령의 눈까지 봐야 하니 쉴 틈이 없었다.

호미령은 주적자의 치료에 전념하라고 하지만 이미 치료를 시작한 상태에서 중단하면 그 상태로 굳어져 더 나쁜 결과를 초래하게 된다.

소소자는 심호흡을 하고 오른쪽에 있는 담벼락 앞에 섰다.

"난 할 수 있어. 난 천하제일의 소소자다. 난 어떤 난관도 극복할 수 있는 최고의 인간이야!"

점점 목소리가 커지더니 나중에는 비명에 가까운 고함이 되었다. 지나가던 사람들이 걸음을 멈추고 그를 쳐다보았다. 소소자는 '난 할 수 있어'를 반복하며 담에 이마를 찧기 시작했다. 그의 이마는 금세 벌겋게 부풀어 올랐다.

한참을 그렇게 '미친 짓'을 하던 소소자는 피가 터질 즈음해서 광기 어린 행동을 멈췄다.

"이제 좀 잠이 깨네."

그는 '확실히 미친놈이군'이란 시선을 던지는 사람들에게 씨익 웃음을 보인 후 갈 길을 재촉했다.

소소자가 도착한 곳은 황보약재상(皇甫藥材商)이었다. 크지 않은 현에 자리한 약재상치고는 상당히 많은 종류와 물량을 확보해 놓고 있는 곳이었다. 그가 들어서자 어느새 안면이 트인 황보현영(皇甫賢永)이 얼굴에 웃음을 머금었다. 부유한 자 특유의 개기름이 얼굴에 번드

르르한 초로의 사내였다.

"어서 오시오."

소소자는 좁은 통로를 사이에 두고 양쪽으로 갖가지 약재가 쌓인 실내를 둘러보며 물었다.

"내가 주문한 약재는 들어왔겠지요?"

"물론이죠. 어제 이미 들여놨습니다."

황보현영이 손가락을 튕기자 약재 더미 사이에서 젊은이 하나가 고개를 내밀었다. 젊은이는 소소자의 얼굴을 확인하고 사라지더니 이내 커다란 보따리 하나를 짊어지고 나타났다. 일에 익숙한 사람은 많은 말이 필요없어 좋았다.

젊은이는 보따리를 소소자 앞에 놓고 나왔던 약재 더미 사이로 다시 들어갔다. 익숙한 것과 불친절함이 완벽하게 상쇄되는 보기 드문 일꾼이었다.

"맞나 확인해 보시죠."

소소자는 보따리를 풀어 내용물을 꼼꼼하게 확인한 후 다시 매듭을 지었다.

"맞군요. 다음 것은 사흘 후에 찾으러 오겠소."

보따리를 짊어지는 소소자에게 황보현영이 불룩 나온 배를 어루만지며 말했다.

"그런데 그것이……."

"문제가 있소?"

"다른 것은 모르겠지만 적갈근(赤葛根)과 쑥은 구하기가 힘들 것 같습니다."

소소자의 얼굴이 차갑게 굳었다.

“그래서 구할 수 없다는 뜻이오?”

“쑥은 이미 제철이 지났고 그냥 갈근이라면 모를까, 아시다시피 적갈근은 원래 귀한 약재가 아닙니까?”

소소자는 보따리를 짊어진 채 황보현영 앞으로 성큼 다가섰다. 반사적으로 물러서는 황보현영의 멱살을 쥔 소소자의 손이 옆으로 돌아가자 원래 불그스레한 얼굴이 더욱 빨갛게 변했다.

“이… 이거……”

말도 제대로 못하는 황보현영을 바짝 당긴 소소자는 으르렁거리는 목소리로 말했다.

“돈을 더 내라면 얼마든지 주겠소. 하지만 약재를 구하지 못하겠다는 말은 하지 마시오.”

입만 달싹거리는 황보현영의 얼굴은 점점 창백하게 변해갔다.

“사흘 후에 와서 약재가 없으면 적갈근과 쑥 대신 당신 가죽과 내장으로 약재를 대신할 테니까. 알았소?”

황보현영은 끄덕이지 못하는 고개 대신 눈동자를 위아래로 치열하게 움직였다. 그제야 황보현영의 멱살을 놓은 소소자는 뒤도 돌아보지 않고 약재상을 나왔다.

강제로 황보현영의 대답을 끌어내기는 했지만 소소자의 마음은 무거웠다. 이 철에 쑥과 적갈근을 구하기 어렵다는 것은 누구보다 그가 잘 알고 있었다. 만약 그 두 가지를 구하지 못한다면 주적자를 깨워 유언을 들어주는 것밖에 달리 방법이 없었다.

두두두두—!

소소자는 갑자기 들려오는 소리에 화들짝 놀라 고개를 들었다. 두 마리의 말이 미친 듯이 뛰어오고 있었다.

"비켜라! 비켜!"

마상(馬上)의 인물이 소리치지 않아도 길 가던 행인들은 몸을 던지다시피 피했다. 황급히 담에 몸을 기대는 소소자 옆을 말이 스치고 지나갔다.

"저런 말발굽에 치여 호랑이 아가리로 들어갈 놈들 같으니라구!"

소소자가 욕설을 뱉으며 마상의 녀석들에게 던질 돌을 찾기 위해 바닥을 더듬을 때였다.

깨갱!

날카로운 소리는 분명 강아지의 비명이었다. 소소자는 소리가 난 쪽으로 시선을 돌렸다. 내장을 밖으로 외출시킨 강아지가 아직 숨이 끊어지지 않아 꿈틀거리고 있는 것이 보였다. 그 광경을 만들어낸 두 명의 사내는 잠깐 늦췄던 속도를 다시 내기 위해 채찍을 들었다. 하지만 그들은 그나마 앞으로 나아가던 말을 세워야 했다.

여인.

적색 능라의를 입고 은은한 붉은색이 도는 머리를 허리까지 기른 여인이 그들을 가로막은 것이다. 단호한 행동과는 달리 여인의 얼굴은 권태로움에 젖어 있었다. 거기다 깊게 가라앉은 눈빛은 보는 사람으로 하여금 나른함을 느끼게 만들었다.

자세히 보면 눈을 돌리지 못하게 할 정도의 미모에도 불구하고, 미인이라는 말이 왠지 어울리지 않는 묘한 분위기의 여인이었다.

"이년! 죽고 싶어 환장한 게로구나! 빨리 비켜라!"

왼쪽 마상의 삼십 대 초반 남자가 냅다 소리쳤다. 아까 언뜻 스쳐 본 바로는 이마에 커다란 점이 인상적인 사내였다. 점박이 사내의 위협에도 불구하고 여인은 팔짱을 낀 채 이제 떨림마저도 멈춰 버린 강아지를 보았다. 그녀의 눈에 짧은 애석함이 스쳤다.

"없어져야 할 것들은 없어지지 않고 살아남아야 할 짐승이 죽는구나."

그녀의 낮은 목소리는 굵으면서도 맑아, 마치 수많은 실들이 꼬아져 만들어진 줄 같은 느낌을 갖게 했다.

"당장 비키지 않으면 밟고 지나가겠다!"

점박이 사내의 말에 오른쪽에 있는 독두사내가 위협하듯 말고삐를 잡아당기자 말이 히힝거리며 앞발을 번쩍 들었다. 그러나 여인의 모습 어디에도 두려움이 묻어 나오지 않았다. 여인은 강아지의 주검을 응시하다가 팔짱을 풀고 늘어져 있는 말고삐를 잡았다.

"가자."

그녀가 양쪽 손에 고삐를 쥐고 가자 말들이 순순히 그녀의 걸음을 쫓아 몸을 돌렸다. 사내들이 고삐를 잡고 앞으로 방향을 돌리려 했지만, 말들은 여인이 발정난 암말로 보이는지 그들의 명령을 들으려 하지 않았다.

"이것들이 미쳤나?"

사내들의 당황성을 뒤로하고 말고삐를 잡은 여인은 핏덩이가 된 강아지 앞에 섰다. 여인은 강아지를 집어 품에 안았다. 아직 마르지 않은 피가 앞섶을 흥건하게 적셨지만 그녀는 신경조차 쓰지 않았다. 튀어나온 강아지의 눈알을 밀어넣어 주고 잠시 머리를 쓰다듬던 여인은 사내들에게 등을 돌린 채 말했다.

"내려와라."

여인의 이상한 분위기 때문이었을까? 사내들은 서로의 얼굴을 보며 주저하고 있었다.

"내려와서 이 강아지 앞에 엎드려 용서를 빌어라."

황당한 요구에 점박이 사내가 소리를 질렀다.

"이 계집이 진정 실성한 것이 틀림없구나! 우리가 바쁘지만 않다면 네년의 버릇을 고쳐 주고 싶지만 지금은 화급을 다투는 일이 있어… 그냥 간다. 앞으로 조심해!"

소소자는 사내들의 모습을 보고 실소를 머금었다. 호통을 치기는 했지만 그들의 얼굴에 나타난 주저함만은 숨길 수가 없었다. 황급히 말머리를 돌리려는 그들의 발길을 여인의 코웃음이 잡았다.

"흥! 불알 달린 것들이 겁은 많아서……."

말이 여기까지 이르자 그들도 사내인지라 참을 수가 없었던 모양이다. 사내들은 말에서 내려 여인의 정면에 섰다.

"네년이 정녕 호된 맛을 봐야 어르신들 무서움을 알겠구나!"

사내들은 허리에 각각 검과 도를 차고 있었지만 상대가 여인인지라 무기는 꺼내지 않고 손만을 이용해 여인을 잡으려 했다. 그런데.

짜악!

경쾌한 소리와 함께 사내 둘이 동시에 어구구! 하며 바닥을 뒹굴었다. 뺨을 어루만지는 사내들의 입가가 금세 피로 물들었다. 그 모습을 본 소소자는 새삼스런 눈으로 여인을 보았다. 방금 사내들의 뺨을 때린 여인의 한 수는 거의 보이지도 않았다. 소소자조차 여인의 손이 움찔하는 것까지만 육안으로 볼 수 있었을 뿐이다. 여인의 상대가 두 사내가 아닌 그였다 할지라도 피하리라 장담할 수 없는 한 수였다.

'저런 여고수(女高手)가 있었던가?'

소소자는 고개를 갸웃하고 머리를 굴렸지만 그의 적지 않은 무림 인물 정보에도 불구하고 저런 여고수는 생각나지 않았다. 하긴 외모

만으로 누군가를 알아본다는 것은 대단히 특별하지 않고는 불가능한
일이었다.

'무공을 보면 알 수 있겠지.'

소소자는 느긋한 마음으로 장내를 지켜보았다. 적수공권(赤手空拳)
으로는 상대가 되지 않음을 직감했는지 두 사내가 검과 도의 손잡이
를 잡았다. 그러나 그들은 채 무기를 뽑기도 전에 다시 뺨을 맞고 주
저앉아야 했다.

특별한 초식을 쓰지도 않고 휘두른 팔에 사내들은 번번이 나가떨어
졌다. 일어서서 무기를 빼려 하면 여인의 팔이 뺨을 때리고 다시 빼려
하면 이빨이 부러지고 하는 일이 반복됐다. 사내들의 얼굴은 그야말
로 냄비에서 나온 붉은 염색 만두의 모습 그대로였다.

가랑비에 옷 젖는 줄 모른다고 한 대 두 대 맞던 사내들은 급기야
제대로 일어서지도 못하고 비틀거렸다. 그제야 자신들이 상대하지 말
아야 할 고수를 건드렸다는 걸 깨달았는지 자리에 넙죽 엎드렸다.

"소인들이 죽을죄를 졌습니다. 부디 넓으신 아량으로……."

"용서를 빌라니까."

"네네! 저희들이 눈이 멀어 높고 높으신 소저를 몰라뵙고……."

"용서를 빌라고 했잖아."

사내들은 어찌할 바를 모르겠다는 얼굴로 잠시 머뭇거리더니 입을
열었다.

"지금 빌고 있잖아요."

여인은 품 안의 강아지를 보며 말했다.

"이 강아지에게 말이야."

사내들은 어처구니없는 표정에서 난감한 얼굴로 바뀌었다. 그들로

서는 한 번도 해보지 않은 경험이라 그럴 수밖에 없었다. 하지만 어떤 일이든 최소한 죽는 것보다는 나았다.

"강아지님, 부디 저희를 용서하시고 극락왕생하시기 바랍니다."

독두사내가 용서를 빌고 여인을 힐끔 쳐다보았다. 여인의 입가에 웃음이 걸리자 사내들도 따라서 헤헤거리며 말했다.

"이제 가도 되겠습니까?"

언제 그랬냐 싶게 여인의 표정이 싸늘하게 변했다.

"너희들은 강아지에게 용서를 빌란 내 말을 못 들었느냐?"

"그… 그래서 용서를 빌었지 않습니까?"

"너희들, 개가 멍멍 짖으면 그 소리를 알아듣느냐?"

점박이 사내가 울상이 돼서 되물었다.

"무슨 말씀입니까?"

"개 소리를 알아듣느냐고 물었다."

"그… 그럴 리가 있겠습니까?"

"그럼 개가 사람 말을 알아듣겠느냐?"

그제야 무슨 뜻인지 눈치 챈 독두사내가 물었다.

"그럼 우리보고 개 소리로 용서를 빌란 말씀입니까?"

"못하겠느냐?"

여인의 음성은 매우 은근했다. 그것에 더 무서움을 느꼈는지 두 사내가 약속이나 한 듯 손을 저었다.

"아… 아닙니다! 하겠습니다!"

그들은 민망한 듯 서로의 얼굴을 쳐다본 후 목을 가다듬었다.

"월… 월……."

처음 낮게 시작한 그들의 개 짖는 소리는 이내 주위가 온통 개 소리로 판을 치는 것처럼 우렁차게 울렸다. 목숨의 위협은 주변 사람들의 시선 따위는 무시할 수 있게 만드는 힘이 있었다.

"계속해라, 계속!"

말을 하는 여인의 시선이 한 바퀴 빙 돌더니 소소자에게 멈췄다. 그냥 지나가려니 하던 시선은 한참이 지나도 소소자를 떠나지 않았다. 소소자는 뒤에 누가 있나? 하고 돌아보았지만 그 외에 여인의 시선을 끌 만한 것은 보이지 않았다.

한참 동안 소소자를 보던 여인이 강아지를 뒤로 휙 던져 팽개쳤다. 마치 자신의 자식처럼 여기더니 너무도 쉽게 던져 버린 것이다. 여인은 손을 들어 사내들의 개 짖는 소리를 멈추게 한 후 역시 손을 까딱해서 사내들을 보냈다.

너무나 감격한 표정으로 연신 허리를 숙이던 사내들이 말에 올라타고 채찍질을 하며 소리쳤다.

"이년! 다음에 만나면 죽을 줄 알아!"

여인은 말 궁둥이에 불이 나도록 채찍을 휘두르는 사내들에게는 신경도 쓰지 않은 채 천천히 소소자에게로 다가갔다. 반짝이는 그녀의 눈에는 버릇처럼 자리 잡은 권태가 보이지 않았다. 여인이 다가옴에 따라 소소자의 긴장은 점점 고조되었다. 그조차 왜 그런지 알 수 없었다. 여인이 빼어난 미모의 소유자이기 때문만은 아니었다.

호미령이나 나인현도 이 여인만큼이나 충분히 예뻤다. 그러나 저 여인은 다른 어떤 여자들도 가지지 못한 그 무엇인가가 있었다. 말로 콕 집어서 표현할 수는 없지만 아련함이나 신비함, 어쩌면 엉뚱함일 수도 있는 그런 것을 품고 있었다.

여인의 키는 매우 커서 고개를 들지 않고는 얼굴을 마주할 수 없을 정도였다. 그만큼 가까이 왔다는 뜻이기도 했다. 한참 동안 그를 내려 다보는 여인에게서 소소자는 특이한 것을 발견했다. 물론 특이함으로 도배를 한 여인이기는 했지만 또 한 가지. 그녀에게서는 향기가 나지 않았다.

어떤 사람이든, 그것이 남자든 여자든 특유의 냄새를 가지고 있었고 대부분의 여인은 향기를 풍기기 마련이었다. 그러나 앞의 여인에 게서만은 강아지의 피 내음 외에는 아무 향기도 느껴지지 않았다. 피 비린내가 강해서만은 아니라는 걸 소소자는 잘 알고 있었다.

"내게 볼일이 있소?"

시간이 제법 지난 후에야 소소자가 물었다. 여인은 대꾸도 하지 않 고 소소자의 주위를 돌기 시작했다. 마치 신기한 동물을 구경하듯 소 소자를 두 바퀴 돌더니 보따리에 코를 가져다 댔다.

"킁킁!"

코를 실룩거리며 냄새를 맡던 여인은 고개를 크게 끄덕였다.

"해독제를 만드는 거군."

소소자는 전신이 싸늘하게 식는 느낌을 받았다. 단지 냄새만으로 그것을 알아낼 수 있다는 것은 의술의 경지가 심상치 않음을 의미했 다.

'아니, 그게 아니야.'

소소자는 뒤늦게야 보따리에서 나는 냄새라 봐야 쑥 향기밖에 없을 것임을 깨달았다. 다른 냄새는 진한 향에 묻혀 버리기 때문이다. 소소 자는 침을 삼켜 최대한 차분한 목소리로 물었다.

"그걸 어떻게 알았소?"

여인은 검지를 펴 흔든 후 냄새 맡는 일을 계속했다.

"적당귀, 귀원초(歸元草), 일계향피(一桂香皮)까지. 음… 내복약이 아니라 피부로 독을 빼내려 하고 있군 그래."

소소자는 몸을 휙 돌려 여인을 정면으로 보았다.

"당신은 독에 대해 얼마나 알고 있소?"

"독은 독이다라는 것 정도?"

"난 지금 선문답(禪問答)을 하는 것이 아니오."

소소자는 다급한 심정으로 말했다. 어쩌면 전혀 엉뚱한 곳에서 주적자의 목숨을 구할 길이 생길지도 몰랐다. 그가 아무리 천하제일의 의술을 지녔다고 하지만 그것이 곧 독에도 천하제일이란 뜻은 아니었다. 물론 이제 많아야 스물서너 살 정도로밖에 보이지 않는 눈앞의 여인이 주적자를 고치리라는 기대는 크지 않았다. 그러나 지금으로써는 썩은 동아줄에라도 매달려 보고 싶은 것이 솔직한 심정이었다.

"생긴 것보다 성질이 급하군."

여인은 곱게 기른 손톱으로 소소자의 수염을 어루만지다 발길을 돌렸다.

"가지."

"어딜 말이오?"

"환자를 살리고 싶지 않나?"

소소자는 서둘러 여인의 곁으로 가서 잰걸음을 옮겼다.

"소저는 정말 독술에 일가견이 있는 것이오?"

"난 고치고 싶은 사람만 골라서 고칠 수 있을 때만 고쳐."

그런 말은 건넛마을 삼룡이도 할 수 있는 소리였다.

"정확히 말씀해 보시오. 난 소저가 생각하는 것보다 훨씬 절박하오이다."

"그래? 나도 네 생각보다 훨씬 진지해."

'네 생각?'

가만 보니 아까부터 여인은 그에게 계속 반말을 하고 있었다. 원래 귀한 집에서 태어나 선천적으로 혀가 반 토막밖에 생겨나지 않은 기형인지, 아니면 자신이 너무 잘나서 세상 모든 사람들이 눈 아래로 보이는 건지 모르지만 어쨌든 좋은 기분은 아니었다. 하지만 지금은 그것을 따질 때가 아니었다.

이 여인이 주적자를 고칠 수 있을지도 모르는데 자신 때문에 자칫 기분이 틀어져 발길을 돌려 버린다면, 그는 담벼락에 머리를 박아도 수백 번은 박아야 할 것이다. 그리고 또 따진들 무엇 하랴. '내 맘이야'라고 말해 버리면 버릇을 가르친다고 볼기짝을 때릴 수도 없는 노릇이었다.

한 가지 확실한 것은 툭툭 함부로 뱉는 반말이 여인에게 몸에 딱 맞는 옷처럼 잘 어울린다는 것이다. 소소자조차 이제야 알아차렸을 정도로.

소소자는 여인을 데리고 객잔으로 왔다. 뒤뜰에서는 불을 지피는 사도철광의 어깨를 호미령이 할아버지에게 하듯 주무르고 있었다.

"호강하시는구려."

들어서자마자 비꼬는 소소자의 말에 사도철광은 계면쩍은 웃음을 지었다.

"괜찮다는데 호 소저가 자꾸……."

"며칠 밤낮을 주무시지도 못하고 고생하셨잖아요."

"쳇! 사도 영감만 고생했나?"

투덜거리는 소소자에게 사도철광이 은근한 어조로 물었다.

"왜, 자네도 안마를 받고 싶나?"

"누가 안마받고 싶다고 했소?"

"아니면 말지 왜 소리는 지르는가? 도둑이 제 발 저린다고……."

말을 하던 사도철광은 뒤늦게 들어온 여인을 발견하고 턱으로 가리켰다.

"누군가?"

사도철광의 물음과 동시에 호미령의 몸이 흠칫 경직되었다. 몸으로 느낄 수 있을 정도의 반응에 사도철광이 의아한 시선을 호미령에게 던졌다.

"호 소저, 왜 그러나?"

호미령은 보이지 않는 시선을 여인에게 한참 동안 주더니 고개를 저었다.

"아니에요. 그냥……."

말끝을 흐린 그녀는 사도철광에게서 슬그머니 떨어졌다.

"중독된 사람은 저 통 안에 있소."

소소자는 주적자가 든 통을 손짓하며 말했다. 여인은 말없이 통으로 다가가 주적자를 빤히 내려다보았다. 발가벗고 있는 사내를 보는 대부분의 여자들과는 다르게 여인의 눈빛은 무감(無感) 그 자체였다.

"정말 대단하군."

여인의 의미 모를 중얼거림에 소소자가 물었다.

"뭐가 말이오?"

"이제껏 살려놓은 네 의술도 그렇고 아직 죽지 않은 통 안의 녀석 체력도 그렇고."

사도철광은 소소자에게 다가가 속삭이듯 물었다.

"저 여인은 누군가?"

"나도 모르오. 다만 우리가 잡을 수 있는 마지막 희망이 될 수도 있소이다."

소소자는 대답을 하고 여인 곁에 섰다.

"진맥을 해보시오."

"그런 것 필요 없어. 이 녀석을 꺼내서 방으로 옮기기나 해. 몸에 꽂힌 침도 모두 빼내고."

소소자는 어이없는 눈길을 여인에게 던졌다.

"무슨 소리요? 지금 침을 빼면 당장 목숨을 잃을 수도 있소이다."

"침을 빼야 치료를 할 수 있어."

그는 잠시 여인을 보다가 입을 열었다.

"어떻게 치료할 것인지 말을 해주시오. 치료 방법이 타당하다면 소저가 시키는 대로 하겠소."

여인의 눈썹이 위로 올라갔다.

"나를 못 믿겠다는 것이냐?"

"내 목숨이 걸려 있다면 모를까 이 친구의 목숨을 확실치 않은 믿음에 맡길 수는 없소."

"호! 그래? 그럼 하는 수 없지."

여인은 망설임없이 돌아섰다. 후원을 가로지르는 그녀의 발걸음에 미련 따위는 보이지 않았다. 하긴 그녀가 미련 같은 것을 가질 이유가 없었다. 급한 사람은 소소자인 것이다.

"잠깐!"

그의 부름에도 여인은 멈추지 않았다. 소소자는 몸을 날려 그녀 앞을 막았다.

“아직도 내게 볼일이 남았느냐?”

소소자는 심호흡을 크게 한 후 말했다.

“저 친구를 고칠 수 있소?”

“고쳐 봐야 알지.”

그녀의 말에는 장난기가 배어 있었다. 소소자는 자신도 모르게 언성을 높였다.

“고칠 수 있소, 없소? 그것만 말하시오!”

여인은 소소자의 눈을 뚫어져라 쳐다보고 있다가 검지 하나를 세웠다.

“이번뿐이야. 내게 무례한 자는 용서 못해. 알겠지?”

여인은 어린아이에게 하듯 소소자의 뺨을 톡톡 때린 후 돌아섰다.

“저 녀석은 내가 고쳐 줄 테니 빨리 옮기기나 해. 단!”

여인은 소소자를 향해 휙 돌아섰다.

“한 가지 조건이 있어.”

“목숨 빼고 뭐든지 들어주겠소.”

“난 그런 쓸데없는 것에 관심 없어. 내 조건은 너희들과의 동행이야.”

소소자는 이해하지 못하겠다는 얼굴로 물었다.

“동행이라면… 우리와 같이 다니겠다는 것이오?”

“그래.”

“우리가 어디를 향해 어떻게 갈 줄 알고 동행을 한다는 것이오. 그냥 여기 눌러 살지도 모르고…….”

거기까지 말한 소소자가 고개를 저었다. 핵심은 그게 아니었다.

“아니지, 아니지. 대체 소저가 원하는 것이 뭐요? 왜 우리와 동행을 한다는 것이오?"

"음… 최소한 심심하지는 않을 것 같아서. 질문은 그만! 빨리 저 녀석을 방으로 옮겨."

단호하게 돌아서는 여인의 모습으로 보아서는 질문을 해도 받아줄 것 같지 않았다. 어쨌든 지금 중요한 것은 주적자의 목숨을 살리는 것이었다. 여인은 방의 호수를 묻고 먼저 실내로 들어갔다.

그 모습을 보고 있던 사도철광이 통 곁에 서 있는 소소자에게 다가왔다.

"말 좀 해보게. 대체 저 여인은 누군가?"

"나도 모르오. 이각 전에 처음 얼굴을 봤으니까."

사도철광은 어이없는 표정을 지었다.

"그런데 주 아우의 치료를 맡긴단 말인가? 저 여인이 의원인 것은 확실하고?"

소소자는 부정의 뜻으로 고개를 저었다.

"고작 이각 전에 만난 여인에게, 거기에 신분조차 확실치 않은 여인에게 주 아우의 치료를 맡길 생각을 하다니 자네 제정신인가?"

다른 때 같았으면 '난 네 살 때 이후 제정신이 아니었던 적이 한 번도 없소!' 라고 쏘아붙였겠지만 지금은 그조차 자기 정신을 의심하고 있었다. 생전 처음 본 여인이 단지 보따리 안에 든 약재와 그 쓰임새를 알아맞혔다고 해서 이처럼 매달린다는 것은 납득할 수 없는 일이었다.

하지만 여인은 사람으로 하여금 빠져들지 않을 수 없는 뭔가를 가지고 있었다. 여자가 남자를 홀린다는 그런 저급한 것이 아닌 사람으로 하여금 '믿음' 이란 두 글자를 새기게 만드는 그런 것 말이다.

"이봐······!"

소소자는 손을 들어 사도철광의 말을 막았다.

"이번만은 내 뜻대로 해주시오."

"그럴 수는 없네! 주적자가 자네에게 친구라면 나 또한 둘도 없는 아우이며 벗이네! 주 아우의 목숨을 아무 사람에게나 맡길 수는 없는 일이야!"

"나라고 처음 보는 여인에게 주적자의 치료를 맡기고 싶겠소? 하지만 지금은 선택의 여지가 없어요! 내가 아무리 천하제일의라고는 하지만 지금 상태의 주적자를 치료한다는 것은 거의 불가능한 일이란 말입니다! 아시겠어요? 앞으로 닷새 안에 주적자를 낫게 하지 못하면 깨어날 가능성은······."

소소자는 앞가슴에 손을 비스듬하게 교차시키며 말을 이었다.

"전혀 없습니다."

사도철광의 얼굴에 짙은 그늘이 드리워졌다.

"자네 정말 치료할 자신이 없는 건가?"

소소자는 주적자를 보며 긴 한숨을 내쉬었다. 그의 입을 통해 나온 바람 때문에 주적자 얼굴 부분에 드리워진 물이 작게 흔들렸다.

"수백 가지의 치료 방법을 생각하고 수천 권의 책을 떠올려 봐도 주적자에게 딱 맞는 해독제는 없었습니다. 운이 하늘에 닿아 아무 땅이나 한 자만 파도 금이 쏟아지는 정도의 운이 따르지 않는 한, 내 손으로 주적자를 살릴 가능성은··· 없소이다."

망연자실한 얼굴로 소소자를 보는 사도철광의 어깨에 어느새 다가온 호미령의 손이 올려졌다. 돌아서는 사도철광에게 호미령이 말했다.

“그녀를 한번 믿어보세요.”

“호 소저.”

“제 느낌인데 그녀는 뭐랄까… 아주 특별해요. 정확히 표현할 수 없지만 보통 사람과는 달라요. 물론 주 대협이나 소 의원님, 사도 대협, 나 소저 모두 특별하지만 그녀에게는 또 다른 특별함이 느껴져요.”

사도철광은 복잡한 시선으로 호미령을 보더니 이내 한숨을 쉬며 고개를 끄덕였다.

“두 사람의 의견이 그러하니 어쩔 수 없지. 내게 달리 방법이 있는 것도 아니니 무조건 우길 수도 없는 거고.”

사도철광은 여인이 들어간 방의 창문을 올려다보았다. 그의 노안에 깃든 열망이 소소자의 가슴을 아리게 했다.

소소자가 주적자를 방으로 옮기고 침을 다 빼는 동안 여인은 그저 방 한구석에서 구경만 할 뿐이었다. 어떤 치료의 준비도 하지 않는 여인에게 소소자가 물었다.

“필요한 것은 없소? 약재나 침 같은 것 말이오.”

“내게 다 있어. 방해꾼만 없으면 돼.”

단호한 축객령에 소소자는 망설이다가 방을 나왔다. 문밖에서 기다리던 일행들이 궁금한 눈빛을 마구 쏘아댔지만 그도 해줄 말이 없었다.

“멀리 가 있어!”

들려온 소리에 그들은 서로를 쳐다보다 축 늘어진 어깨로 걸음을 돌렸다. 여인이 좆으로 밤송이를 까라면 깔 수밖에 없는 노릇이었다. 물론 그들 중 한 명은 좀 어렵겠지만.

그들은 일각이 여삼추(如三秋)라는 말을 피부로 실감했다. 객잔의
후원에서 주적자의 치료가 진행되고 있는 방의 창문만 바라보고 있는
그들의 모습은 서성거리는 해바라기처럼 보였다.

"얼마나 지났지?"

사도철광의 대상없는 물음에 호미령이 답했다.

"반 각 정도 지났어요."

"제길, 두 시진은 지난 것 같군."

"사도 영감, 다리 좀 떨지 말고 가만히 있으시오. 당최 어지러워서
원."

소소자의 핀잔에 사도철광이 가자미눈을 뜨고 흘겨보았다.

"그러는 자네 발은 저절로 움직이는 곡괭이인가? 왜 괜한 땅은 파
고 그래?"

소소자는 발끝을 보더니 움직이던 것을 멈췄다.

"그거야… 발끝이 가려워서 그랬죠. 그런데 나 소저는 어디 있죠?"

"아마 아직 자고 있을 거예요. 어젯밤에 무슨 고민이 있는지 잠을
못 자는 것 같더군요."

"어떻게 술을 먹고 우릴 골탕 먹이나 그 고민을 했겠지."

소소자는 투덜거린 후 다시 창문을 올려다봤다.

"그런데 무슨 치료가 이렇게 오래 걸리는 거야?"

호미령이 입가에 미소를 머금고 말했다.

"이제 겨우 일각도 지나지 않았어요."

그녀의 말이 끝나기도 전에 창문 밖으로 여인의 하얀 손이 튀어나
왔다. 햇빛에 반사되어 빛을 발할 정도로 하얀 손의 검지가 펴지더니
까딱까딱 움직였다.

"뭐지?"

사도철광의 물음에 소소자가 건물 안으로 들어가며 말했다.

"뭐긴 뭐겠소? 들어오란 뜻이지. 그런데 뭔 치료를 이렇게 빨리 끝 낸 거야?"

사도철광이 소소자의 뒤를 따르며 핀잔을 줬다.

"언제는 늦다고 그러더니. 가만!"

우뚝 멈춘 사도철광이 불안한 시선을 소소자의 등에 던졌다. 급히 걸음을 멈춘 소소자의 얼굴도 딱딱하게 굳었다.

"사도 영감, 이상한 생각 하지 마시오."

"하지만 이렇게 치료를 빨리 끝낼 수 있나?"

소소자는 계단을 뛰어오르기 시작했다. 이층에 있는 방까지 도달하 는 데는 눈 세 번 깜빡할 시간도 걸리지 않았다.

쾅!

문을 부술 듯 연 소소자는 가장 먼저 침상을 보았다. 여전히 발가벗 겨져 있는 주적자는 미동도 하지 않고 있었다. 그가 침을 뽑고 나간 모습 그대로였다. 그는 창가에 몸을 기대고 있는 여인을 보았다.

"어떻게 된 거요?"

여인은 주적자를 힐끔 보더니 대답했다.

"보다시피… 죽었어."

소소자는 갑자기 다리에 힘을 풀렸다. 휘청이며 넘어지려는 그의 몸을 지탱해 준 사람은 사도철광이었다. 소소자는 사도철광의 손을 밀어내고 주적자에게로 다가갔다. 마치 잠든 듯 편안한 얼굴은 그가 아는 주적자 그대로였다.

"너만은 불사신인 줄 알았는데. 너무 강해서 휘어지지도 부러지지도 않을 줄 알았는데…….”

소소자는 침상 옆에 무릎을 꿇고 앉아 주적자의 손을 잡았다. 주적자가 뿌옇게 흐려지려 했다. 눈물을 닦기 위해 손을 올리던 소소자는 다시 주적자의 팔목을 잡았다. 손에 느껴지는 느낌. 너무도 생생하게 뛰는 맥박이 느껴졌다. 그는 눈물을 훔치고 여인을 보았다.

“깔깔깔…….”

여인이 갑자기 웃음을 터뜨렸다. 재미있어 죽겠다는 듯 허리를 꺾고 웃는 여인의 모습은 실성한 여편네 모습 그대로였다.

“날 속였군.”

“장난이 이렇게 재미있는 것인 줄 몰랐군.”

여인은 아직도 웃음이 묻어 나오는 음성으로 말했다. 그제야 사도철광과 호미령이 주적자가 누운 침상으로 다가왔다.

“죽지 않은 건가?”

소소자는 주적자의 경동맥에 손가락을 대고 눈을 까뒤집어 본 후 퉁명스럽게 대답했다.

“이 녀석이 죽는 걸 보려면 앞으로 백 년은 기다려야 할 거요.”

소소자는 말을 하고 여인을 향해 섰다.

“주적자를 어떻게 고친 거요?”

여인은 자신의 붉은 머리를 손가락으로 말면서 대답했다.

“비법을 공개할 수는 없지. 너도 의원이니 그건 잘 알 것 아니야.”

밝히기 싫다는데 억지로 불게 할 수는 없는 노릇이었다.

“어쨌든 고맙소. 주적자는 언제쯤 깨어날 것 같소이까?”

“한 반나절 푹 자면 일어날 거야. 더 잘 수도 있고.”

말을 하는 여인의 시선이 문에서 멈췄다. 소소자와 사도철광도 여인을 따라 뒤를 돌아보았다. 한참 서 있었던 것이 분명한 나인현이 사람들의 시선을 받자 고개를 약간 떨구고 입을 달싹거렸다. 하지만 방 안에 있는 사람 누구도 그녀의 말을 알아듣지 못했다.

언제나처럼 호미령이 그녀에게 다가가 입가에 귀를 가져다 댔다. 잠시 후 호미령이 미소를 지으며 말했다.

"주 대협은 괜찮아요."

호미령은 여인을 보며 말을 이었다.

"저분께서 치료를 해주셨죠."

나인현은 여인을 향해 꾸뻑 인사를 한 후 주적자를 보았다. 소소자가 잽싸게 이불을 덮어두었기 때문에 그녀는 평온을 유지할 수 있었다. 나인현이 다시 호미령의 소매를 잡아당겨 귓속에 대고 뭔가 속삭였다. 한참 동안 듣고 있던 호미령이 고개를 갸웃했다.

"그러니까 후원에 있는 철판이 이상하다고요?"

나인현이 크게 고개를 끄덕였다.

"철판이 반으로 갈라져 있고 그 위에 글씨가 빽빽하게 쓰여 있다 그 말이죠?"

다시 나인현의 머리가 위아래로 왕복했다. 어느새 소소자 곁으로 다가온 여인이 물었다.

"저애, 왜 저래? 보아하니 벙어리는 아닌 것 같은데."

소소자는 어깨를 으쓱했다.

"낸들 알겠소? 그런데 왜 반말을 하는 거요? 보아하니 나보다 나이도 덜 먹은 것 같은데."

주적자의 치료도 끝났겠다 이제는 걸릴 것도 없으니 마음껏 따져 보자는 심산이었다. 여인은 시큰둥한 표정을 지으며 방문을 막 나서는 사도철광의 뒤를 따랐다.

“할 만하니까 하는 거야. 땅꼬마가 따지긴.”

“따… 땅꼬마? 아니, 이… 이…….”

여자에게 차마 험한 말은 못하고 ‘이… 이…’ 거리고만 있는 소소자를 뒤로한 여인은 방을 나가 버렸다. 정말 싸가지라고는 보약에 감초만큼도 없는 여인이었다. 어느새 혼자 덩그라니 남아버린 소소자는 어깨를 들썩이며 콧김을 씩씩거리다 주적자를 한번 본 후 ‘뭐 혼자 놔둬도 괜찮겠지’ 하고 밖으로 나갔다.

후원에는 사람들이 철판 주위에 빙 둘러서 있었다. 볼을 긁적이며 뭔가를 생각하는 사도철광의 곁에 선 소소자는 철판으로 시선을 가져갔다. 나인현의 말대로 철판은 마치 칼로 자른 듯 반으로 쪼개져 있었고 엎어진 밑면에는 글씨가 빼곡하게 쓰여 있었다. 불이 직접 닿았던 곳인데 아마도 나인현이 엎어놓은 것 같았다.

“가져올 때만 해도 글자 같은 것은 보이지 않았는데?”

“아마 오랫동안 열을 받아서 겉에 씌워진 쇠가 녹아 글씨가 드러난 모양이오. 그런데 대체 뭐라고 쓰여져 있는 거야?”

소소자는 쭈그려 앉아 처음 쓰여진 글씨를 읽었다.

“무명묵검(無鳴墨劍)이 대기를 가르면 태산(泰山)도 버티지 못한다? 뭔 소리야? 검으로 태산을 가를 수 있다는 건가? 황당한 얘기군.”

소소자는 그 아래 쓰여 있는 글을 쭉 읽어 내려갔다. 검을 만드는 법을 적은 내용이었는데 대장장이의 전문 용어가 너무 많아서 뜻을 파악하기가 힘들었다. 한 가지 확실한 건 검 한 자루를 만드는 데 이 철판이 모두 들어간다는 것이었다.

소소자는 철판에 쓰여진 글을 모두 읽고 사도철광에게 물었다.

"이거 어디서 가져오셨소?"

"대장간."

"그럼 빨리 갖다 주시구려."

소소자는 일어서며 말을 이었다.

"이 철판 무게가 얼만데 이걸 모두 써서 검 한 자루를 만든다는 게 말이 되오? 차고 다니다 진이 빠져 죽겠소이다. 어디서 이런 괴상망측한 물건을 들고 와서는……."

"제길, 구해오라고 할 때는 언제고……."

사도철광은 구시렁대면서도 선뜻 철판에서 시선을 떼지 못했다. 팔짱을 끼고 한참 철판을 노려보던 사도철광이 말했다.

"그 대장간 주인이 말하길, 이 철판은 자기 집안에 육대째 내려오는 가보라고 했거든."

"그래서요?"

"그래서는 뭐가 그래서야? 이 안에 적힌, 뭐냐… 그래 무명묵검이란 것이 천하의 명검이 될 수도 있잖아. 만약 정말로 명검을 얻을 수만 있다면 주 아우에게 그만큼 큰 기연이 어디 있겠나?"

소소자는 인정한다는 듯 고개를 끄덕였다.

"물론 그렇죠. 주적자의 무공이야 현 무림에서 적수를 찾기 어려울 정도니 말이오. 하지만!"

소소자는 철판을 툭툭 걷어찼다.

"영감은 이걸 통째로 휘두르며 초식을 펼칠 수 있겠소?"

사도철광은 고개를 저었다.

"아니."

"거보시오. 등에 차고 가다 짜부라져서 깔려 죽지 않으면 다행이지. 괜히 남의 가보 탐내지 말고 빨리 갖다 주기나 하시오."

사도철광은 그래도 아쉬운 듯 입맛을 다시고 글자가 위로 올라온 반쪽의 철판으로 손을 가져갔다. 막 힘을 주려던 사도철광이 무언가를 깨달은 듯 나인현을 보았다.

"나 소저."

"……."

"이 철판… 소저가 엎어놓은 거요?"

나인현은 언제나처럼 고개만 끄덕였다.

"무게가 상당할 텐데 어떻게 이걸 엎은 것이오?"

나인현은 이번에도 고개를 젓는 것으로 대답을 대신했다. 무겁지 않았다는 뜻인지, 아니면 자신이 엎지 않았다는 뜻인지 알 수 없었다. 사도철광은 이상하다는 듯 고개를 갸웃하고 반으로 쪼개진 철판을 들어 올렸다. 잔뜩 힘을 준 그의 몸이 갑자기 뒤로 휘청거리며 물러서더니 겨우 중심을 잡았다.

"뭐야 이게. 왜 이렇게 가벼워?"

사도철광은 그만한 부피의 나무판자를 휘두르듯 철판을 위아래로 흔들었다. 소소자가 고개를 갸웃하며 나머지 하나에 손을 가져갔다.

"그럴 리가 없는데……."

소소자가 팔에 힘을 주자 철판이 쑤욱 들렸다. 하지만 그것은 한쪽뿐이었고 나머지 한쪽은 여전히 바닥에서 떨어지지 않았다. 무게 중심이 모두 땅에 붙은 쪽으로 쏠린 것이다. 소소자는 손을 놓고 땅에 붙은 쪽을 들어 올렸다. 하지만 그쪽은 그가 오성의 공력을 써야 겨우 들어 올릴 수 있을 정도로 무거웠다. 소소자가 손을 놓자 철판이 무게에 못 이긴 흙을 두 치 이상 파고들었다.

"정말 이상한 철이군."

소소자는 사도철광에게 가져다 주라고 했던 사실을 잊고 철판 앞에 쭈그려 앉았다. 전체가 검은색으로 뒤덮여 있어 외형만으로는 이쪽과 저쪽의 차이점을 분간할 수 없었다.

"서로 다른 철이 섞여 있는 것이 아닐까?"

사도철광이 그의 등 뒤에서 말했다. 소소자는 곁에 있는 작은 돌멩이를 들어 철판의 먼 쪽을 두드려 보았다.

깡깡!

보통 철보다 훨씬 큰 울림이 느껴졌다. 그는 다시 발치 쪽의 철판 부분을 두드렸다.

턱턱!

철을 두드린 것이 맞나 싶을 정도로 둔탁한 소리였다. 소소자는 고개를 갸웃하고 다시 두드려 보았지만 역시 돌끼리 부딪친 것 같은 소리가 울렸다.

"확실히 그렇군."

소소자는 서로 다른 소리가 울리는 접점을 찾기 위해 돌멩이를 점점 위쪽으로 옮겨가며 두드렸다. 날카로운 소리를 듣는 데는 그리 오랜 시간이 필요치 않았다. 둔탁한 소리를 내는 부분은 고작 한 치 정도 불과했다. 여덟 자 길이의 철판 중 고작 한 치만이 무거운 철로 이루어진 것이다.

"놀랍군. 고작 한 치 두께에 길이가 네 자밖에 되지 않는 쇠가 이처럼 무겁다니. 세상에 이처럼 무거운 쇠가 있다는 소릴 들어봤소?"

마지막 물음은 사도철광에게 향한 것이었다.

"들어보지는 못했지만 보기는 했지. 자네도 지금 보고 있지 않나?"

소소자는 못마땅한 눈으로 사도철광은 흘겨본 후 자리에서 일어섰다.

"이것을 분리시켜 봅시다."

"어떻게?"

"지금 사도 영감이 들고 있는 철판이 떨어졌다는 것은 접점이 그만큼 약하다는 것 아니겠소? 그러니 웬만한 충격이면 떨어질 것 아니오? 꼭 똥인지 된장인지 먹어야 맛을 아나?"

"그거 알아서 뭐 하게? 그 딴 것 알아보지 말고 빨리 철판이 분리되는지나 알아보게… 내 얼굴 보고 있으면 철판이 알아서 떨어지나? 저리 비키게. 하기 싫으면 내가 할 테니."

앞으로 나서려는 사도철광을 소소자가 가로막았다.

"됐어요. 내가 할 테니 구경이나 해요."

소소자는 오른손에 공력을 모았다. 권이나 장이 특기는 아니었지만 웬만큼 파괴력을 낼 정도는 되었다. 그는 때릴 곳을 두어 번 건드려 조준을 한 후 팔을 위로 한껏 치켜 올렸다가 내려쳤다. 허공을 격한 그의 수도(手刀)가 철판을 때렸다. 턱! 하고 울리는 낮고 둔탁한 소리. 손바닥을 시작해서 팔뚝과 관절, 상박으로 이어지는 무지무지한 고통. 하지만 꿈쩍도 하지 않는 철판.

소소자는 비명이 튀어나오려고 하는 입을 다물기 위해 턱 관절을 혹사시켜야 했다. 하지만 그 때문에 삐질삐질 흐르는 땀은 어쩔 수 없었다.

그 모습을 잠자코 지켜보던 사도철광이 은근한 어조로 물었다.

"아픈가?"

소소자는 입을 벌리면 신음이 새어 나올 것 같아서 그저 고개만 흔들었다.

"아파 보이는데?"

"안… 아파요."

겨우 뱉은 대답에 사도철광은 고개를 끄덕였다.

"그래? 그럼 계속 해보게."

'능구렁이 같은 영감 같으니라구! 평소에는 꿀맛 본 개미처럼 잘도 나서더니!'

이제 와서 못하겠다고 물러설 수도 없었다. 소소자는 접점을 확실히 숙지한 후 다시 철판을 내려쳤다. 그러나 무정한 철판은 쬐금, 아주 쬐금 들썩일 뿐 쪼개질 기미조차 보이지 않았다. 그러면서 처음보다 더 큰 고통이 찾아왔다.

하지만 소소자는 끝내 그 고통을 입으로 표현하지는 않았다. 식은 땀이 이마를 적시고 어금니 부딪치는 소리가 건넛마을까지 울릴지라도 최소한 비명 따위는 지르지 않았다. 그 모습이 안쓰러웠을까? 사도철광이 소소자를 밀어내고 그 자리를 차지했다.

"자네는 가서 침이나 던지게."

소소자는 차마 끝까지 하겠다고 우길 수가 없었다. 그러다 사도철광이 덜컥 '그럼 자네가 끝장을 보게' 라고 말을 해버리면… 아니, 틀림없이 그렇게 말할 사람이었다.

소소자는 '어디 사도 영감은 되나 봅시다!' 하는 심정으로 아픈 팔을 주무르며 철판을 노려보았다. 나인현에게 철판이 절대로 쪼개지지 않는 부적이라도 얻고 싶은 심정이었다. 그런 것이 있다면.

소소자의 강한 바람 속에 사도철광이 철판을 두드려 보더니 접점을 찾았는지 이내 팔을 들어 올렸다. 그리고.

"허업!"

호흡을 한꺼번에 뱉는 듯한 기합을 뱉어냈다. 그런데 그 순간 천인공노(天人共怒)할 일이 벌어져 버렸다. 있을 수도 없고 있어서도 안 되는 그런 일이!

사도철광이 내려치기도 전에 철판 한쪽의 한 치 정도가 쪼개진 것이다. 소소자가 그처럼 떨궈내려고 했던 바로 그 부분이었다. 소소자는 '그건 이미 내가 쪼개놓은 거야!' 하며 나서려고 했다. 하지만 이런 때만큼은 십 년 동안 감옥에 있다 탈옥하여 벌거벗은 여자를 본 죄수만큼이나 잽싼 사도철광이었다.

"역시 내가 고수긴 고수야. 누군 죽어라고 내려쳐도 안 되는 것을 단지 기합만으로 떨어뜨려 놓다니."

흡족한 표정으로 고개를 끄덕이는 사도철광을 보며 소소자는 그저 한숨만 내쉴 뿐이었다. 이런 상황에서 무슨 말을 하겠는가? 그저 자신의 복없음을 탓할 수밖에.

"자, 이제 이게 뭔지 알아봐야지?"

사도철광이 기세등등한 표정으로 일어설 때였다. 갑자기 후원으로 통하는 문이 왈칵 열리더니 초로의 노인이 뛰어들며 소리쳤다.

"알았어요! 알았어! 드디어 비밀을 찾아냈다구요!"

"대체 저 사람은……."

그의 의문에 대한 말이 끝나기도 전에 사도철광이 답을 주었다.

천의지를 찾아서…

제16장 천의지를 찾아서

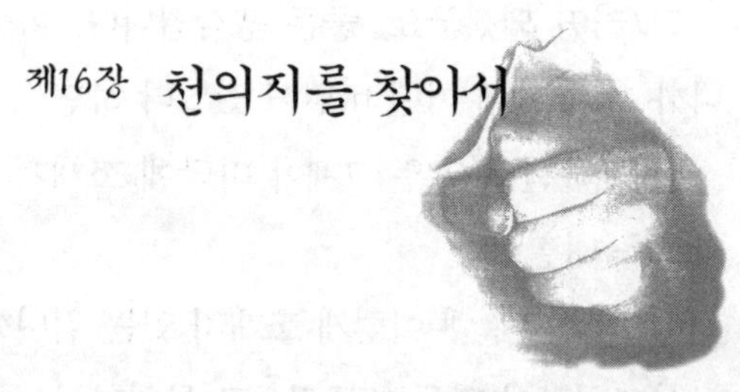

"내가 철판을 가지고 왔던 대장간의 주인이잖아."

주인은 후원에 들어서더니 멈출 사이도 없이 그들을 발견하고 곧장 사도철광에게 달려왔다.

"드디어 철판에 대한 비밀을 알아냈습니다!"

주인은 손에 든 낡은 책을 흔들며 말을 이었다.

"어제 창고를 정리하다가 조부님께서 조발성치매가 드시기 전에 쓰셨던 일기를 발견했습니다. 바로 여기에 적혀 있더군요."

주인은 손에 든 일기를 사도철광에게 내밀었다.

"한번 읽어보십시오. 비밀이 뭔지 아실 수 있을 것입니다."

사도철광은 일기와 주인을 번갈아 쳐다보며 머리를 긁적였다.

"그냥 자네가 이야기를 해주는 것이 빠르지 않겠나?"

주인은 아! 하는 표정을 지었다.

"그러면 되겠군요. 좋은 생각입니다. 아주 좋은 생각이에요. 그러니까 그 철판에 어떤 비밀이 있느냐 하면……."

말을 하던 주인은 그제야 바닥에 쪼개져 있는 철판을 발견하고 경악성을 내질렀다.

"으악! 이게 왜 이렇게 쪼개져 있는 겁니까?"

사도철광이 뜨끔한 표정으로 물었다.

"왜? 쪼개지면 안 되는 건가?"

주인은 한참 동안 철판과 사도철광을 번갈아 보더니 고개를 저었다.

"그거야 모르죠."

"몰라? 비밀을 알았다며?"

주인은 손에 든 일기장을 흔들었다.

"그거야 여기에 쓰여진 내용뿐이죠. 일기장에는 그 철판에 희대의 보검을 만들 수 있는 비밀이 숨겨져 있다는 것밖에 적혀 있지 않았습니다."

"달랑 그것뿐이야?"

"네."

사도철광과 주인의 대화에 소소자가 끼어들었다.

"그거면 족하죠."

두 사람이 무슨 뜻이냐는 얼굴로 소소자를 보았다. 그는 땅에 쪼개진 철판을 가리키며 말했다.

"검을 만드는 법은 이 철판에 새겨져 있으니까요."

주인은 철판에 쓰여진 글자를 보고 어리둥절한 표정을 지었다.

"이걸 어떻게 찾아냈소? 무려 육대를 고생해서도 찾아내지 못한 걸 말이오.”

“표면에 있던 철이 오랜 열에 녹아서 떨어진 것 같습니다.”

주인은 크게 고개를 끄덕였다.

“그렇군. 역시 인연이란… 인연이야.”

“감탄만 하지 말고 무슨 뜻인지 해독이나 해보시오. 무슨 말인지 통 모르겠더군요.”

소소자의 재촉에 주인은 글을 읽기 시작했다. 입을 달싹거리며 한참 동안 철판의 글을 읽어 내려가는 주인의 얼굴은 차츰 우거지상으로 변하더니 결국 체념 어린 표정으로 고개를 떨구었다.

“무명묵검은 결국 몽중검(夢中劍)이군.”

“몽중검이라니? 무슨 말이오?”

소소자의 물음에 주인은 탄식을 내뱉었다.

“이론상으로는 존재를 하지만 만들 수는 없다는 말이오.”

보다 못한 사도철광이 나섰다.

“자세히 말해 보게!”

“가운데 이 막대 같은 것은 세상의 철 중에서 가장 무거운 묵철(墨鐵)이라는 것입니다. 그리고 양쪽에 있는 것은 세상의 철 중에서 가장 가벼운 비철(飛鐵)이죠. 이 두 철과 수은(水銀)이 만나 무명묵검이 만들어지는 것입니다.”

소소자가 이해를 못하겠다는 듯 물었다.

“그런데 뭐가 문제요? 재료는 다 있잖소?”

“재료만 있으면 뭐 합니까? 만들 사람이 없는데.”

주인은 점점 이해할 수 없는 말만 하고 있었다.

“주인장께서 자신없으면 다른 대장장이에게…….”

소소자의 말이 끝나기도 전에 주인이 버럭 소리를 질렀다.

"무슨 얼토당토않는 소리요! 전 중원에서 나보다 솜씨 좋은 장인이 없다고는 말 못하겠지만 최소한 누구에게 뒤지지는 않소이다!"

앞뒤가 안 맞는 말이었지만 소소자는 따지는 대신 물었다.

"그러면 만들면 되잖소?"

벌겋게 상기되었던 주인의 얼굴이 순식간에 체념으로 바뀌었다.

"여러분들도 담금질을 어떻게 하는지는 알고 계시겠죠? 벌겋게 달구어진 쇠를 두드려서 모양을 만드는 건데, 이 묵철이라는 것이 워낙 단단하기 때문에 달궈진 상태에서도 쉽게 망치를 먹지 않소이다."

주인은 바닥의 철판을 가리키며 말을 이었다.

"저기 쓰여진 바로는 달궈진 상태에서 오백 근의 힘으로 꼬박 사흘을 두드려야 비로소 접을 수 있는 모양이 나온다는군요. 그런데 문제는 이 검 만드는 방식이 바다 건너 왜국의 것이라는 데 있습니다. 우리는 통철을 담금질해서 모양을 만드는 반면 왜국은 우리와 다르죠. 여러분도 왜국이 검을 어떻게 만드는지는 아시죠?"

주인은 손바닥 두 개를 나란히 붙였다가 그것을 포개며 말했다.

"담금질을 해서 철을 넓게 편 후 가운데를 정으로 두드려 이렇게 접죠. 그리고 또 두드려서 접고, 두드려서 접고, 그렇게 열두 번을 해야 비로소 검다운 검이 완성되는 겁니다. 물론 나중에 날을 세우고 다듬는 것은 빼고요. 또 이렇게 만들어진 검이 흔한 것은 아니죠. 뭐 어쨌든 그건 그렇고… 그런데 어디까지 말씀드렸죠?"

이미 한번 겪어본 사도철광이 대답했다.

"오백 근의 힘으로 사흘은 두드려야 접을 수 있는 모양이 나온다고까지."

"그래요, 그래. 그런데 어떤 사람이 오백 근의 힘을 낼 수 있으며 설혹 있다고 하더라도 열두 번 접을 때까지 담금질을 쉬지 않아야 하는데 그러자면……."

주인이 손가락을 세기 시작하자 소소자가 재빨리 말했다.

"삼십 일 하고 엿새요."

"네, 네. 그래요. 삼십육 일 동안 잠을 자지도 쉬지도 않고 담금질을 할 수 있겠소?"

소소자는 생각할 것도 없다는 듯 말했다.

"굳이 혼자 할 필요 없잖소? 교대로 돌아가면서 하면 될 것 아니오?"

주인은 고개를 저었다.

"저기 쓰여 있는 대로라면 일정한 힘으로 두드려야 한다고 되어 있소. 쇠가 단단해서 자칫 오해할 수도 있는데 사실은 매우 민감한 물건입니다. 같은 쇠로 만들어도 어떤 것은 명검(名劍)이 되고 어떤 것은 범검(凡劍)이 되는 이유가 뭐겠소? 얘기가 잠깐 딴 데로 샜는데… 내가 어디까지… 아! 그렇지. 그러니까 두 사람이 두드리면 절대 일정한 세기가 나오지 않는다는 것이오. 물론 한 사람이 두드려도 마찬가지겠지요. 잠시라면 모를까 무려 삼십육 일 동안 같은 힘으로 담금질을 한다는 것은 불가능하다고 봐야지요."

사도철광은 노인의 말에 수긍하는 빛을 보였지만 그래도 아까운 듯 철판을 보다가 소소자에게 물었다.

"자네 할 수 있겠나?"

잠시 생각하던 소소자가 되물었다.

"사도 영감은 어떻소?"

둘 중 누군가가 할 수 있다고 했다면 얼씨구나 하고 시켰겠지만 둘 모두 침묵으로 대답을 피했기에 결국 아무도 무거운 짐을 지지 않았다. 그런데 갑자기 짐을 지겠다고 나선 사람이 있었다.

"내가 하지."

그들은 소리나는 쪽으로 고개를 돌렸다. 먼저 눈에 들어온 사람은 여인이었다. 하지만 여인 또한 뒤를 돌아보았고 결국 시선 끝에 걸린 사람은 주적자였다.

"주적자!"

"주 아우!"

소소자와 사도철광은 동시에 주적자를 부르며 달려갔다. 아직 몸이 완전히 회복되지 않았는지 초췌한 빛이 얼굴에 남아 있었지만 죽은 듯이 있을 때보다는 훨씬 나았다.

"오래 누워 있을 줄 알았는데 벌써 일어났군."

사도철광의 물음에 주적자가 귀를 후벼파며 말했다.

"시끄러워서 잠을 잘 수가 없더군요."

주적자는 멀뚱하게 서 있는 주인에게 시선을 던졌다.

"그 무명묵검이라는 것, 정말 명검입니까?"

"물론이지! 우리 가문에 무려 육대째 내려오는 가보의 비전(秘傳)인데!"

주인은 뭔가 꺼림직한 듯 작은 목소리로 말을 이었다.

"물론 한 번도 나타나지 않은 물건이라 장담은 못하지만……."

"어쨌든 좋습니다. 만들어보기로 하죠."

"할 수 있겠냐? 말을 들어보니 끔찍한 일이 될 것 같던데."

"내게 가장 끔찍한 일은 흡혈야황을 잡지 못하고 죽는 거야."

주적자는 소소자의 어깨를 두드리며 말했다.

"용케 날 살렸구나."

"실망시켜서 미안하지만 널 살린 사람은 내가 아니다."

"그럼?"

소소자는 여인을 보았고 그 시선을 따라 주적자의 눈길도 돌아갔다.

"저 여인이?"

여인은 마치 신기한 동물을 보듯 주적자를 빤히 쳐다보고 있었다.

"그래. 누군지는 나도 모른다. 네 생명의 은인이니 네가 알아봐."

주적자는 여인에게로 다가갔다. 그가 가까이 다가올 동안 여인은 미동조차 하지 않았다. 얼굴에 옅게 드리워졌던 미소가 조금 짙어졌을 뿐.

"성함이?"

주적자가 이름을 묻자 여인은 눈동자를 위로 올리고 양쪽 입술 끝을 아래로 처지게 한 후 손등으로 턱을 괴었다. 생각하는 사람의 전형적인 모습이었다. 그렇게 한참을 고민하던 여인이 불쑥 물었다.

"글쎄, 뭐가 좋을까?"

중인들은 잠시 할 말을 잃었다. 이럴 때 가장 반응이 빠른 사람은 역시 소소자였다.

"이보시오. 이름은 부모님이나 다른 누군가 지어주는 것이지 아무나 골라먹는 당과(糖菓)가 아니오이다."

여인은 손가락을 튕기며 반색을 했다.

"그래, 당과! 그거 좋군. 내 이름은 당과로 하지. 성은 당이요 이름은 과. 괜찮아."

그녀는 흡족한 표정을 지었다. 황당한 얼굴로 여인을 보던 소소자가 중얼거렸다.

"정말 당황스럽군."

입가에 쓴웃음을 문 주적자가 여인에게 말했다.

"이 빚은 기회가 닿으면 갚겠소."

천성적으로 감사하다는 말을 아끼는 주적자다웠다. 막 몸을 돌리려는 주적자에게 여인이 야릇한 미소를 지으며 속삭였다.

"그 말 기억해 둬."

소소자와 사도철광은 꼬박 하루를 늘어지게 자고도 아직 부족한 듯 통통 부은 눈을 비비며 억지로 일어났다. 미진한 잠의 찌꺼기를 세수로 떼어낸 소소자는 후원으로 나왔다. 잔뜩 기지개를 켜는 그의 눈에 뭔가 심각한 대화를 나누는 주적자와 나인현이 보였다.

'뭔가 중요한 얘기인가 보군' 하고 돌아서려던 그는 다시 한 번 나인현을 보았다. 그녀의 입이 달싹이고 주적자의 고개가 끄덕인다는 것은 곧 나인현이 주적자가 알아듣게끔 말을 한다는 걸 뜻했다. 이런 신기한 일을 보고 그냥 지나칠 소소자가 아니었다.

"나 소저가 뭘 잘못 먹었나?"

중얼거리며 다가가던 소소자는 자리에 우뚝 섰다. 지금까지 경험으로 보아 나인현이 타인에게 알아들을 수 있는 말을 한 경우는 딱 한 번밖에 없었다.

바로 술에 취했을 때!

머뭇거리던 소소자는 코를 킁킁거렸다. 거리가 떨어져 있어서 그런지 술 냄새는 나지 않았다. 하긴 극히 미량만 먹어도 취하는 나인현이니 가까운 거리에서도 술 냄새를 맡기는 힘들 것이다. 소소자는 가까이 가야 할지 말아야 할지 고민스러웠다. 또 한 번 개 소리를 내며 고을을 도는 끔찍한 경험을 하고 싶지는 않았다.

머뭇거리고 있는 사이 주적자가 그를 발견하고 손짓을 했다.

"와봐! 할 얘기가 있으니까!"

소소자는 뒤로 한 발 물러서며 말했다.

"그냥 거기서 하면 안 되냐?"

"왜 그래? 장난치지 말고 빨리 와! 중요한 얘기니까!"

주적자의 재촉에도 불구하고 그는 선뜻 걸음을 내디딜 수가 없었다. 그때 그를 대신할 제물이 나타났다.

"여기서 뭐 하나?"

세수도 하지 않은 채 눈곱을 떼며 나오는 사도철광이었다. 소소자는 잽싸게 엉덩이를 붙잡고 똥마려운 자세를 취했다.

"사도 영감, 주적자가 무슨 할 말이 있는 모양인데 나 대신 좀 들어주구려. 난 급한 볼일이 있어서……."

그는 사도철광의 대답도 듣지 않고 건물로 잰걸음을 옮겼다. 순진한(?) 사도철광은 아무 의심도 없이 주적자에게로 다가갔다. 사도철광이 큰 하품과 함께 쭈그려 앉자 주적자와 나인현도 같은 자세를 취했다. 셋은 머리를 맞대고 뭔가를 얘기하기 시작했다. 얘기는 주로 주적자가 하고 이제껏 잘 얘기를 하던 나인현은 입을 다문 모습이었다.

"아무래도 술에 취한 것은 아닌 모양이군."

문 사이로 고개를 내민 채 보고 있던 소소자는 그제야 안심하고 그들에게 다가갔다.

"볼일도 빨리 봤군."

사도철광의 말에 소소자는 배를 두드렸다.

"젊은 사람은 장이 튼튼한 법이지요."

"장이 튼튼한 사람은 똥도 굵나 보지? 그냥 한꺼번에 쫙악 뽑아낼 정도로."

소소자는 주적자와 사도철광 사이에 끼어 앉으며 핀잔을 줬다.

"하여간 나이 드신 양반이 지저분한 얘기는 골라서 한다니까."

그는 사도철광의 반격이 오기 전에 얼른 말머리를 주적자에게 돌렸다.

"할 얘기가 뭐냐?"

주적자는 손에 쥐고 있던 지도를 바닥에 폈다.

"여기가 어디쯤인지 알 수 있겠냐?"

"어디 보자……."

소소자는 지도를 한참 동안 쳐다보았다. 지명이 열두 개 적혀 있기는 했지만 전혀 들어본 적이 없는 곳이었다.

"만든 지 어지간히 오래된 것 같은데? 지명이 처음인 것을 보면 이 지도를 만든 후 이름이 바뀌었을 가능성이 높군. 아니면 나도 모르는 오지(奧地)이거나. 지명을 알 수 없으니 이 지도만 가지고는 알기 힘들겠어."

주적자는 지도의 중앙에 있는 산 주변의 세 곳을 차례로 가리켰다.

"이걸 잘 봐. 산 주위를 둘러싸고 호수가 세 개 있잖아. 그것도 완벽한 삼각을 이루어서 말이야. 거기다……."

주적자는 그중 두 개를 검지와 중지로 짚었다.

"이 두 개는 온천(溫泉)이야. 이래도 짐작 가는 곳이 없냐?"

"대체 어디를……?"

소소자의 뇌리에 무언가 번쩍 떠올랐다.

"사천(四川)의 우화산(宇火山)!"

주적자의 입가에 긍정을 뜻하는 미소가 번졌다.

"너와 내 생각이 일치하니 틀림없겠지."

"그런데 이 지도는 대체 뭐지? 보물이라도 묻혀 있는 곳이냐?"

"보물이라면 보물일 수도 있지."

주적자는 나인현을 일별하고 말했다.

"나 소저 사문인 암명문의 정화가 담긴 천의지가 바로 여기 우화산에 있다는군."

"그럼 지금 가진 것보다 더 강한 술법이 천의지 안에 담겨 있다는 뜻인가?"

주적자는 어깨를 으쓱했다.

"글쎄, 그거야 확인해 보기 전에는 장담할 수 없지만 그럴 가능성이 크다고 봐야지. 만약 그 힘만 얻을 수 있다면 흡혈야황을 상대하는 데 큰 도움이 될 거야."

소소자는 고개를 끄덕였다.

"그럼 가서 확인을 해봐야겠군. 일단 그 무명묵검을 만드는 일이 급하니 검을 완성한 후 출발하자구."

"아니야. 우리에겐 낭비할 시간이 없어."

"낭비라니?"

"검을 만드는 것은 나와 대장간의 주인이면 족해. 나머지 사람은 내가 검 만들 동안 특별히 할 일도 없잖아."

"그럼 우리만 가라는 거야?"

"일단 먼저 출발해. 사천의 우화산이면 나 소저를 대동할 경우 족히 달포는 걸릴 거야. 나 혼자 가면 이십 일이면 충분하고. 서두르면 더 빨리 갈 수도 있겠지."

소소자가 수긍하는 표정을 지었다.

"그럼 네가 올 동안 천의지의 비밀을 풀고 암명문의 정화를 얻으란 소리군."

"그래. 어쩌면 내가 못 갈지도 몰라. 담금질만 하는 데 삼십육 일이 걸릴 뿐더러 다듬고 날을 세우는 데 얼마나 걸릴지 알 수 없으니까. 천의지까지 갔다가 오는 시간만큼 걸릴지도……."

잠자코 있던 사도철광이 입을 열었다.

"일이 매끄럽게 풀렸을 경우 그렇지만 천의지가 상당히 위험하다고 했으니 그에 따른 변수가 있지 않을까?"

"그렇긴 하지만 사도 선배와 소소자가 힘을 합하면 별문제는 없을 거라고 봅니다."

사도철광은 소소자를 힐끔 보고 중얼거렸다.

"힘을 합할 수 있으면 그렇지……."

"사도 영감! 지금 나 때문에 무슨 일을 못한다는 소리요?"

"아니, 뭐 딱히 그렇다기보다는… 그럴 수도 있다 그거지."

"흥! 사도 영감만 잘하면 모두 잘 풀릴 테니 주책이나 떨지 마시오."

주적자가 그들의 말다툼을 끊었다.

"그럼 결론이 났으니 빨리 움직이죠. 내일 출발하려면 지금부터 서둘러야 할 겁니다."

일어서는 주적자를 소소자가 불렀다.

"이봐, 그리고 보니 호 소저도 우리와 같이 가야 해. 꾸준히 눈 치료를 해야 하거든."

"위험한 길인데 괜찮을까?"

"제길! 설마 흡혈야황을 잡으러 가는 길보다 위험하겠어?"

"그렇긴 하군."

"한 사람 더 있잖아?"

사도철광의 말에 둘은 의아한 표정을 지었다. 사도철광은 턱짓으로 객잔 건물의 출입구를 가리켰다. 그들의 시선이 멈춘 곳에는 자신의 이름을 당과라고 지어버린 여인이 팔짱을 낀 채 그들을 보고 있었다. 정체를 알 수 없는 여인 당과는 그들의 시선을 받자 기다렸다는 듯 다가왔다.

"무슨 역적모의를 하고 있는 거야?"

"역적모의는 무슨……."

왠지 사람을 주눅 들게 하는 당과였다.

"어딜 간다고?"

그녀의 물음에 사도철광이 대꾸했다.

"주 아우를 뺀 나머지 사람은 먼 길을 가게 됐소이다. 당 소저는 어떻게 하실 생각이오?"

당과는 고민하는 얼굴을 하더니 말했다.

"여기에 남아 있으면 지루할지 모르지만, 영감이나 땅꼬마와 먼 길을 가는 것보다 낫겠지."

"영감?"

"따… 땅꼬마?"

사도철광과 소소자는 망연자실해서 서로의 얼굴을 쳐다보았다. 소소자야 이미 한 번 들어서 충격이 덜했지만 새파랗게 젊은 여자에게 영감이란 소리를 들은 사도철광은 충격이 상당한 듯 보였다. 물론 나인현에게는 더한 일도 당했었지만 그때는 취중이라는 변명거리라도 있었다.

협객 체면에 여인과 다툴 수는 없다고 생각했는지 사도철광이 최대한 억눌린 음성으로 말했다.

"당 소저, 사람과 사람 사이에는 예의라는 것이 있어야 하는 법이오. 만약 그것이 지켜지지 않는다면 괜한 분란이 일어나고……."

당과가 들을 가치도 없다는 듯 주적자에게 말을 돌렸다.

"검은 언제부터 만들 거야?"

"내일."

사도철광이 마음을 가다듬고 거듭 타일렀다.

"이보시오, 당 소저. 고금이래 장유유서(長幼有序)는 사람이 살아가며 지켜야 할……."

다시 소소자에게 향하는 당과의 말.

"정말 만들 자신이 있는 거야?"

다시 한 번 자신의 말이 씹히자 사도철광의 얼굴이 붉어지며 팔을 부들부들 떨었다. 그런 사도철광은 소소자가 잡아끌었다.

"그만 하고 떠날 준비나 합시다. 열 받으면 괜히 노구(老軀)나 상하지."

사도철광이 거칠게 소소자의 손을 뿌리쳤다.

"놓게! 저 어린 계지… 여인에게 기필코 존댓말을 받아내고 말 테니!"

"사도 영감, 왜 그렇게 사소한 것에 목숨을 걸고 그러시오? 대범하게 허허 하고 넘어가면 그만이지. 자꾸 그러면 남자가 쪼잔하다는 소리 들어요."

　싸우는 시어미보다 말리는 시누이가 더 밉다고 했던가? 사도철광은 소소자와 여인을 번갈아 쏘아보다 숨을 몇 번 크게 들이쉬더니 긴 한숨을 뿜어냈다.

　"그래, 내가 참자. 공자님께서도 말씀하시길, 여인네하고 소인배와는 다투지 말라고 했지 않더냐."

　돌아서는 사도철광의 귀로 여인의 말이 송곳처럼 파고들었다.

　"그런데 저 영감과 땅꼬마가 가는 곳이 정확히 어디야?"

　소소자는 주먹을 불끈 쥐었고 사도철광은 큰 몸짓으로 휙! 돌아섰다.

　"정말 참을 수가 없군!"

　사도철광은 당과에게 성큼성큼 다가갔다. 하지만 그녀 앞에 다가간 사도철광은 전신을 부르르 떨 뿐 어떤 행동을 하지는 못했다. 사도철광 대신 소소자가 나섰다.

　"어린 계집이 정말 너무하는군."

　당과의 아미가 위로 솟구쳤다.

　"어린 계집?"

　"그렇게 불렀다고 기분 나쁜 모양인데. 수염난 사내로서 여인네와 말다툼하고 싶지는 않지만……."

　"입이 아니라 몸으로 싸우면 되겠군."

　말이 끝나기도 전에 그녀의 우수가 허공을 갈랐다. 소소자는 당과의 손을 피해 황급히 뒤로 물러났다.

　샤악—!

　옷자락 스치는 듯한 소리와 함께 소소자의 뺨에 붉은 선이 그어졌

다. 당과의 손톱이 스쳐 간 자리에서 금세 세 줄기의 피가 배어 나왔
다. 손을 가져가 피를 확인한 소소자의 얼굴이 딱딱하게 굳었다.

"여인이 아니라 여고수와의 싸움은 할 만하지."

당과의 입가에 웃음이 번졌다.

"그래. 덤벼보라구."

소소자는 왼손을 길게 앞으로 내밀고 오른손을 가슴 앞에 놓았다.

"파운신권(破雲神拳)으로 시작하지."

소소자는 예의상 초식을 말해 주고 공격을 시작했다. 배를 공격한
주먹이 당과의 팔에 막히자 빙글 돈 소소자가 다시 옆구리를 공격했
다. '흥!' 하는 코웃음과 함께 당과는 소소자의 팔을 잡더니 그대로
밀쳐 버렸다. 소소자는 꼴사납게 땅바닥을 구른 후 벌떡 일어섰다. 수
치로 얼굴이 벌겋게 물들었다. 비록 권법이 장기가 아니라고는 하지
만 무공을 익힐 때 기본으로 배우는 것이 권이었고, 권법의 고수보다
는 못하더라도 나름대로 상당한 경지에 이르렀다고 자신했었다.

그런데 장난처럼 밀치는 당과의 손짓에 나가떨어졌으니 수치스러
울 수밖에 없었다.

"공격이 싱거운 것을 보니 네 특기는 권법이 아닌 것 같은데? 무기
가 있으면 빨리 꺼내봐."

당과가 재밌다는 듯 빙글거리며 말했다. 그래도 안면이 있는, 그것
도 주적자를 구해준 여인을 향해 살상 무기를 쓸 수는 없는지라 소소
자는 굳은 자세로 망설이고만 있었다. 적수공권으로 덤벼봤자 상대가
안 될 것은 명약관화하니 난감한 일이었다.

'제길! 괜한 일을 벌여놨군.'

차라리 목숨을 걸고 싸우는 것이 위험하더라도 훨씬 나을 것 같았

다. 난처한 입장에 처한 소소자의 앞을 사도철광이 가로막았다.

"이 일은 내가 시작한 일인데 왜 자네가 나서고 난리야?"

핀잔을 주는 것 같지만 소소자의 짐을 대신 지려는 행동이었다. 소소자는 잠시 머뭇거리다 못 이기는 체하고 뒤로 물러섰다. 당과를 상대하는 일은 그보다 사도철광이 훨씬 나을 것이다.

"둘 다 덤벼도 괜찮아. 그게 좀 더 재미있을 것 같은데?"

사도철광은 굳은 얼굴을 하고 양팔을 내려뜨렸다.

"먼저 공격해라."

"흥! 불알 달린 것들이 개똥 같은 자존심은 있어서."

당과는 냉소를 날린 후 사도철광과의 거리를 빠르게 좁혔다. 아무렇게나 휘두르는 것 같은 당과의 공격은 눈에 보이지 않을 만큼 빨랐다. 이미 대비를 하고 있던 사도철광조차 가까스로 막아낼 정도였다.

얼굴과 어깨, 가슴을 공격하던 당과의 수도가 급격히 꺾이더니 사도철광의 정수리로 떨어졌다. 황급히 팔을 들어 막는 사도철광의 손톱과 당과의 팔뚝 어름이 부딪쳤다. 그 충격 때문에 그녀의 옷소매가 꽃가루처럼 사방으로 흩어졌다.

의식적으로 피부와 손톱이 닿지 않게 신경을 쓰던 사도철광이었지만 워낙 다급한 상황이었기에 어쩔 수 없었다. 강철 같은 손톱과 부딪친 당과의 피부가 성할 리 없었기에 사도철광이 황급히 물었다.

"괜찮… 욱!"

염려스런 말은 짧은 비명으로 끝이 났다. 당과가 가슴을 발로 걷어찬 것이다.

"제길! 같잖은 것들을 상대로 옷만 버렸군."

당과는 너덜너덜해진 옷소매를 당겨 찢어내 버렸다. 팔소매가 모두 떨어져 어깨가 훤히 드러났다. 사도철광의 염려와는 달리 그녀의 팔뚝에는 붉은 선 하나 그어져 있지 않았다. 양쪽 어깨를 번갈아 쳐다보더니 다른쪽 소매마저 찢어냈다.

"역시 뭐든 균형이 맞아야 한다니까."

그녀의 눈길이 다시 사도철광에게 향했다.

"자, 그럼 다시 시작해 볼까?"

당과가 막 몸을 날리려 할 때 주적자의 낮은 외침이 들렸다.

"그만!"

그녀는 나가려던 것을 멈추고 주적자를 향해 돌아섰다.

"뭐야? 이번에 네가 나와 싸울 거냐?"

"됐어. 무용(武勇)을 뽐내고 싶었다면 그것으로 충분해."

당과의 눈빛이 심상치 않게 번들거렸다.

"나와 싸울 거냐고 물었잖아?"

"미친 암말에게는 채찍질이 최고지."

"미친 암말?"

되묻는 그녀의 옅은 붉은색 머리칼이 점점 짙게 변해갔다. 보통 사람들은 화가 나면 얼굴이 붉어지는데 당과는 머리칼이 빨갛게 변해가고 있는 것이다.

"감히 내게 그 따위 말을… 네 목숨을 구해주었는데 나와 싸우겠다는 말이지?"

"공치사를 하고 싶다면 그렇게 해. 하지만 사리 분별 못하고 함부로 날뛰는 것은 못 봐."

한참 동안 주적자를 노려보던 당과가 갑자기 날카로운 웃음을 터뜨렸다.

"호호호… 호호호호……!"

웃음소리와 함께 그녀의 머리칼이 하늘로 솟구치기 시작했다. 마치 활활 타오르는 모닥불을 보는 듯했다. 한 오라기도 남김없이 모든 머리칼이 솟구쳤을 때 그녀의 웃음소리가 멎었다.

"좋아. 내가 살린 목숨 내가 거둬주지."

당과는 붉은 바람이었다. 소소자뿐 아니라 누구도 그처럼 빠르게 움직이는 사람을 본 적이 없을 것이다. 적풍(赤風)은 순식간에 주적자와의 사이를 없애 버렸다. 그리고 들려온 소리.

턱!

그 짧고 둔탁한 소리가 세상의 모든 움직임을 멎게 한 것 같았다. 격렬한 움직임과 갑작스런 정지!

주적자와 당과는 서로 몸을 밀착시킨 채 움직이지 않았다. 당과의 양 수도가 주적자의 팔에 막혀 어깨 어름에 멈춰 있었다. 번들거리는 그녀의 눈가에 이채가 떠었다.

"놀랍군. 이것을 막다니."

"나도 역시 놀랍군. 이만한 일로 사람을 죽이려 하다니."

"내 맘이지. 그럼 다시 시작해 볼까?"

말이 끝나기도 전에 그녀가 움직였다. 당과의 모습은 그대로 하나의 불꽃이었다. 그녀는 제자리에서 한 발짝도 이동하지 않은 채 돌고 치고 차고 당기는 동작을 쉬지 않고 이어갔다. 자리를 옮기지 않는 것은 주적자도 마찬가지였다. 눈에 보이지 않을 정도로 빠른 당과의 공격을 한 번도 허용하지 않고 받아내는 모습은 어떠한 바람에도 꺾이지 않는 노송을 보는 듯했다.

둘의 싸움은 어느덧 이각을 넘어서고 있었다. 이처럼 서로의 호흡을 느낄 정도로 가까운 근접박투(近接搏鬪)는 병장기를 맞대고 싸우는 것보다 훨씬 위험하고 체력 소모도 심했다. 그것을 너무도 잘 알고 있는 소소자였기에 사도철광에게 넌지시 말했다.

"말려야 되지 않겠소?"

사도철광은 싸움에서 눈을 떼지 않고 대답했다.

"방법이 있나?"

소소자는 생각할 것도 없이 고개를 저었다. 바닥에 있는 흙이 말려 올라가 회오리를 만들 정도로 격렬한 싸움에 뛰어들 만큼 멍청하지는 않았다.

"그나저나 저 여인의 정체가 궁금하군. 지금 펼치고 있는 무공이 어떤 것인지 종잡을 수가 없어."

"뭐가 보이기는 보여요? 내 눈에는 뵈는 게 없는데."

"쩝! 나도 사실 동작을 자세히 볼 수는 없지. 제길, 저게 어디 사람의 움직임인가? 귀신도 저만큼은 못 움직이겠구만."

"그런 공격을 막고 있는 주적자도 대단하죠. 저렇게 보니 빨간 귀신과 파란 귀신이 싸우는 것 같군요."

사도철광이 걱정스런 음성을 뱉어냈다.

"빨리 말릴 방법을 생각해 내야겠어. 저대로 싸우다가는 둘 중 하나는 큰일 날 거야."

"둘 다 무사하지 못할지도 모르죠."

하지만 마음과는 달리 그들이 할 수 있는 일은 아무것도 없었다. 섣불리 말리려고 들다가는 말리는 사람뿐 아니라 싸우고 있는 주적자와 당과마저 큰 화를 당할 수 있기 때문이다.

한참 동안 고민을 하던 소소자가 어쩔 수 없다는 얼굴로 말했다.

"방법은 한 가지뿐이군요."

"방법이 있긴 있나?"

소소자는 한쪽에서 걱정스런 얼굴로 싸움을 보고 있는 나인현에게 시선을 던졌다.

"나 소저에게 부탁해서 사무를 불러내 싸움을 말립시다."

"사무를 저 싸움 속에 뛰어들게 하잔 말인가?"

"직접적으로 간섭을 하자는 것은 아니고 옆에서 바람만 잡는 거죠. 주위를 흐트러뜨리는 효과는 가져올 수 있을 겁니다."

"안전한 방법은 아니군. 잘못하다가는 한쪽이 크게 다치거나 최악의 경우에는……."

말을 흐리는 사도철광의 다음 말을 소소자가 받았다.

"죽을 수도 있죠. 하지만 현재로써는 방법이 없어요. 저 상태로 뒀다가는 어쩌면 둘 다 구할 수 없을지도 모릅니다."

"주 아우에게 큰일이 생기지 않기를 바란다면… 내 이기심일까?"

소소자가 쓴웃음을 지었다.

"우리의 이기심이겠죠."

말을 마친 그가 막 나인현에게 발길을 돌릴 때였다.

퍽! 쫘악!

둔탁한 소리와 날카로운 타격음이 동시에 울렸다. 소소자는 황급히 시선을 돌려 그곳을 보았다.

뒤로 팅겨져 나가는 주적자와 비틀비틀 물러서는 당과가 한눈에 보였다. 척 봐도 양패구상이라는 것을 알 수 있었다. 가슴을 쥐고 있는 주적자의 얼굴은 핏기 한 점 없이 창백했다. 반면 백지장처럼 하얗던 당과의 왼쪽 뺨은 잘 익은 사과처럼 빨갛게 변해 있었다. 하지만 그것도 잠시 그녀의 얼굴은 놀랍도록 빠르게 제 색깔을 찾아갔다.

믿기지 않았지만 이번 격돌에서는 주적자가 손해를 본 것이 명백해졌다. 넋을 잃고 그 광경을 지켜보던 소소자는 정신을 차리고 황급히 몸을 날려 두 사람 사이를 가로막았다. 주적자와 당과는 거의 이 장이나 떨어져 있었지만, 왠지 아직도 서로에게 콧김을 뿜으며 달라붙어 있는 것처럼 느껴졌다.

"그만! 이제 됐어! 날 땅꼬마라고 불러도 좋고, 사도 영감에게 미친놈의 영감탱이라고 불러도 좋으니 이제 싸움은 그만 하라구!"

지켜보던 사도철광이 투덜거렸다.

"이봐, 말 함부로 지어내지 마. 최소한 미친놈의 영감탱이라고 하지는 않았어."

"알았어요, 알았어! 영감탱이."

"탱이 자도 빼!"

"저놈의 영감탱이가! 지금 그게 중요하오?"

"그래도 지킬 건 지켜야지."

소소자는 못마땅한 시선으로 사도철광을 흘겨보다 이내 당과에게 시선을 옮겼다. 고슴도치 털처럼 하늘을 향해 뻗쳐 있던 그녀의 머리칼은 어느새 다소곳이 어깨 위를 덮고 있었다. 뺨을 맞아 정신을 차렸는지 번들거리던 눈도 제 색깔을 찾았고 화도 풀린 것처럼 보였다.

"하마터면 커다란 유희거리를 일찍 죽여 버릴 뻔했군. 다행이야."

말끝으로 배어 문 미소에서 등골을 서늘하게 만드는 섬뜩함이 느껴졌다. 뭐 어쨌든 이 정도에서 싸움이 끝난 것이 천만다행이었다. 소소자는 당과를 뒤로하고 주적자에게 다가갔다.

"괜찮냐?"

주적자는 손을 들어 무사함을 표시했지만 안색은 여전히 창백했다. 아무래도 떠나기 전에 약을 지어주고 가야 할 모양이다.

사도철광과 소소자, 호미령, 나인현 일행은 다음날 아침 일찍 길을 떠났다. 당과와는 여전히 사이가 안 좋아 배웅도 인사도 없이 그렇게 헤어졌다.

"너무 무리하지 말아라. 너무 힘들면 그만둬. 명검이 네 몸보다 강한 무기가 될 수는 없으니까."

헤어지면서 한 소소자의 당부였다. 하지만 주적자는 포기할 생각이 없었다. 강찬충과의 싸움에서 절실하게 느낀 게 있다면, 이 상태로는 절대 흡혈야황을 이길 수 없다는 것이다. 과거에는 상대도 되지 않았던 강찬충이 흡혈야황을 만나 능력을 향상시켰다는 이유만으로 그와 대등하게 아니, 사실은 강하게 변했다는 사실은 충격 그 자체였다.

강찬충이 그만큼 강해졌는데 흡혈야황의 능력이란… 상상할 수가 없었다. 그래서 주적자는 지금보다 훨씬 강해져야 했다. 육체적인 강함도 중요하겠지만, 부러지지 않는 검은 자신의 팔만큼이나 중요했다. 그래서 그는 무명묵검에 목숨을 걸려 하고 있었다.

절대 포기는 없다! 설사 피를 토하고 쓰러지는 한이 있어도!

그것이 주적자의 결심이었다.

주적자와 소소자 일행이 갈라지면서 가장 걸리는 문제가 서로의 연락 방법이었다. 소소자 일행이 천의지에 들렀다 오는 동안 주적자는 이곳에서 무명묵검을 만들며 기다리기로 이미 결정을 내려놓은 상태였다. 나인현이 가리키는 부적에 따르면 흡혈야황의 거처가 이곳에서 그리 멀지 않기 때문에 군이 주적자가 천의지까지 갈 필요는 없었다.

하지만 아무리 소소자와 사도철광이 같이 간다고는 하지만 위험한 길이니 만일의 경우도 생각해야 했다.

그래서 찾아낸 방법이 전서구였다. 마침 이 고을에 전서구를 취급하는 곳이 있어서 소소자가 그것을 소지하고 급한 일이 있을 때 연락하는 방법을 택했다.

소소자 일행을 배웅한 주적자는 하루를 더 쉬고 작업을 시작하기로 했다. 충분한 준비가 성공으로 가는 가장 빠른 길이라는 것을 주적자는 경험으로 알고 있었다. 소소자가 지어주고 간 약을 먹고 운기조식을 하며 주적자는 낮 동안 충분한 휴식을 취했다. 해가 뉘엿뉘엿 질 때 즈음 약 두 시진 가량 대장간 주인에게 망치 쓰는 법을 배웠다.

이미 검법으로 숙달되었기 때문에 그리 어려운 일은 아니었다. 자신의 이름을 마달평(馬達평)이라고 밝힌 주인은 주적자가 배우는 속도에 혀를 내두르기는 했지만……

달이 머리 꼭대기에 이를 때쯤 주적자는 달빛을 밟으며 강가로 나갔다. 일생에 몇 번 꼽히지 않을 정도로 드물게 그의 머리 속에는 거의 아무 생각도 들어 있지 않았다. 그렇게 도착한 곳이 강찬충과 싸웠던 그 고건물이었다.

아직도 그들이 싸웠던 흔적이 고스란히 남아 있는 그곳을 보며 주적자는 쓴웃음을 지었다. 어쩌면 그때 그가 살아남은 것은 기적에 가까운 일이었는지 모른다. 만약 벽돌이 널려 있지 않은 다른 곳이었다면 결과는 달라졌을 것이다. 강찬충이 주적자의 무덤으로 만들기 위해 고른 자리가 오히려 자신의 무덤이 돼버린 꼴이었다.

바람에 풀려 흩날리는 머리칼이 뺨을 간질였다. 그는 머리를 쓸어 넘기며 강을 향해 섰다. 그때처럼 밤의 색에 물든 강은 달빛마저 삼킨 채 멈춘 듯 흐르고 있었다. 손을 담그면 그대로 먹물이 묻어 나올 것 같았다. 귓가를 스치는 갈대의 노래 속으로 목소리 하나가 파고들었다.

"외로움에 몸부림치는 남자의 등처럼 보이는데."

굳이 몸을 돌려보지 않아도 당과라는 것을 알 수 있었다.

"용케 내가 있는 것을 알고 찾아왔군."

그녀가 어깨를 나란히 하며 말했다.

"내 코는 예민하거든."

주적자는 대꾸하지 않았다. 그렇게 단절된 그들의 침묵은 그 후로도 오랫동안 이어졌다. 굳이 말을 하지 않아도 불편함을 느끼지 못하는 것은 주적자만이 아닌 모양이다. 그렇게 그들은 한 곳을 향해 시선을 주고 있었다.

폭이 칠 장 정도 되는 강 한가운데 우뚝 솟은 바위가 신기한 무엇이나 되는 것처럼 그들은 뚫어져라 그것만 쳐다보는 중이었다. 바람 한 자락이 당과의 머리칼을 주적자의 뺨으로 옮겨놓았다. 그 특유의 냄새조차 풍기지 않는, 그러면서 누에가 토해내는 실보다 부드러운 머리칼.

주적자는 뺨에 부딪친 머리칼을 걷어내기 위해 손을 들었고 그것은 공교롭게 같은 행위를 위해 움직인 그녀의 손과 부딪쳤다. 단지 그것뿐이었다. 그런데 그 순간 주적자는 손을 멈춰야 했다. 절대 자의는 아니었다. 원래 떨어지지 말아야 할 것들이 잠시 떨어졌다 만난 것처럼 둘의 손은 손등을 맞댄 채 움직이지 않았다. 그것은 본능이라고밖에 표현할 수 없었다.

주적자는 자신의 손과 겹친 당과의 손을 따라 시선을 옮겼다. 처음

보았을 때보다 더 붉은색으로 나풀거리는 옷소매를 따라 어깨를 거쳐 가늘고 긴 목의 끝에 놓여 있는 탈색되어 버린 얼굴. 그곳의 중앙을 나눠 약간 위쪽으로 치우친 곳에 자리한 두 개의 검은 진주가 그의 시선을 붙잡았다.

가슴속에서 뭔가가 폭발한 것처럼 뜨겁게 달아올랐다. 강찬충에게 목을 졸렸을 때처럼 숨이 막히고 자신의 의지와는 상관없이 몸은 당과를 향해 기울었다.

'뭐 하는 거냐? 당장 떨어져!'

이성의 외침은 무기력하기만 했다. 두 개의 묵빛 눈은 벗어날 수 없는 회오리가 되어 그를 빨아들이고 있었다. 당과의 얼굴이 점점 크게 들어오고 그녀가 내뿜는 하얀 입김이 그의 입술에 닿았다. 너무 힘을 준 나머지 목 뒤쪽에 뻑뻑한 느낌마저 들었다.

'괜찮아. 별것도 아니야. 그냥 여자일 뿐이야. 네가 기방에서 돈을 주고 산 여자와 다를 것이 없어.'

내면에서 울리는 달콤한 속삭임이 그의 마음을 조금은 편안하게 해 주었다. 주적자의 시선은 끝도 없이 깊은 검은 눈동자에게서 붉은빛이 옅어져서 연분홍빛을 내는 그녀의 입술로 옮겨졌다. 입술을 세로로 지나는 가는 주름까지 이상할 정도로 확실하게 보였다. 끝이 약간 치켜 올라가는 그 모습까지……

주적자의 머리 속 어디에선가 불꽃이 튀었다. 입술의 작은 움직임에도 그의 뇌는 커다랗게 반응했다. 저게 무슨 뜻일까? 어떤 의미일까? 그의 뇌리에 단어 하나가 떠올랐다.

조소(嘲笑)!

주적자는 숨을 멈추고 눈을 감았다. 그것이 비웃음인지, 아니, 웃음이라는 이름을 붙일 수 있는 것인지 확실치 않았지만 어쨌든 그의 이성을 현실로 불러내는 데는 성공한 셈이었다. 주적자는 가슴이 뻐근해질 때까지 참고 있던 숨을 내뱉고 눈을 떴다. 그녀의 입술은 여전히 눈앞에 있었지만 끌어당기는 힘은 느껴지지 않았다.

그는 맞댄 손을 떼고 한 발짝 뒤로 물러섰다. 비로소 느껴지는 바람이 무척이나 시원하게 피부를 스쳐 갔다. 깊은 강물에 시선을 준 후 다시 본 그녀는 놀람에 가까운 표정을 짓고 있었다.

"실수할 뻔했군."

주적자의 말에 그녀는 머리를 쓸어 올리며 고개를 저었다.

"내가 너를 잘못 본 거야. 아니, 잘 봤다고 해야 하나?"

"무슨 뜻이지?"

그녀의 입가에 그려진 선이 조소에서 비로소 다른 웃음으로 바뀌었다.

"날 거부할 수 있는 사람은 세상에 아무도 없다고 생각했었는데. 이렇게 예외가 있다는 것은… 어쨌든 재미있는 일이야."

주적자의 안색이 딱딱하게 굳었다.

"섭혼술(攝魂術)을 익힌 건가?"

"그런 저급한 것이 아니야. 그냥 내가 본래 가지고 있는 힘이지."

그녀는 몸을 한 바퀴 돌려 주위를 둘러보며 말했다.

"참 재미없는 세상이야. 뭐든 좀처럼 바뀌지 않아. 언제나 그 자리에 정체되어 있지."

"그래서 자연이란 아름다운 것이 아닐까? 변함없이 그 자리를 지키고 있는 것은 결국 강과 산, 들, 바다… 그런 것들뿐이니까."

"아니야! 아니야… 모든 것이 변했으면 좋겠어. 빨리빨리 변해서

지루할 틈을 주지 않았으면 좋겠어. 내 몸에 권태가 스며들 시간이 없게… 쉼없이 변했으면… 좋겠어.”

주적자는 당과를 물끄러미 쳐다보았다. 그가 만난 사람 중, 그것이 남자든 여자든 당과처럼 신비에 싸인 인간은 본 적이 없었다. 그녀는 어쩔 때 보면 뭐든 할 수 있는 전지전능(全知全能)의 사람같이 느껴지기도 했다. 마치 지금처럼 말이다.

물끄러미 자신을 쳐다보는 주적자를 향해 당과가 장난스런 웃음을 던졌다.

“왜? 아까 하던 것을 계속하고 싶어?”

그녀는 주적자의 어깨에 양팔을 걸쳤다.

“그럼 계속해 봐.”

주적자는 그녀의 팔을 떨쳐 내고 돌아섰다. 자꾸 보고 있으면 정말 일을 저질러 버릴 것 같았기 때문이다. 이런 감정만 가지고 여자를 품는다는 것은 그에게 아직 낯선 일이다. 그것이 좋든 나쁘든 간에…….

“이만 가야겠어.”

주적자는 강물을 거슬러 올라갔다. 갈대 숲을 헤쳐 가는 그의 등으로 당과의 목소리가 부딪혔다.

“이봐, 날이면 날마다 오는 기회가 아니라구.”

그는 어깨 너머로 손을 흔들고 걸음을 빨리했다.

‘여자를 생각할 만큼 한가하지 않아.’

그것은 마음을 잡기 위해 만든 정당한 다짐이었다. 우연히 올려다본 하늘에서는 빛 한 점 새어 나오지 않았다. 잔잔한 빛을 뿌리던 달조차 어느새 밤의 이면으로 몸을 숨긴 후였다. 대지는 구름의 배설을 받을 준비를 하는 듯 습기 섞인 바람을 말아 올리고 있었다.

‘비가 오면 소소자 일행이 가는 길이 어려워질 텐데…….’

생각이 끝나기도 전에 볼에 차가운 느낌이 전해졌다. 다시 하늘을 올려다본 그는 ‘아!’ 하는 탄성을 질렀다. 어둠을 뚫고 스스로 빛을 발하며 떨어지는 눈송이.

서설(瑞雪)이었다.

뱀파이어가 동쪽으로 간 까닭은…

제17장 뱀파이어가 동쪽으로 간 까닭은

휘이이잉―!

성벽에 부딪친 바람이 드라칸의 망토 자락을 위로 나부끼게 만들었다. 그는 망토를 바로잡고 입술 밖으로 비어져 나온 송곳니를 위협적으로 드러냈다. 하지만 주위를 둘러싼 마흔두 명의 사람 중 누구도 그의 행위에 겁을 먹는 사람은 없었다.

"죄악의 덩어리인 흡혈귀여, 그대가 도망칠 곳은 어디에도 없느니. 지금이라도 무릎을 꿇고 천주님께 속죄하라. 그것만이 네 영혼이 지옥의 불구덩이에서 영원히 고통받는 불행을 막을 수 있는 길이니라."

두꺼운 두건을 둘러쓴 신부가 한 손에 든 성수를 흔들며 말했다. 파란 핏줄이 툭툭 튀어나온 신부의 늙은 손은 금방이라도 드라칸을 향해 성수를 뿌릴 것 같았다. 지금 같은 상황에서 당장이라도 관에 기어 들어갈 것 같은 신부의 성수가 무서운 것은 아니었다.

그보다는 주위를 둘러싸고 있는 다른 사람들. 저마다 십자가와 은으로 만든 검과 화살을 그에게 겨눈 신부와 기사들이 더 두려운 존재였다.

'제길, 엘릭서(elixir:현자의 돌)가 나를 유인하기 위한 함정이었을 줄이야.'

드라칸은 툭 튀어나온 송곳니가 부러질 정도로 이를 갈았다. 엘릭서 때문에 열두 명의 부하를 잃었을 뿐 아니라 그조차 목숨을 장담하기 어려운 상황에 몰린 것이다. 그는 갈색 해골의 모습으로 바닥을 뒹굴고 있는 열두 명의 부하들을 보았다. 저마다 성수를 뒤집어쓰거나 은으로 만든 무기에 심장이 뚫려 저 모양 저 꼴로 변해 버렸다.

어쩌면 그도 머지않아 저런 모습으로 변해, 떠오르는 태양을 뒤집어쓰고 바람의 일부가 될지도 모른다.

'아냐! 난 불사신이다! 절대 죽지 않아!'

드라칸은 약해지려는 마음을 다잡고 한 발짝 앞으로 걸음을 내디뎠다. 그에게 원초적인 공포를 가지고 있는 인간들은 흠칫 놀라며 자신들도 모르게 뒷걸음쳤다.

'그래, 틈이란 어디든 있는 법이지.'

드라칸은 아우터모트(outer moat:적을 막기 위해 성 둘레를 빙 둘러서 판 구덩이)를 등지고 선 자들을 쭈욱 훑어보았다. 그의 눈길을 받은 은으로 만든 갑옷을 입은 기사가 늙은 신부에게 말했다.

"미카엘 신부님, 빨리 끝내는 것이 좋겠습니다. 마족들이 회계를 했다는 말은 들은 적이 없군요."

'흥! 젊은 새 마누라를 얻었다고 하더니 빨리 집에 가고 싶어 안달이 났군.'

지금 말을 한 기사는 드라칸도 알고 있는 케인이란 자였다. 성주의 여러 기사단 중에서 실버호스기사단의 기사장을 맡고 있는 마흔여덟 살 먹은 중늙은이였다.

'내가 여기서 살아나면 가장 먼저 네 마누라를 내 것으로 만들고 말겠다!'

다짐을 하기는 했지만 빠져나가기가 쉽지는 않을 것 같았다. 지금 가장 가능성이 있는 방법은 역시 수백 마리의 박쥐로 변해 날아가는 것이었다. 하지만 이것 또한 완전한 탈출 방법이 아닌 것이, 만약 그 수백 마리 중 재수없게 실체인 한 마리가 성수나 날아오는 화살에 맞는다면… 끔찍한 일이 될 것이다.

드라칸은 그 생각을 애써 떨치고 힐끔 뒤를 보았다. 성벽까지의 거리는 약 8미터. 약간 겁을 줘서 사람들을 물러서게 한 후 뒤로 날아오른다면 승산은 충분했다. 한쪽에서만 받는 공격이니 어지간하면 피할 수 있을 것이다.

그가 기회를 잡기 위해 거리를 재고 있을 때 미카엘 신부의 왼손이 천천히 올라갔다. 그 늙은 팔이 천공에 뜬 달을 둘로 갈라놓았다. 미카엘 신부가 손을 든 것을 신호로 드라칸을 둘러싸고 있는 신부와 기사들이 일제히 공격 준비를 했다. 활시위를 당기거나 검을 비스듬히 눕히는가 하면, 성수가 든 병 입구를 드라칸에게 겨누기도 했다.

시간이 별로 없음을 안 드라칸의 몸이 작게 움츠러들었다. 저 늙은 손이 움찔하는 순간 움직여야 했다. 긴장하면 더욱 겁을 먹게 되는 것이 인간이란 종족이었다. 그 짧은 찰나의 순간이 그에게는 유일하면서 가장 큰 기회였다.

미카엘 신부의 늙은 손가락이 움찔 떨렸다. 근육의 긴장이 만들어낸 잔떨림이었다. 드라칸의 발끝이 더 이상 오그라들 수 없을 정도로 발바닥 가까이 달라붙었다. 보잘것없는 주름투성이의 손에 모든 사람들의 시선이 모아지고 드디어 그 손이 아래로 움직였다.

"크으윽!"

마치 그것이 신호인 양 누군가의 입에서 비명이 터져 나왔다. 막 움직이려던 드라칸이 누구보다 먼저 비명의 주인공을 보았다. 은제 검을 들고 있던 기사는 털투성이 팔에 가슴이 뚫린 채 피를 꾸역꾸역 내뿜고 있었다.

"워울프다!"

기사 중 한 명이 비명처럼 고함을 질렀다. 그와 동시에 땅거죽이 뒤집히며 사람보다 훨씬 큰 늑대 여섯 마리가 튀어나왔다. 이상할 정도로 눈이 붉은 그 짐승들은 닥치는 대로 신부와 기사들을 죽이기 시작했다. 주위는 순식간에 피와 비명의 안개를 자욱하게 뿌려댔다.

"기사들은 대오를 갖추고 마물들을 상대하라!"

케인이 덮쳐 오는 워울프를 향해 검을 휘두르며 소리쳤다. 하지만 그는 더 이상 기사들에게 명령을 내릴 수 없었다. 너무도 쉽게 은제 검을 튕겨낸 워울프가 케인의 머리통을 앞발로 날려 버렸기 때문이다. 저만치 땅을 뒹구는 케인의 머리는 이 싸움의 결말을 미리 보여주는 것이나 다름없었다.

신부가 든 성수도, 기사가 휘두르는 은제 무기도 워울프에게는 아무 위협도 되지 못했다. 간혹 검이나 창에 상처를 입는 워울프가 있기는 했지만 그것은 빠르게 아물어 버렸다.

드라칸은 우두커니 서서 그 모습을 어이없는 눈으로 쳐다보았다. 그가 아는 한 워울프 또한 자신처럼 성수와 은제 무기에 치명적인 약

점을 가진 마족이었다. 그런데 기사와 신부를 도륙하고 있는 저 늑대
는 그야말로 커다란 보통 늑대처럼, 성수에 털 한 오라기 상하지 않고
은제 무기에도 별다른 상처를 입지 않았다.

처절하게 울리던 비명이 잦아든 데는 그리 오랜 시간이 걸리지 않
았다. 기사장 케인과 미카엘 신부를 죽인 유난히 큰 늑대가 드라칸을
향해 어슬렁어슬렁 걸어왔다. 네 발로 걸어오던 늑대는 점점 모습이
변하기 시작했다. 길게 튀어나온 주둥이가 안으로 들어가며 털이 피
부 안으로 스며들었다. 워울프는 한 발자국 한 발자국 내디딜 때마다
점점 사람의 모습을 갖추어갔다. 그리고 드라칸의 앞에 이르러서는
어느새 건장한 사내로 변해 우뚝 서 있었다.

"창피한 꼴을 당했군 그래."

달빛이 반사될 정도의 대머리에 큼직큼직한 이목구비를 가진 워울
프는 비웃듯이 말했다.

'흥! 사방이 훤히 트인 곳에서 발가벗고 있는 주제에 누구한테 창
피하다는 거야?'

하지만 생각이 말이 되어 나오지는 못했다. 그만큼 지금 워울프가
보여준 힘은 대단한 것이었다. 일반 사람 마흔두 명을 죽였다면 그러
려니 했겠지만 상대는 은제 무기와 성수로 완전 무장한 사제와 기사
들이었다. 그들을 완벽하게 제압한다는 것은 백 명의 흡혈귀가 온다
고 해도 불가능했다.

그런데 단 여섯 명의 워울프가 해낸 것이다. 한 명도 죽지 않고 말
이다. 드라칸은 이미 사람으로 변한 워울프들을 찬찬히 훑어보았다.
그중에는 두 명의 여자도 끼어 있었다.

"체크, 어떻게 된 거야?"

“체크라고 부르지 말랬잖아! 내 이름은 킹울프야.”

드라칸은 고개를 끄덕였다.

“그래그래, 킹울프. 지금 이 상황을 설명해 줄 수 있겠나? 왜 늑대 인간이 은제 무기와 성수에 견딜 수 있는 거지?”

킹울프는 씨익 미소를 짓더니 뒤쪽을 향해 손짓을 했다. 그의 손가락에 걸린 여인이 날듯이 가볍게 다가왔다. 실오라기 하나 걸치지 않은 몸임에도 부끄러움 같은 것은 보이지 않았다. 하긴 드라칸 또한 별 감흥이 없기는 마찬가지였다.

“소개하지. 나와 계약을 맺은 마법사 퀸울프네.”

퀸울프는 그저 고개를 끄덕이는 것만으로 인사를 대신했다. 드라칸은 그녀를 힐끔 보고 물었다.

“마녀로군.”

“뭐, 그렇게 불린 적도 있었지만 현재는 내가 가장 아끼는 참모임과 동시에…….”

킹울프는 그녀의 어깨를 감싸 안으며 말을 이었다.

“내 부인이기도 하지.”

“우습군. 워울프 족이 그런 족보를 갖다니.”

“퀸울프는 그럴 만한 자격이 있으니까.”

드라칸은 퀸울프에게 시선을 주고 말했다.

“퀸울프가 은제 무기와 성수에 견딜 수 있는 마법을 만들기라도 했단 말인가?”

“비슷하게 맞췄군. 마법은 아니고 특수한 약이지.”

“특수한 약?”

“내복약과 피부에 바르는 액체 두 가진데 자네 눈으로 봤다시피 꽤 효과가 있어."

킹울프는 사랑스러워 못 견디겠다는 눈으로 퀸울프를 보았다.

"조금 있으면 힘도 세어지는 마법의 약을 개발할 거네. 그렇게 되면 내 영역은 더욱 넓어지는 거지."

드라칸의 이마에 주름이 잡혔다.

"마치 내 영역까지 침입하겠다는 말로 들리는군."

킹울프는 그저 웃음으로 대답을 대신했다.

"그런데 자넨 여기까지 웬일인가? 자네가 있어야 할 라이나크는 여기에서 상당한 거리인데."

"자네와 똑같은 이유에서지."

킹울프는 어둠에 묻힌 성을 보았다. 열두 명의 흡혈귀, 마흔두 명의 사제와 기사들의 죽음을 껴안은 성은 어두운 그림자만을 드리운 채 침묵하고 있었다.

"그런데 보아하니 이곳에는 엘릭서가 없는 모양이군."

"퀸울프까지 얻은 자네가 굳이 엘릭서를 탐내는 이유를 모르겠군."

"큭큭큭… 날 바보로 아나? 엘릭서가 어떤 물건인데 그걸 퀸울프와 비교한다는 말인가?"

드라칸은 퀸울프를 턱으로 가리키며 말했다.

"자네 부인이 들으면 서운하겠군."

킹울프 대신 퀸울프가 대답했다.

"전혀요. 엘릭서만 얻을 수 있다면 내 목숨 따위야 아무것도 아니지요. 엘릭서의 가치는 당신도 잘 알지 않나요?"

드라칸은 떨떠름한 표정을 지었다. 경쟁자가 많으면 물건을 얻는 것 또한 어려워지는 법이었다.

"그나저나 자네와 계약을 맺은 마법사는 아직도 그 멍청한 짓을 계속하고 있나?"

"……."

"내 쿤울프처럼 좀 실용적인 곳에 능력을 쓰라고 하지 그러나. 어디서 이상한 마법사를 구해 가지고… 쯧쯧쯧……."

킹울프의 혀 차는 소리가 길어질수록 드라칸의 분노도 높아져 갔다.

'당장 그 녀석을 죽이고 새 마법사와 계약을 맺어야지!'

*   *   *

사방 이십 미터가 넘는 지하실을 밝히고 있는 것은 벽에 걸린 횃불 하나가 전부였다. 헤레나는 벽과 벽이 만나는 부분에서 작게 웅크린 채 부들부들 떨고 있었다. 빛이 미치지 않은 곳에서 쭈욱— 쭈욱— 하는 소리가 들려왔다. 그것이 피를 빠는 소리임을 그녀는 직감으로 알 수 있었다.

턱!

갑자기 차가운 손 하나가 그녀의 어깨에 얹어졌다. 놀라서 비명조차 지르지 못하고 입만 딱 벌린 헤레나의 어깨를 그 손이 다독거렸다.

"괜찮을 거야. 그렇게 두려워할 필요 없어."

남자처럼 굵은 목소리를 내는 여인은 다름 아닌 테르서였다. 그녀와 같이 흡혈귀에게 잡혀온 테르서가 하는 위로에는 좀체 마음이 놓이지 않았다.

"마… 마르체니는 어떻게 됐지?"

같이 잡혀온 또 다른 희생자는 어둠에 묻혀 보이지 않았다.

"죽었을까?"

테르서는 어깨와 머리의 중간을 잇는 목, 그러나 다른 여인에 비해 훨씬 짧은 목을 좌우로 거세게 돌렸다.

"아니야. 절대 죽지 않았을 거야. 그 흡혈귀가 우릴 잡아오면서 약속했잖아. 목숨은 빼앗지 않겠다고."

"넌 흡혈귀의 약속을 믿는 거니?"

"그런 건 아니지만 우릴 잡아온 흡혈귀는 왠지 믿음이 가. 내 얼굴을 봐."

그녀는 손가락으로 자신의 얼굴을 가리켰다. 흐릿한 불빛 너머로 비친 그녀의 얼굴은 으악! 그 자체였다. 얼굴을 가득 덮고 있는 주근깨와 비가 오면 방수 처리가 되지 않을 것 같은 들창코 하며 메기가 누님 하며 달려들어도 이상하지 않을 정도의 두툼한 입술, 정사각형에 가까운 얼굴형. 어떤 것을 봐도 여인으로서는 최악의 용모였다.

"넌 흡혈귀가 이런 얼굴을 재물로 쓴다는 말 들어봤니? 흡혈귀에게 피를 빨린 여인들은 하나같이 미녀들뿐이잖아."

헤레나는 한참 동안 테르서의 얼굴을 보다가 입을 열었다.

"취향이 좀 독특한 흡혈귀인가 보지. 그리고 돼지를 얼굴 보고 잡아먹지는 않잖아."

성격 좋은 테르서는 수긍한다는 듯 고개를 끄덕였다.

"네 말도 일리는 있네. 하지만 우릴 잡아온 흡혈귀는 뭔가 달라."

테르서는 팔뚝을 눈앞에 들어 보였다. 하얀 붕대가 보기 좋게 감긴 것이 능숙한 의사의 솜씨 같았다.

"이걸 봐. 어떤 흡혈귀가 팔에 상처를 내서 피를 받아내겠냐? 굳이 우리 피가 필요하면 목을 물면 되지. 안 그래?"

"설사 다르다고 해도 결국 흡혈귀는……."

저벅! 저벅!

헤레나는 가까워지는 발자국 소리에 말을 삼키고 촉각을 곤두세웠다. 저벅거리는 소리가 다가올수록 헤레나의 공포가 그만큼 커졌다. 쿵쿵거리는 심장이 금방이라도 터져서 몸 안에 걸레 조각처럼 흩어질 것 같았다.

희미한 불빛 아래 다리가 드러나자 그녀의 무서움은 극에 달했다. 그리고 점차 드러나는 허리와 상반신, 검은 망토의 빳빳한 깃, 밀가루를 칠한 듯한 하얀 턱. 그녀가 눈으로 확인한 것은 거기까지였다. 공포가 그녀의 신경 줄을 끊어버렸기 때문이다.

얼마쯤 정신을 잃었을까? 헤레나는 얼굴에 차가운 기운을 느끼고 정신을 차렸다. 흐릿한 시선 너머로 누군가의 얼굴이 희미하게 보였다. 눈을 몇 번 깜빡거리자 점차 초점이 맞으며 얼굴 윤곽이 드러났다. 처음에는 마르체니가 아닐까 생각했지만—테르서와는 얼굴형이 전혀 다르게 갸름했기 때문에—아니었다.

"정신이 들어요?"

말을 하는 사내의 튀어나온 송곳니가 시선을 사로잡았다.

"아악!"

헤레나의 뾰족한 비명에 흡혈귀가 황급히 뒤로 물러섰다. 정작 소리를 지른 그녀보다 흡혈귀가 더 놀란 것처럼 보였다.

"진정해요, 진정해. 당신을 해치려는 것이 아니니까. 아니… 상처를 조금 내기는 했어요."

흡혈귀는 엄지와 검지를 붙을 듯 말 듯 벌리며 말을 이었다.

“아주 조금.”

헤레나는 무슨 뜻인가 생각하다 팔목에 느껴지는 이질적인 느낌에 고개를 떨궜다. 땅을 짚고 있는 팔목에 하얀 붕대가 감겨 있었다. 상처 때문인 것 같은데 아픔은 느껴지지 않았다.

“당신의 피를 조금 빌렸어요.”

1미터 65센티 정도밖에 되지 않는 키에 깡마른 체구의 흡혈귀는 특이하게 안경까지 끼고 있었다. 전형적인 학자풍의 외모였다.

“내… 내게 원하는 게 뭐죠?”

헤레나는 벽에 등을 붙이고 일어나며 물었다.

“원하는 것은 이미 얻었어요.”

말을 하며 든 흡혈귀의 왼손에는 주먹 두 개를 합해놓은 것만한 가죽 주머니가 들려 있었다.

“돼지 방광으로 만든 것이지요.”

흡혈귀는 말끝으로 씨익 웃음을 지었다. 그녀가 생각해 오던 것만큼 사악하게 느껴지지 않았다.

“다른 사람들은……?”

그녀의 물음이 끝나기도 전에 테르셔의 목소리가 들려왔다.

“음식 맛 죽이는데.”

어둠에서 밝음으로 걸어나오는 테르셔의 손에는 커다란 접시가 들려 있었고 그 위에는 가재 훈제 요리와 캐비어가 잔뜩 쌓여 있었다.

헤레나는 음식을 입 안 가득 넣고 오물거리는 테르셔와 흡혈귀를 번갈아 보았다.

“어떻게 된 거야?”

테르셔는 아무렇지 않게 말했다.

"별거 아니야. 우리는 피를 조금 주고 이렇게 음식 대접을 받는 거지. 좀 드실래요?"

테르셔가 말을 하며 흡혈귀에게 접시를 내밀었다. 흡혈귀는 손에 든 돼지 방광을 들어 올렸다.

"전 이거면 됩니다."

흡혈귀는 돼지 방광에 송곳니를 꽂았다. 푸욱 하는 소리와 함께 약간의 피가 흘러나오더니 돼지 방광은 금세 쪼글쪼글하게 변해갔다. 흡혈귀의 목젖이 위아래로 움직이는 것을 보니 헤레나는 구토를 일으킬 것 같았다. 그런 상황에서 테르셔는 잘도 음식을 입에 집어 넣었다. 맛에 대한 칭찬을 아끼지 않으면서 말이다.

"이거 굉장히 맛있는데요? 직접 하신 거예요?"

흡혈귀는 납작하게 변한 돼지 방광을 입에서 떼어낸 후 입가를 문지르며 대답했다.

"네, 제 취미가 요리거든요. 괜찮죠?"

테르셔는 엄지손가락을 곧추세웠다.

"궁정 요리사를 하셔도 되겠어요."

흡혈귀는 쑥스러운 듯 뒷머리를 긁적였다. 어두컴컴한 지하실에서 흡혈귀를 놓고 벌이는 풍경치고는 무척이나 색달랐다.

"저… 마르체니는?"

헤레나가 망설이며 물었다. 테르셔는 어둠 한쪽을 가리키며 말했다.

"저쪽에서 아직도 자고 있어. 빨리 깨어나야 이 맛있는 음식을 같이 먹을 텐데. 너도 갖다 줄까? 아직 남았는데."

헤레나는 급히 고개를 저었다.

"아니야. 난 됐어. 그런데……."

그녀는 흡혈귀의 눈치를 살피며 소리 죽여 물었다.

"우릴 보내주실 건가요?"

테르서가 먹고 있는 모습을 뿌듯한 얼굴로 쳐다보던 흡혈귀가 당연하다는 듯 대답했다.

"물론이죠. 가고 싶으시면 언제라도 말씀하세요. 단, 가실 때는 오실 때처럼……."

흡혈귀는 말끝으로 손바닥을 모아 뺨에 대어 자는 시늉을 해보였다.

"주무셔야 할 거예요. 이곳이 어디인지 밝혀지면 안 되기 때문에. 이해해 주시겠죠?"

"그런 걱정은 하지 마세요. 집에만 갈 수 있다면 어떻게 가든 상관없으니까. 그럼 지금 갈 수 있나요?"

흡혈귀 대신 테르서가 나섰다.

"잠깐 기다려. 아직 음식이 남았단 말이야. 그리고……."

그녀는 은근한 눈으로 흡혈귀를 보았다.

"이 사람에 대해 알고 싶은 것도 있고."

헤레나는 '저것은 사람이 아니고 흡혈귀야!' 라고 소리 지르고 싶은 것을 간신히 참았다. 외모로 보나 성격으로 보나 별종이라고 소문난 테르서였지만 이런 상황에서 저런 행동을 할 줄은 상상도 못했다.

"그럼 있고 싶은 너만 있어라. 나와 마르체니는 갈 테니. 우릴 집으로 보내주세요."

"아, 네. 안 그래도 보내려던 참이었습니다. 드라칸이라도 오면 큰일……."

흡혈귀의 말은 옅은 마찰음에 중단되었다.

"벌써 올 리가 없는데……."

중얼거리는 소리에는 확신이 아닌 불안이 담겨 있었다. 마찰음보다 옅은 발자국 소리는 잠시 후 울리기 시작했다. 계단을 하나하나 밟고 내려오는 소리가 헤레나의 심장을 옥죄었다.

"이… 이봐요? 빨리 우릴 집에 보내주세요."

헤레나를 보는 흡혈귀 얼굴에 떠오른 체념은 그녀를 공포의 나락으로 밀어넣었다.

"우리를 살려준다는 약속은 지키는 거죠?"

흡혈귀는 힘겹게 고개를 끄덕였다.

"물론… 이죠."

자신없는 말을 내뱉은 흡혈귀는 계단 쪽으로 몸을 돌렸다. 점점 커지던 발자국 소리는 드디어 형체가 되어 나타났다. 희미한 불빛 아래 모습을 드러낸 자는 흡혈귀의 모습 그대로였다. 땅까지 끌리는 긴 망토와 온통 검은색의 옷, 창백한 얼굴과 뾰족한 코는 얇은 입술 사이로 비어져 나온 송곳니와 함께 공포스러운 느낌을 자아냈다.

"드라칸, 어찌 이렇게 빨리 오셨습니까?"

드라칸은 말없이 헤레나와 테르셔를 보았다. 둔한 테르셔조차 무서워하는 빛이 역력했다.

"뭐냐?"

드라칸의 물음에 흡혈귀는 양손을 저었다.

"아… 아무것도 아닙니다."

"너 또 그 짓거리를 하고 있는 것이냐?"

흡혈귀는 자신이 쥐고 있는 쭈글쭈글한 돼지 방광에 드라칸의 시선이 모아지자 황급히 뒤쪽으로 감추었다. 드라칸은 안절부절못하는 흡혈귀에게 다가갔다.

"너 대체 우리 흡혈귀를 어떻게 생각하는 것이냐?"

"저… 조… 좋게 생각합니다. 그래서 제가 자진해서 흡혈귀가 된 것 아니겠습니까?"

드라칸은 억지 웃음을 짓는 흡혈귀의 턱을 쓰다듬으며 말했다.

"그래, 좋겠지. 영원한 생명을 얻었으니까. 그럼으로 인해 네가 미쳐 있는 그 과학이라는 것에 시간을 무한정 투자할 수 있을 테니까. 하지만!"

드라칸은 흡혈귀의 얼굴에 자신의 얼굴을 바짝 가져다 댔다.

"네가 나와 계약을 맺은 마법사라는 것을 잊지 말아라. 난 네게 영생을 주었으니 넌 나를 강하게 만들어줄 의무가 있어. 햇빛을 쬐어도 아무렇지 않고 마늘이나 성수, 은제 무기들을 이길 수 있는 육체를 갖게 할 의무 말이야!"

"이… 이렇게 화가 나신 것을 보니 엘릭서를 못 구하셨군요."

"그런 돌 따위 말고 내 몸을 강하게 해달라고 했잖아!"

"네, 저… 저도 노력하고 있습니다."

"노력만 하지 말고 결과를 내놓으란 말이야! 결과를! 그리고……."

드라칸은 흡혈귀가 가지고 있는 돼지 방광을 낚아채서 눈앞에 흔들었다.

"이건 대체 뭐냐? 넌 흡혈귀가 뭔지도 몰라? 우리 흡혈귀는 사람의 목, 하다못해 허벅지에라도 이빨을 박고 피를 빨아야 한단 말이다. 그런데 고작 냄새 나는 돼지 방광에 피를 넣어서 이따위 짓을 하고 있다니… 휴우―!"

드라칸은 말하기도 한심하다는 듯 긴 한숨을 쉬었다.

"그렇게 하면 사람을 죽이지 않고도……."

"시끄러! 넌 어떻게 흡혈귀의 본성을 하나도 갖지 않고 있는 것이냐? 내 지금까지 여든두 명의 흡혈귀를 만들었지만 너같이… 너같이 병신 같은 흡혈귀는 본 적이 없다! 이 돼지 오줌보 같은 놈아!"

드라칸은 자신이 내지른 고함의 여운이 사라질 즈음 다시 입을 열었다.

"또 하나."

드라칸의 시선이 헤레나에게 향했다.

"저 예쁘장한 여자는 그렇다고 치자."

붉은 눈동자가 테르셔에게 향했을 때는 눈가에 주름이 여러 갈래 생겨났다.

"넌 외모 같은 것은 안 따지는 거냐?"

"네? 그거야 피 맛은 다 똑같잖……."

"다 똑같아도 그렇지! 어떻게 저런… 표현하기도 삐리리한 저런 여자를! 넌 흡혈귀의 삼대 불문율도 모른단 말이냐? 피부 좋고 어리고 예쁜 여자의 피만 빤다! 그런데 저 들창코를 봐라."

드라칸은 테르셔에게서 눈을 돌렸다.

"제길, 눈 버리겠군."

"그래도 자꾸 보면 괜찮아요."

"너나 평생 봐라! 둘 다 지옥에 떨어져서 얼굴만 쳐다보며 살아!"

"하지만 전 지옥에 갈 일이 없잖아요."

"없다구?"

드라칸은 흡혈귀의 머리통을 그 긴 손가락으로 움켜쥐었다.

"지금 당장 지옥 구경을 시켜주지."

"자… 잠깐만요. 설마 절 죽일 생각은 아니겠죠?"

드라칸의 입가에 잔인한 미소가 생겼다.

"왜 아니야? 너같이 쓸모없고 괴상망측한 마법사는 일찍 죽는 게 인류와 흡혈귀족을 위해 두루 좋은 일이지."

"안 돼요. 전 아직 할 일이 많다구요!"

드라칸의 손아귀에 힘이 들어갔다.

"남은 일은 지옥에 가서 실컷 해라."

그때였다.

찌이이잉—!

고막을 찢을 것처럼 날카로운 소리가 울렸다. 헤레나와 테르셔는 비명을 지르며 귀를 잡고 자리에 주저앉았다. 뇌를 후벼파는 듯한 소리는 그녀들의 의식을 암흑 속으로 던져 버렸다.

"됐어요! 됐어! 드디어 신호가 왔어요!"

체르샤는 소리를 지르며 테라칸의 팔을 뿌리치고 계단을 뛰어 올라 갔다.

"저놈이!"

드라칸은 미친 듯이 뛰어가는 체르샤의 머리통을 부숴 버릴까 하다 가 도망치는 것 같지는 않아서 뒤만 쫓았다. 그들이 머물고 있는 곳은 거대한 탑이었다. 원형의 계단을 돌고 돌다 보면 종이 매달린 탑의 꼭 대기에 이를 수 있었다. 계단을 감싼 통로는 점점 좁아져서 위로 올라 갈수록 한 사람이 겨우 지날 정도의 넓이밖에 되지 않았다.

체르샤는 단숨에 계단의 끝인 종탑에 이르렀다. 세월의 손톱에 할

쿼어 금이 가고 파랗게 녹슨 종은 삼십 년 넘게 울리지 않고 있었다. 체르샤의 그림자를 밟으며 드라칸이 종탑의 꼭대기에 발을 내디딘 순간 세상이 온통 파란 빛 속에 던져졌다.

종을 매달고 있는 지붕을 네 개의 기둥이 받치고 있고 사방은 휑하니 뚫린 곳이었기 때문에 거세게 부는 바람을 고스란히 몸으로 받아야 했다. 소리도 없이 내리친 번개는 나타날 때처럼 빠르게 사라졌다.

"이게 무슨 지랄이냐?"

드라칸은 바람 소리 때문에 평소보다 크게 소리를 질렀다. 하지만 체르샤는 뉘 집 개가 짖느냐는 듯 대꾸도 없이 울리지 않는 종 아래로 다가갔다. 그곳에는 키만큼 높은 사각의 검은 천이 바람에 심하게 펄럭이고 있었다.

체르샤는 망설이지 않고 천을 걷어냈다. 천 안에는 투명한 유리 상자가 있었고 다시 그 안에는 생전 처음 보는, 그래서 이름도 알 수 없는 복잡한 장치가 놓여 있었다.

"이게 뭐냐?"

드라칸의 물음에 체르샤는 득의양양한 표정으로 대답했다.

"어제 드디어 완성시켰죠. 제가 육 개월 간 심혈을 기울여 만든 작품입니다."

체르샤는 종과 유리 상자를 연결하는 가는 쇠줄을 가리켰다.

"이건 종탑의 꼭대기에 있는 피뢰침과 연결되어 있습니다. 번개를 맞으면 이걸 타고 작동하게 되어 있지요."

체르샤의 손이 사람 심장처럼 생긴 유리 상자 안의 물건을 가리켰다.

"이건 일전에 제가 구해 달라고 한 흡혈귀의 심장입니다. 뛰는 게 보이죠?"

　그 말대로 붉은색을 띤 심장은 수십 개의 가는 호스를 꽂은 채 살아 있는 자의 그것보다 더 거세게 박동하고 있었다. 심장에 꽂힌 호스는 그대로 종과 연결된 쇠줄에 묘한 모양으로 꼬아져 있었다. 유난히 두껍고 푸른빛을 내는 단 하나의 호스만이 밑에 놓인 붉은 수정구에 박힌 모습이었다.

　"그러니까 이게 무엇에 쓰는 물건이냐고 물었잖아."

　"우리와 같으면서 전혀 다른 종족을 찾는 것입니다."

　"같으면서 다른 종족? 그 말은 다른 흡혈귀를 찾는다는 것이냐?"

　체르샤는 크게 고개를 끄덕였다.

　"말하자면 그렇죠. 약물이나 마법을 사용해 육체를 강하게 하는 데는 분명 한계가 있습니다. 머지않아 부작용이 나타나거나 항상 그 약물과 마법을 써야 하는 약점을 갖게 되죠. 완전한 육체를 가질 수는 없다는 겁니다."

　"그것과 다른 흡혈귀는 무슨 관계가 있는데?"

　"생각을 해보십시오. 마족이 무엇입니까? 결국은 신의 다른 형태가 아닐까요? 인간이 신과 짐승의 중간이라면 마족은 인간과 신의 중간쯤에 해당한다고 볼 때 원래 마족이란 거의 결점이 없는 종족이란 말입니다. 하지만 어쩌다가 마족에게는 결정적인 결함이 생긴 것입니다. 흡혈귀도 그렇고 늑대인간도 마찬가지죠. 그 외에 헬하운드나 하그, 라르바 등등의 다른 마족들도 그렇구요. 이것이 과연 인간들이 마족들에게 이기는 수단을 제공하기 위해 신이 마련한 장치일까요?"

　드라칸은 잠시 생각을 하다 고개를 저었다. 그러고 보니 가장 중요하다면 중요한 문제를 한 번도 생각해 보지 않고 있었다.

"그래서 네 생각은 뭐야?"

"그 문제의 해답은 저도 아직 풀지 못했습니다. 그래서 생명의 창조와 변형을 자유자재로 이룰 수 있는 엘릭서를 찾으려 한 것이죠. 하지만 이것은 어디까지나 구할 확률이 희박한 전설의 돌이고… 그래서 고안해 낸 것이 바로 이것입니다."

드라칸은 길어지는 설명에 점점 짜증이 나기 시작했다.

"그래서 결론이 뭐야? 이건 어떤 마법 장치냐구?!"

"완벽한 마족을 찾기 위한 것입니다. 아시겠지만, 이 대기는 온갖 정령들로 가득 차 있습니다. 그중에는 물리적인 힘을 가진 것들도 있지만 대부분 생명의 원천을 따라 흐르는 것들이죠. 다시 말해서……."

"결론만 말하랬잖아!"

드라칸이 소리를 지르자 몸을 움찔 떤 체르샤는 훨씬 낮은 음성으로 설명을 이었다.

"에… 그러니까… 완벽한 흡혈귀를 찾기 위해 정령들의 힘을 빌리는 장치란 말씀이죠. 이 세계 어딘가에는 은제 무기나 성수, 마늘, 십자가, 결정적으로 햇빛에 영향을 받지 않는 완전한 능력의 흡혈귀가 존재할 것이라는 게 제 생각입니다. 논리적으로 따져도 결점투성이의 마족만 득실거린다는 것이 우습잖아요."

"하나도 안 우스워."

"네, 뭐 그럴 수도 있겠죠. 사실 저도 웃을 기분은 아니니까요. 어쨌든 그 무결점의 흡혈귀를 찾기 위해 같은 성질을 가진 흡혈귀 심장이 필요했던 겁니다. 늑대인간을 찾으려 했다면 물론 늑대인간의 심장을 넣었겠죠. 그건 지금 중요한 것이 아니고… 드디어 이 장치가 우리 외의 흡혈귀를 찾아낸 것입니다."

드라칸은 체르샤를 물끄러미 쳐다보다 물었다.

"그래서 네가 찾은 흡혈귀가 그야말로 완벽한 마족이라는 것이냐?"

"그건 아직 모릅니다. 지금 확인을 해봐야죠."

체르샤는 유리 상자의 한쪽 면을 떼어낸 후 품속에서 주먹만한 푸른 구슬을 꺼냈다.

"네가 뭘 하려는지 모르지만 설사 그런 흡혈귀가 있다고 치자. 그래서 어쩌겠다는 거야? 나와 그놈 사이에 2세라도 만들자는 것이냐?"

"그럴 수도 없고, 그럴 필요도 없습니다. 모든 생명의 원천은 피입니다. 그 흡혈귀의 피를 드라칸님의 몸속에 넣으면 됩니다. 물론 그 과정에서 약간의 마법이 필요하기는 하지만 그정도야 제가 해결할 수 있는 일입니다."

"다른 마족은 안 되는 것이냐? 우리가 가지고 있는 약점을 가지지 않은 마족도 많잖아."

"몸을 이루고 있는 구성 자체가 달라서 불가능합니다. 성질이 같은 흡혈귀 사이에만 가능한 일이죠."

드라칸은 이마에 주름을 만들고 잠시 생각하다가 물었다.

"완벽한 흡혈귀가 있다고 치자. 그런데 그런 자가 내게 피를 줄까?"

"그거야 모르죠. 같은 동족이니 어쩌면 사정을 봐주지 않을까요?"

드라칸은 한심하다는 눈길로 체르샤을 쳐다보았다.

"넌 대체 마족을 뭘로 아는 것이냐? 마족이 자선 사업가라도 되는 줄 알아?"

체르샤는 어깨를 으쓱한 후 대답했다.

"아니면 서로의 능력을 교환할 수도 있겠죠. 아무리 완벽한 흡혈귀라 하더라도 드라칸님이 가지고 있는 능력 모두를 지녔다고는 볼 수 없잖아요. 서로가 가지지 못한 능력을 교환하면 어때요?"

드라칸은 곰곰이 생각하다 고개를 끄덕였다.

"그 방법이면 가능하겠군."

체르샤는 유리 상자를 향해 돌아섰다.

"어쨌든 지금 가장 중요한 문제는 내가 찾은 흡혈귀가 과연 완전한 흡혈귀냐 하는 거죠."

체르샤는 말끝으로 손에 들고 있던 푸른 구슬을 입 안에 넣어 삼켰다. 도저히 들어갈 것 같지 않은데도 억지로 쑤셔넣은 체르샤는 고통스런 표정으로 목젖을 움직였다. 마치 뱀이 커다란 알을 삼킨 듯 목젖이 불룩하게 솟아오르더니 이내 제 모습을 찾았다.

"그건 뭐냐?"

체르샤는 아직도 아픔이 남았는지 헛기침을 몇 번 한 후 대답했다.

"나중에 무결점의 흡혈귀를 찾을 나침반 역할을 할 것입니다."

목을 쓰다듬은 체르샤는 수정구에 양손을 갖다 댔다. 체르샤가 손을 대었기 때문인지, 아니면 때마침 소리없는 번개가 쳤기 때문인지 모르지만 수정구 내부에서 강한 스파크가 일어났다. 그것은 체르샤의 손목을 타고 온몸으로 전해졌다.

"끄으으윽—!"

억누른 신음을 뱉은 체르샤가 나지막하게 주문을 외우기 시작했다.

"알람 샬로마 르히르니 로히티! 샤하르 샤하르 헴 바흐다흠 모르히티! 샬로마 샬로마……!"

주문이 이어질수록 체르샤의 몸을 감싸고 있던 파란 스파크가 붉은색을 띠어갔다. 체르샤는 마치 사방으로 튀는 피 웅덩이의 한가운데 있는 것 같았다. 주문을 외우는 목소리가 절정에 달할수록 이리저리 뻗은 붉은 가지가 체르샤의 몸을 중심으로 모여들기 시작했다.

이윽고 붉은 스파크는 그 색깔의 모아진 안개처럼 체르샤를 감싼 모습으로 변했다. 그리고……

"차크힘!"

마지막 주문이 힘있게 울린 후 붉은 안개가 산산이 흩어져 허공으로 사라졌다. 체르샤는 힘이 없는지 축 처진 어깨를 하고 바닥에 무릎을 꿇었다.

"어떻게 됐냐?"

드라칸이 성급한 질문을 던졌다. 체르샤는 한참 동안 숨을 고른 후에 말했다.

"제 생각이 옳았어요. 세상에는 결점이 있는 미족만 있는 것이 아니었습니다."

"저… 정말 완전한 흡혈귀가 있단 말이냐?"

"네."

체르샤는 검은 하늘을 올려다보았다.

"대기의 정령들이 알려주었습니다."

'어떻게?' 라는 질문으로 체르샤의 긴 설명을 듣기는 싫었다. 중요한 것은 '어떻게' 가 아니었다.

"어디에 있는데?"

그 질문에 체르샤는 이마에 주름을 만들었다.

"상당히 멀군요. 동쪽으로 아주 멀리 가야 합니다."

드라칸은 끔찍한 해가 뜨는 방향을 보며 물었다.

"그러니까 얼마나 머냐구?"

“잠깐만요.”

체르샤는 일어서서 아랫배를 천천히 문지르더니 허리를 깊이 숙였다.

“우웩!”

듣기 거북한 소리와 함께 체르샤가 삼켰던 구슬이 다시 입 밖으로 튀어나왔다. 들어갈 때는 분명 푸른색이었던 구슬이 붉은색으로 변해 있었다. 마치 체르샤의 피를 머금은 것 같았다.

“이것으로 정확한 위치를 알 수 있습니다.”

붉은 구슬을 자세히 보니 가장자리에 푸른 점 하나가 찍힌 것이 보였다.

“그곳이 어디냐?”

“멀군요.”

“그러니까 얼마나 머냐구!”

체르샤의 눈동자가 초점을 잃고 아련해졌다.

“아주 멀어요. 아주…….”

〈3권으로 이어집니다〉

절찬 발행중!!
①~②권 값:7,500원
김석진 新무협 판타지 소설
삼류무사
三流武士
통쾌 무비! 쾌감 작렬!
이것이야말로 진정한 삼류!
삼류의 탈을 쓴 비장의 일격을 맛 보아라!
무료함을 날려줄 한방 슬러거!
축하한다! 너는 이제 삼류무사(三流武士)가 되었다.
뒤에 쓰여진 이러쿵저러쿵이 어찌 눈에 들어오겠는가?
머리 위로 별들이 빙글빙글 춤추고 있다.
"씨―앙!"
날아가면서 양발차기로 석비(石碑)를 부숴 버렸다.
와르르―
열받아 봐야 무엇 하겠는가?
물은 이미 엎질러졌고 오 년이란 시간은 흘러가 버렸다.
그래서 이제 스물여덟이 되었다.
황금 같은 이십대의 청춘은 다 날아가 버렸다.
양양성에서 최고로 잘 나가던 한량,
뒷거리 싸움의 천재 장추삼의 청춘은
돌아올 수 없는 곳으로 떠나갔다.
기껏 삼류무사가 되기 위해!

외공 外功 功
&
내공 內功 功
김민수 新무협 판타지 소설
FANTASTIC ORIENTAL HEROES

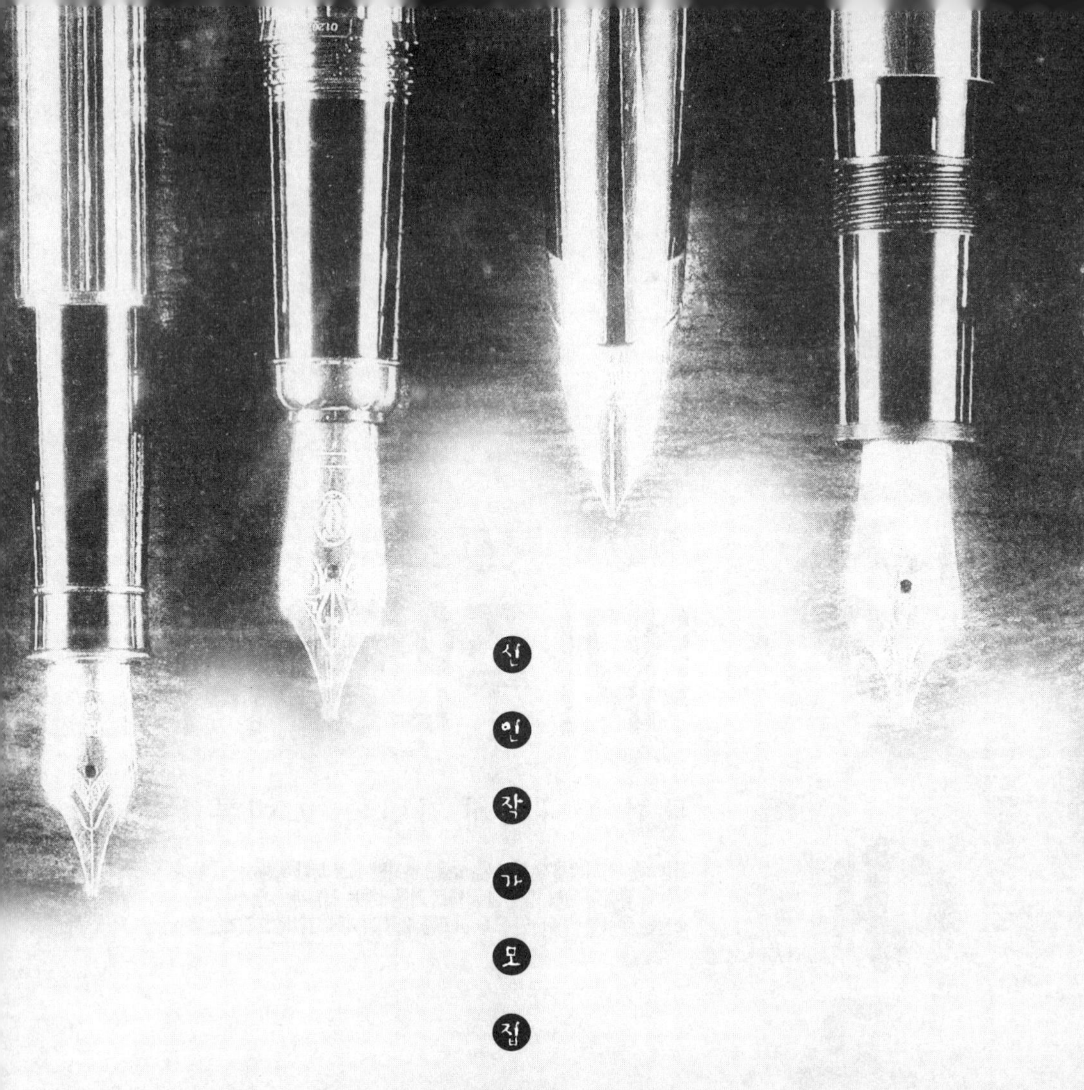
신

인

작

가

모

집

시작이 반이라고 했습니다.
작가의 길에 대한 보이지 않는 벽을 과감히 깨뜨리십시오!
청어람은 작가 지망생 여러분들의
멋진 방향타가 되어드리겠습니다.

저희 도서출판 청어람에서는
소설 신인 작가분들을 모집합니다.
판타지와 무협을 사랑하시는 분들의 많은 참여를 바랍니다.
소정의 원고(A4용지 150매)를 메일이나 우편으로 보내주시면
검토 후 출판 여부를 알려드리겠습니다.

주소:경기도 부천시 원미구 심곡1동 350-1 남성B/D 3F 우편번호420-011
TEL:032-656-4452 · FAX:032-656-4453
http://www.chungeoram.com
e-mail:chungeoram@chungeoram.com